江戸歌舞伎の世界へようこそ
このあだ討ちを、とくとご覧下さいませ
이야기를 즐기세요

永井 紗耶子 㢱

에도시대 연극의 세계에 오신 것을 환영합니다.
이 복수를 잘 지켜봐주시기 바랍니다.
_나가이 사야코

고비키초의 복수

나가이 사야코 永井紗耶子 　휴머니즘이 진하게 담긴 시대소설을 발표해온 일본의 작가. 2000년에 게이오대학 문학부를 졸업한 후 신문 기자를 거쳐 프리랜서 저널리스트로서 일했다. 그 후 2010년 미스터리 시대소설《계획적인 정사(情死)》로 제11회 쇼가쿠칸분코 소설상을 수상하면서 소설가로 데뷔했다. 이후 데뷔 10년에 이르러《장사꾼 늑대》로 제3회 호소야마사미츠상과 제10회 서점이 선택하는 시대소설 대상, 제40회 닛타지로 문학상을 수상하는 등 대중과 평단에게 주목받는 작가로 입지를 공고히 했다. 2022년에는《여인 눈에 들어오다》로 나오키상 후보에 올랐고, 2023년《고비키초의 복수》로 나오키상을 수상했다. 또한 같은 책으로 제36회 야마모토슈고로상을 수상하며, 역사상 두 상을 동시에 수상한 세 번째 작가로도 이름을 올렸다.

옮긴이 김은모 　일본 문학 번역가. 아직 국내에 알려지지 않은 다양한 작가의 작품을 소개하고자 노력하고 있다. 옮긴 책으로는 히가시가와 도쿠야의《속임수의 섬》, 유키 하루오의《방주》, 고바야시 야스미의 '죽이기 시리즈', 우케스의 '이상한 시리즈', 이사카 코타로의《페퍼스 고스트》, 미치오 슈스케의《폭포의 밤》, 미야베 미유키의《비탄의 문》1·2, 이케이도 준의《변두리 로켓》, 히가시노 게이고의《사이언스?》등이 있다.

KOBIKI-CHO NO ADAUCHI by NAGAI Sayako
Copyright © Sayako Nagai 2023
All right reserved.

Original Japanese edition published in 2023
by SHINCHOSHA Publishing Co., Ltd.
Korean translation rights arranged with
SHINCHOSHA Publishing Co., Ltd. through Danny Hong Agency
Korean translation copyrights © 2024 by EunHaeng NaMu
Publishing Co., Ltd.

고비키초의 복수

나가이 사야코 장편소설

김은모 옮김

은행나무

차 례

정월 그믐날의 술시(오후 7시~9시). 주변이 어두워졌을 무렵, 고비키초의 극장 뒤편에서 복수가 행해졌다.

눈이 내리는 가운데, 빨간 후리소데(소매가 길고 화려한 무늬로 장식한 일본의 전통 여성 예복)로 머리를 가린 채 우산을 쓰고 서 있는 한 소년. 우락부락한 도박꾼이 소년을 여인으로 착각하고 다가가 말을 걸었다. 그러자 소년은 덮어쓴 후리소데를 내던지고 흰옷 차림을 드러냈다.

"나는 이노 세이자에몬의 아들 기쿠노스케. 그대 사쿠베에는 내 아버지의 원수. 여기서 정정당당하게 승부를 겨루자."

소년은 낭랑한 목소리로 신분을 밝히고 긴 칼을 겨누었다. 그러자 도박꾼 사쿠베에도 긴 허리칼을 뽑았다. 길 가던 사람들이 마른침을 삼키며 지켜보는 가운데, 당당한 진검 승부가 펼쳐졌다. 마침내 기쿠노스케가 사쿠베에를 베었다. 피가 튀어 흰옷이 새빨갛게 물든 기쿠노스케는 사쿠베에의 잘린 머리를 들고 구경꾼들 사이를 빠져나가 어둠 속으로 사라졌다.

항간에서는 이 일을 '고비키초의 복수'라고 부른다.

귀소항담첩(鬼笑巷談帖)

제1막

극장 찻집

안녕하십니까. 아코번 낭인들의 복수며, 소가 형제의 복수(전자는 1702년에 할복한 주군의 복수를 위해 47명의 무사들이 벌인 학살극을 가리키고, 후자는 1193년에 소가 스케나리와 도키무네 형제가 사냥터에서 아버지의 원수를 살해한 일을 가리킨다)며 복수담은 수없이 많지만, 두 눈으로 직접 본 사람은 그렇게 많지 않을 것입니다. 그렇지만 저, 문전(門前) 게이샤 잇파치는 가까이에서 보았습니다. 고비키초의 복수는 연극도 당해내지 못할 만큼 박진감 넘치는 일이었는지라, 이 일대에서는 모르는 사람이 없습지요.

그건 그렇고 나리는 왜 저 같은 사람을 극장 찻집(시바이자야(芝居茶屋), 에도시대 때 극장에 딸린 영업집. 관객의 안내나 식사, 휴게 등을 담당했다)으로 불러서 그런 이야기를 하라고 분부하시는 것입니까. 여기는 보통, 주머니가 넉넉한 손님께서 후원하는 배우와 한잔하는 곳인데요. 보아하니 젊으신데도 아주 고지식한…… 아이고, 실례, 훌륭하신 무가의 자제이신 것 같습니다만. 아니요, 아니요, 꼬치꼬치 파고들 생각은 없습니다. 별 볼 일 없는 예인이니 불러주신다면 얼마든지 이야기를 해드려야지요. 연회실에서 만물 가다랑어가 올라온 밥상에 술까지 대접받아놓고 입을 꾹 다물 얼간이는 아니랍니다.

그러니까, 나리는 올해 열여덟이시군요. 자세가 아주 곧은 것이 참으로 늠름한 모습이십니다. 오, 참근 교대(각 지방의 영주들이 정기적으로 에도와 자신의 영지를 오가는 제도)를 수행하러 오셨군요. 이번에 처음으로 에도에 오신 것입니까? 6월에는 고향으로 돌아가신다고요. 에도를 떠나기 싫으시겠지요. 아니라면 아쉽습니다. 재미있는 곳에 가보지 않으셔서 그럴 겁니다. 다음에 오시면 에도를 속속들이 즐길 수 있도록 안내하겠습니다.

아, 그런 것은 일단 제쳐놓으라고요? 그럼 마음을 다잡고 이야기해드리겠습니다.

아직도 기억이 생생한 2년 전 정월 그믐날, 눈이 내리는 밤이었습니다.

저기 있는 모리타 극장의 뒷길에 종이우산을 쓴 사람이 있었습니다. 우산 밑으로 화려한 후리소데가 보이길래 좋은 집안의 아가씨가 배우와 밀회라도 하러 왔나 싶었지요. 극장에서 새어 나오는 샤미센 소리와 어우러져 어쩐지 남녀의 정분을 다루는 연극의 한 장면이 시작될 것 같은 풍정이었습니다.

그런데 웬 도박꾼이 졸개를 하나 거느리고 다가오지 뭡니까. 이름은 사쿠베에, 키가 여섯 척은 될 법한 거한이지요. 칼을 들고 무뢰배와 싸움을 벌였다는 둥, 젊은 여인을 욕보였다는 둥 도박장 근방에서 나쁜 소문이 끊이지 않는 서른 줄의 흉포한 자입니다.

사쿠베에는 혼자 서 있는 아가씨를 보고 몹쓸 마음을 먹었는지, 히죽거리는 얼굴로 다가갔습니다.

"젊은 아가씨가 이런 시간에 혼자 있으면 위험해."

그딴 소리를 지껄이며 상대의 소맷자락에 손을 뻗었지요. 연극이 끝나고 돌아가는 길에 골목을 들여다본 사람도 있었습니다만, 기개 있게 나서서 아가씨를 구해주려는 자는 아무도 없었습니다. 이것 잘됐다 싶었는지 사쿠베에는 아가씨의 팔을 확 끌어당겼습니다.

그러자 아가씨가 우산을 떨어뜨리는 것과 동시에 후리소

데를 홀렁 벗어서 사쿠베에게 내던지는 것이 아니겠습니까? 깜짝 놀란 다음 순간, 그 자리에 아직 앞머리를 밀지 않은(에도시대에 남자는 관례를 치를 때 앞머리와 정수리를 밀었다) 흰 옷 차림의 소년이 나타났습니다. 나이는 열대여섯. 내리는 흰 눈에도 뒤지지 않을 만큼 살빛이 흰 미소년이었지요. 소년이 긴 칼을 스르륵 뽑아서 상대의 눈에 겨누고, 앞을 똑바로 쳐다보는 모습이 얼마나 늠름하던지.

"나는 이노 세이자에몬의 아들 기쿠노스케. 그대 사쿠베에는 내 아버지의 원수. 여기서 정정당당하게 승부를 겨루자."

그런 목소리가 낭랑하게 울려 퍼지고, 아까와는 달리 복수극의 한 장면이 시작됐지요. 구경꾼이 점점 모여들었지만, 칼이 겁났는지 다들 멀찍이 둘러싸고 바라보았습니다. 마침 극장 창문에서 새어 나온 불빛이 뻥 뚫린 공간에 마주선 두 사람을 비추었지요.

사쿠베에는 사람들이 이렇게 지켜보는데 도망칠 수는 없겠다고 각오를 다졌는지, 긴 허리칼을 쑥 뽑더니 험악한 얼굴로 소년을 노려보았습니다. 잠시 시간이 멈춘 것처럼 눈이 조용히 내려 쌓였습니다.

소년이 기합 소리와 함께 덤벼들자 사쿠베에도 칼을 쳐들었습니다. 한 번, 두 번, 칼이 맞부딪치는 소리가 주변에 울려 퍼졌지요. 하지만 두 사람은 체격이 너무나 달랐어요. 이대로 가다가는 가냘픈 소년 기쿠노스케가 당하지 않을까 걱정됐지만, 가벼운 몸놀림으로 날쌔게 칼을 피하는 사이에 사쿠베에가 숨을 헐떡이기 시작했습니다.

이것이 기쿠노스케의 책략인가 싶었던 순간,

"이얍."

기쿠노스케가 고함을 지르며 칼을 힘껏 휘둘렀습니다.

"끄아아악."

단말마의 비명이 울려 퍼지고, 시뻘건 피 보라가 흰 눈 위에 촥 튀었습니다. 기쿠노스케의 흰옷도 순식간에 붉게 물들었고요. 마침내 사쿠베에를 쓰러뜨린 것입니다.

"형님."

졸개가 소리치며 달려왔지만, 덤벼들 낌새는 없었습니다. 기쿠노스케는 망설임 없이 걸음을 옮겨 쓰러진 사쿠베에 위에 올라타고 숨통을 끊었습니다. 일어선 기쿠노스케의 손에는 빨간 덩어리가……

"아버지의 원수, 사쿠베에를 해치웠노라."

드높게 외치며 들어 올린 그것은 사쿠베에의 머리였습니다. 기쿠노스케는 잘라낸 머리를 들고 어둠 속으로 달려갔고, 내리는 눈이 조용히 빨간 핏자국을 지웠습니다.

장하도다, 소년 기쿠노스케. 멋지게 아버지의 원수를 갚았으니, 이것이 바로 세상에서 말하는 '고비키초의 복수'로다.

띠리링, 하고 이쪽에서 샤미센이라도 한 자락 들어가면 좋겠지요. 하지만 오늘은 연회실에 게이샤 누님이 안 계셔서 입으로 샤미센 흉내를 내보았습니다.

보고 있었느냐고요? 네, 물론이지요.

저는 모리타 극장의 문전 게이샤니까요. 연극이 술시에 끝나고 극장에서 동료와 정리를 하고 있는데,

"이보게들, 엄청난 일이 시작됐어."

하고 다른 동료가 소란을 떨기에 뒤쪽 작은 창문으로 내다보고 놀랐습지요.

덕분에 한동안은 이 일을 이야깃거리 삼아 여기저기 떠들고 다녔답니다.

아아, 괜찮습니다. 제가 알아서 따라 마시도록 하지요.

어, 제 나이 말씀이십니까? 올해 스물여덟입니다. 그렇게 안 보인다고요? 얼굴이 동글동글하니 의외로 귀엽다는 평판을 듣고 있습지요. 아, 그렇지는 않다고요. 그것참 실례하였습니다.

그런데 저 같은 문전 게이샤를 부른 이유를 여쭙고 싶습

니다만. 엇, 문전 게이샤가 무엇이냐고요? 무사 나리께서는 문전 게이샤를 모르십니까? 모를뿐더러 연극도 전혀 안 보신다니…….

뭐, 에도에서 극장 마을(에도시대 때 제한된 지역에만 설치가 허가된 극장을 중심으로 발달한 마을)은 악처(아쿠쇼(惡所), 에도 막부가 필요악으로 인정해 규제하고 관리하던 지역. 유곽과 극장 마을을 가리킨다)라고 불리니까요. 품행이 방정하신 무사 나리들은 여간해서는 걸음을 하지 않는다고 들었습니다만, 저는 그런 악처에서 나고 자랐습니다. 세상 사람들과는 여러모로 다르지요.

극장 마을이 어떤 곳이냐니, 그야 보신 대로 악처입니다. 뭐, 대강 설명해드리자면, 에도에는 관의 허가를 받은 극장이 세 곳 있습니다. 여기 고비키초에 있는 모리타 극장과 사카이초의 나카무라 극장, 후키야초의 이치무라 극장이지요. 그리고 극장마다 예비 극장이 있는데요. 나카무라는 미야코 극장, 이치무라는 기리 극장, 모리타는 가와라사키 극장입니다. 지금 고비키초에서는 예비 극장이 상연을 맡고 있습니다만, 사람들에게 잘 통하니까 그냥 모리타 극장이라고 부르고 있습지요. 극장 주인인 가와라사키 어르신에게 알려지는 날에는 야단을 하시겠지만…….

아무튼 동짓달인 11월이 되면 어느 극장에 어떤 배우가 출연하는지 알리는 소개 행사가 열립니다. 배우들은 각자 극장과 1년간 계약을 맺는데요. 매년 소개 행사 때 어느 극장에 출연하게 됐는지 알리는 것이지요. 좋아하는 배우가 올해는 나카무라 극장 소속이었는데 내년에는 이치무라 극장 소속이라면 연극을 보러 가는 극장도 달라질 테니, 세 극장의 주인은 인기 배우를 놓고 교섭을 합니다. 물론 손님은 좋아하는 배우의 소속을 확인하는 것에 그치지 않고,

"이야, 올해 나카무라에는 새로운 얼굴이 있군. 궁금한데."

하고 관심을 가질 수도 있겠지요. 연극광들은 세 극장의 소개 행사를 전부 보고서 올해 주로 드나들 극장을 정하기도 한답니다.

여기서 중요한 역할을 하는 것이 바로 저희 같은 문전 게이샤입니다.

여기서 문전은 극장 출입구 앞을 말하지요. 거기서 입장료를 내고 안으로 들어가야 연극을 볼 수 있습니다.

나리도 오늘 극장 앞을 지나오셨을 것입니다. 지금 고비키초에서는 이치카와 단주로, 뛰어난 여장 배우(온나가타(女形), 가부키에서 여자 역할을 맡는 남자 배우)인 이와이 한시로

와 세가와 기쿠노조, 가타오카 니자에몬 등 이름난 배우들이 활약 중이에요. 연극을 좋아하는 사람은 그것만으로도 마음이 들뜨는 법입니다만…… 아무래도 통 모르겠다는 표정이시군요. 연극을 한 번도 본 적이 없으시다니 그럴 만도 합니다.

하지만 아무리 연극을 좋아해도, 익숙한 상연 목록 말고는 무슨 연극을 하는지 모르지요. 새로운 작품이 걸린 날에는 극장 앞에서 이러쿵저러쿵 쑥덕대는 사람들이 많아집니다. 그렇듯 극장 앞에서 들어갈지 말지 망설이는 손님에게 연극의 볼거리와 재미를 전달하는 것이 저희 문전 게이샤의 역할입니다.

뭐, 이렇게 보라색 홑옷에 노란색 하오리(기모노 위에 걸쳐 입는 짧은 겉옷), 머리에는 수건을 두른 요란한 복장으로 부채를 들고 이야기하는 것이지요. 대개는 두세 명이 나란히 서서 말하지만, 저는 목소리가 커서 가끔은 혼자 극장 앞에 설 때도 있습니다. 연극 내용을 설명하는 것은 물론, 때로는 간판 배우의 대사를 흉내 내서 연기를 선보이기도 합니다. 예를 들어 소가 형제의 복수담이라면, 우이로 장수의 긴 대사(우이로라는 약의 유래, 효능 등을 빠른 말투로 늘어놓는데, 발음이 어렵고 대사가 아주 길어서 연극 속의 볼거리 중 하나다)를 술술 외는

식이지요.

어, 지금 여기서 보여줄 수 있느냐고요? 그럼 실례를 무릅쓰고…….

오는구나, 오는구나, 뭐가 오느냐.

고야산의 보잘것없는 스님.

너구리 백 마리, 젓가락 백 벌, 찻잔 백 개, 막대기 팔백 자루.

무구(武具) 마구(馬具), 무구 마구, 무구 마구 셋,

무구 마구를 더하면 무구 마구 여섯.

국화밤, 국화밤, 국화밤 셋, 국화밤을 더하면 국화밤 여섯.

보리 껍질, 보리 껍질, 보리 껍질 셋,

보리 껍질을 더하면, 보리 껍질 여섯.

아이고, 대단하다는 말을 들을 정도는 아닙니다. 문전 게이샤라면 누구나 할 줄 아는 대사 중 하나인 것을요. 이런 대사를, 연극에 나오는 배우의 말투를 흉내 내서 외는 것이지요. 이치카와 단주로처럼 멋진 자세를 취하거나 하면, 환성이 일기도 한답니다. 물론 저는 흉내만 낼 줄 아는 앵무새일 뿐이니, 진짜는 돈을 내고 극장에 들어가야 볼 수 있다는 것도 다들 잘 알고 계시고요.

개중에는 자기도 직접 해보고 싶다는 호사가도 계신지라,

유명한 대사만 모아놓은 서책도 팝니다. 저희도 그 책의 내용을 머릿속에 단단히 새겨놓고 있습지요.

그런데 쩨쩨한 사람도 많습니다. 한 번도 돈을 내고 극장에 들어온 적 없으면서 문전 게이샤만 평가하며,

"저 극장의 문전 게이샤는 재주가 제법 뛰어나지만, 이 극장의 문전 게이샤는 별로야."

하고 함부로 말을 늘어놓지요. 뭐, 저는 문전 게이샤 중에서도 재주가 좋다는 평판입니다만.

그런 것은 제쳐놓고, 아 참, '고비키초의 복수'였지요.

처음으로 제가 그 이야기를 했을 때는 그야말로 난리였습니다. 에도 토박이는 뜬소문을 좋아하거든요. 더군다나 이것은 뜬소문을 넘어 바로 근처에서 일어난 일이잖습니까.

하지만 시간이 흐르면 쉬이 잊히는 법이지요. 이 길에서 진짜 복수가 행해졌는데도 금세 질려버려요.

"아아, 그런 일도 있었더랬지."

"그 이야기는 이제 손때가 묻어서 못써."

"아코번 낭인들의 복수담만큼은 재미 없어."

이렇듯 항간의 입맛만큼 제멋대로인 것은 없습니다. 그렇지만 저처럼 두 눈으로 직접 본 사람은 좀처럼 잊어버릴 수가 없습지요. 시신을 보았느냐고요? 뭐…… 발 정도는 보았

습니다. 목이 떨어진 시신을 빤히 보면 훗날까지 꿈자리가 뒤숭숭할 것 같아서요. 극장 동료들도 으스스하다며 얼른 화장터로 옮겼지요. 지금도 몸이 부르르 떨릴 지경입니다. 나무아미타불…….

기쿠노스케 씨에 대해서는 생생하게 기억납니다. 한때는 모리타 극장에 계셨으니까요.

나리께 말씀드리는 것은 부처님 앞에서 염불하는 격이겠지만, 복수를 행하려면 일단 고향을 떠나기 위해 이러저러한 이유로 원수인 누구누구를 죽이겠다는 허가장을 받아야 합니다. 부교쇼(부교는 행정, 재판 사무 등을 담당하는 무사의 직책이고, 그 직무를 실시하는 곳을 부교쇼라고 한다)에도 신고해야 하고요. 그리고 그 원수를 찾아내 복수하기 전에는 고향으로 돌아갈 수조차 없다더군요.

연극에서는 복수를 해내는 이야기가 많고 사람들 사이에서도 그런 내용이 인기를 끕니다만, 에도에는 원수를 찾지 못해 고향으로 돌아가지 못하고 낭인처럼 쪽방(나가야(長屋), 칸을 막아서 여러 가구가 살 수 있도록 지은 기다란 연립주택)에서 빈둥빈둥 지내는 사람도 있습니다. 그렇게 되면 무가 출신이라는 점이 괜스레 원망스럽기도 하겠지요.

그건 그렇고 복수를 해낸 기쿠노스케 씨의 이야기였지요.

네, 처음 만났을 당시가 지금도 똑똑히 기억납니다. 소설 삽화에서 빠져나온 것처럼 곱상하게 생긴 소년이었으니까요. 하지만 오랜 여정 탓에 녹초가 된 데다, 노잣돈도 다 떨어졌는지 어찌할 바를 모르는 표정이었습니다. 더구나 일부러 극장 앞까지 왔으면서, 연극에 대해서는 전혀 아는 바가 없는 눈치였지요.

평소처럼 출입문 앞에서 연극에 대해 설명하고 있자니 제 앞으로 쑥 다가와서,

"그렇게 말솜씨가 좋은 것을 보니 그대는 이름난 배우 같구려. 여기서 일을 시켜줄 수 없겠소?"

그렇게 말하는 것 아니겠습니까. 처음에는 놀리는 줄 알았습니다만, 아무래도 진심으로 그렇게 생각하는 것 같더군요. 저도 천성이 단순하다 보니, 그런 칭찬을 듣자 기뻐서 이것저것 보살펴주게 되었습니다.

복수를 행한 그날 밤도, 얼마 전까지 함께 극장에 있었습니다. 그러다 기쿠노스케 씨가 아카히메(赤姬, 가부키에 등장하는 여자 귀인 역의 총칭. 대개 붉은(赤) 옷을 입기 때문에 이러한 명칭이 붙었다)의 낡은 후리소데를 들고 극장 뒷문으로 걸어가는 것을 보았지요.

"왜 그러오?"

하고 말을 걸자,

"아무것도 아니오."

라는 대답이 돌아왔습니다. 곱상한 얼굴이라 후리소데가
잘 어울릴 것 같다 한들, 가지고 가서 입지는 않을 테지요.
그러나 아무것도 아니라는데 캐어묻기도 망설여져서,

"그렇군."

하고 넘어갔습니다. 어느 집 아가씨에게라도 주려는 것
아닐까 싶었지요.

결국 그것이 도박꾼 사쿠베에를 유인하기 위한 소도구였
음은 나중에야 알았습니다. 이야, 역시 어려도 무사는 무사.
참으로 다부지다 하지 않을 수 없습니다.

그런데 나리께서는 고비키초의 복수에 대해 뭘 알고 싶으
신 것입니까? 혹시 기쿠노스케 씨께 불만이라도 있으신 것
입니까? 그렇다면 그냥 흘려 넘길 수 없겠는데요. 어, 그런
것이 아니라, 기쿠노스케 씨의 서찰을 가지고 오셨다고요?
이런, 나리께서는 기쿠노스케 씨와 아는 사이셨군요. 친한
사이시라. 그러고 보니 나이도 비슷해요. 흠…… 잠깐 보여
주십시오.

'이자는 이 몸의 친우이니, 일의 자초지종과 그대의 과거
등을 들려주길 바랍니다.'

라고 적혀 있군요. 분명 기쿠노스케 씨의 필적이에요.

글씨를 아느냐고요? 그야 알지요. 저는 원래 '안쪽' 사람이니까요. 어, '안쪽'도 모르신다고요? 아이고, 난생처음 볼 만큼 고지식한 분이 오셨군그래.

안쪽이라 하면 요시와라 유곽(에도 막부의 허가를 받아 에도 변두리에 만들어진 성매매 구역)이지요. 아무리 그래도 유녀는 아시겠지요. 거기서 누가 누구에게 보내는 서찰인지 모르는 놈은 밥도 못 얻어먹기 십상입니다. 만약 서찰을 잘못 전달했다가는 밧줄에 묶여서 정원수에 매달리는 법이지요. 먹고 살기 위해서라도 일단 노래와 글씨부터 배워야 합니다. 그러는 것이 당연한 곳이에요.

뭐, 요시와라와 극장 마을은 인연이 깊습지요. 둘 다 천한 것들이 사는 악처니까요. 호적 대장에 실리지 않은 어중이 떠중이가 왕래하고는 한답니다. 그러나 둘 다 세풍이 시작되는 곳인지라, 인기 있는 노래부터 옷과 머리 모양, 화장까지 두 곳을 흉내 내기 바쁘지요. 사람들이 내려다보기도 하고, 올려다보기도 해서 저희도 저희가 어디에 서 있는지 모를 지경입니다.

저에 대해 좀 더 자세히 말해달라니⋯⋯. 대체 무엇을 알고 싶으신 것입니까?

분명 여기에는 '과거'라고 적혀 있습니다만, 제 과거를 들어보신들 여행담으로 써먹지도 못할 것입니다. 게다가 기쿠노스케 씨는 이미 알고 계시는 이야기니까요. 기쿠노스케 씨와 똑같은 내용을 알고 싶다는 말씀이십니까?

야단났네. 뭐, 나리 같은 분은 저 같은 놈을 만날 일이 좀처럼 없으실 테니, 재미있어하시는 것도 이해는 갑니다. 천민 마을에 사는 요괴 같은 존재라고 생각하시는 것 아닙니까? 그런 것이 아니라고, 그렇게 올곧은 눈으로 바라보셔도 이야깃거리가 늘어나지는 않습니다만…… 이제 와서 부끄러워할 일도 아니므로 재미있게 들어주시기 바랍니다. 저는 그야말로 재담 같은 인생을 살아왔으니까요.

태생은 악처인 요시와라 논밭(요시와라 유곽은 사방이 논밭으로 둘러싸여 있었다고 한다)입니다. 네, 제 어머니는 유곽의 여인인 '유녀'였습지요. 요시와라는 가게의 급에 따라 명칭이 다릅니다. 전면에 대나무 격자를 달아놓은 상급 기루는 소마가키, 4분의 3을 대나무 격자로 막아놓은 중급 기루는 한마가키, 아래쪽 절반만 대나무 격자로 막아놓은 소한마가키는 가격이 저렴한 하급 기루입지요(요시와라 유곽에서는 밖에서 유녀를 볼 수 있도록 대기실을 격자로 막아두었는데, 급이 낮아질

수록 격자에 트여 있는 공간이 커졌다). 뭐, 항간에서 화제에 오르는 오이란(유곽에서 가장 등급이 높은 유녀를 가리키는 말)은 소마가키에서도 특히 인기가 있는 두세 명의 최상급 오이란입니다.

어머니는 중급 기루의 유녀였습니다. 거기서는 나름 인기가 있는 편이었다지만, 상급인 소마가키에 비하면 손님의 질이 그리 좋지 못했어요. 돌림이라고 하여 하룻밤에 여러 명의 침소를 돌아다니는 것도 흔한 일이었습니다. 그러는 사이에 배 속에 아기가 생긴 줄도 몰랐지요. 주조류(일본 의술 유파 중 하나. 에도시대에는 낙태를 전문으로 하는 사람이 많았다)를 찾아가서 떼려고 해도 아이가 너무 커진 뒤라 어쩔 수 없이 낳았다는 모양입니다. 어린 시절에 주변의 오지랖 넓은 사람들에게 들은 이야기입니다만.

그 무렵 어머니와 사이가 좋았던 손님이 있었다더군요. 약재상의 중간급 종업원이라고 했던 것 같습니다. 어머니는 약재상 주인을 한두 번 따라온 그 잘생긴 사내가 제 아버지라고 우겼지요. 하지만 그렇게 자주 찾아올 수 있는 신분은 아니었으니, 기루의 안주인은 다른 사람 아니겠느냐고 했고요. 뭐, 결국은 유곽의 부질없는 연분. 아버지가 누구든 이제 저와는 상관없는 일입니다.

기왕 유녀의 아이로 태어날 것이면 계집이 낫다고들 하지요. 계집아이라면 그야말로 돈이 되니까 기루 주인과 안주인이며, 뚜쟁이, 잡부에 이르기까지 모두 귀여워해줍니다. 어여쁘게 차려입히고 어릴 때부터 붓글씨, 춤, 칠현금, 샤미센 등을 가르치지요. 가무로(유곽에 살며 고급 유녀의 시중을 드는 어린 유녀)가 되어 오이란의 처소에 드나들면 과자나 용돈도 받을 수 있고요. 하지만 아쉽게도 저는 사내라서요. 물건이 달려 있다는 소리에 어머니는 울었다고 합니다. 그것만큼은 울어도 어쩔 수 없는 일이지만요.

하지만 돈독이 오른 기루였던 만큼 공짜 밥을 먹이기는 아까웠을 테지요.

"지금 당장 어여쁜 가무로가 들어오기를 바랄 수는 없는 노릇이잖나. 이 아이도 화장하면 어여뻐 보일 테니 딱 좋아."

그런 안주인의 말에 따라 천지 분간을 할 무렵에는 빨간 기모노를 입고 가무로 대신 유녀 옆에 단정히 앉아 있었습니다. 그러자 기루의 누님들과 손님들이 귀여워해주길래, 저도 신나서 계집아이처럼 행동하게 됐습지요. 하지만 그런 생활도 오래가지는 않았습니다. 열 살이 넘어갈 무렵이 되자 성급한 손님이 가무로인데도 침소에 데려가려고 했거든요.

"자칫하다 사내임이 들통나서 가게의 평판이 떨어지면 안 되니까, 가무로는 그만 시키자."

그리하여 바로 가무로의 자리에서 물러나게 되었습니다. 제가 억지로 끌려갈 뻔한 것은 대단한 일이 아니었습니다. 만약 여인이었다면 시끌벅적했겠지요. 유곽에서 자란 유녀가 첫 손님을 받게 되면 돈을 많이 받을 수 있으니까요. 하지만 사내는 돈도 받을 수 없거니와 가게의 평판에 흠집이 생기지요.

뭐, 그 후로는 입장이 어중간해졌습니다.

어딘가에 양자로 보내면 좋겠지만 그러기에는 나이가 많았습니다. 그렇다고 유곽에 사내아이가 일할 만한 곳은 없었고요. 달리 갈 데가 없었던 저는, 요시와라 밖에서 드나드는 게이샤의 샤미센 상자를 옮겨주는 일 따위를 하면서 생활했습니다.

그런 처지다 보니 앞날은 생각해본 적도 없었지요. 당장 오늘 밥은 먹을 수 있는지, 기루의 이불 보관실에 잘 곳은 있는지, 그런 생각만 하며 하루하루를 보냈습니다.

어머니는 매일 밤 바빠서 저를 전혀 돌봐주지 않았습니다. 아침이 돼서 손님이 돌아간 후에 이불 보관실에 들어오면, 자고 있는 저를 보고 화가 나는 것인지 배를 걷어차기 일쑤였어요. 이런, 오늘은 다리가 덜 올라가는 것을 보니 몸이 안 좋은가 보구나. 그런 생각을 할 정도였습지요. 가끔 어깨를 주물러주면 기뻐하기도 했습니다만, 오히려 어깨를 잡자마자,

"아프잖아."

하며 떠밀치기도 해서 여인의 마음은 알다가도 모르겠더군요……. 어쩌면 여인의 마음을 몰랐던 게 아니라 건드리면 안 되는 고약한 심보를 잘못 건드렸는지도요.

어머니는 두 해에 한 번쯤 사내에게 홀딱 반하고는 했어요. 그래서 어머니 심부름으로 연서를 전해주러 간 적도 있었습니다. 손님이라면 그나마 낫지만, 기루의 잡부나 가미유이(손님의 머리를 단장해주는 일을 업으로 삼은 사람)에게 반하면 참으로 골치가 아팠지요. 아침에 손님이 물러간 후 사내를 방으로 끌어들이니, 저는 방에서 쫓겨날뿐더러 나중에 안주인에게 야단도 맞거든요. 더구나 사내가 제 얼굴을 보자마자 때린 적도 있었습니다. 질투 때문일까요? 옛날 사내와의 사이에서 태어난 아이는 그냥 내버려두면 될 터인데 말입니다.

그런 식으로 살다가 열두 살이 된 어느 날, 기루의 안주인이 제게,

"너, 앞으로 어떻게 할 거니?"

하고 묻더군요.

"어떻게고 저떻게고 어쩌면 좋을까요."

그렇게 대답하자 안주인은 웃었습니다.

요시와라 안에 있으면 손님 외에 다른 사내들과는 만날 기회가 별로 없습니다. 손님의 시중을 드는 잡부 말고는 가미유이, 호칸(술자리에서 흥을 돋우고 손님의 비위를 맞추는 남자 예인), 호위꾼, 안마사…… 정도일까요. 건실한 장사꾼은 본 적도 없으니 할 수 있을 것 같지 않았습니다. 안주인도 그런 곳에 일하러 보낼 생각은 없는 듯했고요.

그런데 안주인이 갑자기 이렇게 말하지 않겠습니까.

"애, 거기서 춤을 춰보렴. 스미요시 춤이라도 상관없으니까."

스미요시는 연회석에서 흥을 돋우는 우스꽝스러운 춤 중 하나입니다. 안주인은 샤미센을 타며 노래를 불렀습니다. 저는 춤을 좋아하기도 하니까 그 자리에서 한바탕 춤동작을 선보였지요. 그러자 안주인은 흠, 하고 뭔가 고민하듯이 고개를 갸웃거린 후 말했습니다.

"오늘 저녁 유시(현재의 오후 5~7시)에 여기로 오너라."

분부를 받들어 안주인 방으로 가자 화로를 사이에 두고 안주인 맞은편에 호칸 사노스케 사부(시쇼(師匠), 기예에 숙달

해 남에게 자신의 기예를 가르쳐줄 수 있는 예인을 높여서 부르는 경칭)가 앉아 있더군요. 나이는 쉰 살 정도에, 매끈하게 벗어진 대머리. 어떤 상급 기루의 주인을 따라 요시와라를 돌아다니는 모습을 저도 자주 보았습니다. 저희 같은 중급이 아니라, 소마가키에 가는 손님을 모시기 위해 늘 문전 찻집(히키테자야(引手茶屋), 에도시대 때 손님을 기루로 안내하는 일을 하던 집. 반대로 기루에서 오이란이 손님을 맞으러 오기도 했다)에 있었지요.

"사노스케 씨, 이 아이를 댁이 데려가서 보살펴주면 안 되겠소?"

안주인의 말에 제가 놀랐습지요. 사노스케 사부는 호오, 하고 고개를 끄덕끄덕하더니, 머리를 갸웃하고 저를 보았습니다.

"무엇을 할 줄 아느냐?"

"스미요시 춤을 조금…… 그리고 샤미센과 칠현금도 탈 줄 압니다."

가무로 흉내를 냈던 시절에 배운 덕분에, 조그마한 재주라면 부릴 줄 아니 그렇게 대답했습니다. 실제로 보여주려고 일어서려 하자 사부는 고개를 저으며,

"볼 필요 없다."

하고 퇴짜를 놓더군요. 제자로 받아들이려던 것이 아니었나 싶어 반쯤 안도했더니만,

"알았네. 내가 맡도록 하지."

그러지 뭡니까.

아니, 아니, 잠깐만. 나는 호칸이 될 생각이 눈곱만큼도 없고, 안주인이 멋대로 정한 일이라고 따지고 싶었지만, 도저히 말이 안 나오더군요. 여기에 머물러 있어봤자, 앞으로 덩치가 더 커지면 제 자리가 없어지리라는 것은 알고 있었거든요. 이제는 이 길뿐이라고 각오하는 수밖에 없었습니다.

"그럼, 넌 사노스케 사부를 따라가거라. 네 어머니에게는 말해뒀다. 나보고 알아서 하라더구나."

제가 모르는 사이에 참으로 박정한 이야기가 오갔던 것이지요. 이제 와서 어머니에게 인사를 한다 해도 무슨 말을 하면 좋을지 모르겠고, 어머니가 울면서 잘 지내라고 말한들 진심으로 들리지도 않겠지요. 저희는 덤덤하게 헤어졌습니다. 어머니는 화장을 하면서 "가니?" 하고 물었습니다. 저도 어머니의 얼굴도 보지 않고 "응" 하고 대답했고요. 얼마 안 되는 짐을 챙겼고, 그날 중에 대문 밖으로 쫓겨나 사노스케 사부를 따라갔습니다.

그런데 나리, 호칸은 아십니까? 모르신다고요. 하긴, 연회

석의 유흥과도 인연이 없으실 테니까요. 지체 높은 무사님께서 호칸을 불러 유흥을 즐기셨다는 이야기도 가끔 들리기는 합니다만.

호칸은 큰북잡이나 사내 게이샤라고도 불리는 직업입니다. 보드라운 비단 기모노를 약식으로 입고, 발에는 흰 버선과 셋타(대나무 껍질로 만든 밑바닥에 가죽을 대고, 뒤꿈치에 쇠붙이를 박은 신발)를 신지요. 화려한 색깔의 예복 하오리를 걸치고 머리에 수건을 얹은 모습으로 요시와라 유곽이며 후카가와, 신바시 같은 유흥가에서 노니는 손님들의 비위를 맞춥니다. 연회석의 흥을 돋우고, 때로는 오이란과 손님 사이에서 연정의 가교가 되어주는 것이 호칸의 역할입지요.

저도 어렸을 적부터 요시와라에 살았으니, 호칸과는 그야말로 얼마나 많이 마주쳤는지 모를 지경이에요.

"이야, 역시 대단하세요. 오이란도 몸이 달 것입니다. 아까도 저 집의 오이란이 자기는 그분이 없으면 외롭다고 울었어요. 여간 아니십니다."

이것이 호칸이 입에 달고 사는 말입니다. 하지만 사실 그 오이란은 그 손님을 눈곱만큼도 기다리지 않습니다.

"슬슬 씀씀이가 좋은 그 손님을 데려와주게. 수고비는 듬뿍 줄 터이니."

기루 안주인에게 그런 부탁을 받고 호칸이 거짓말을 한 것이지요. 하지만 손님은 기를 살려주는 호칸의 말에 기분이 좋아집니다.

"그런가……. 그럼 오랜만에 오이란을 만나러 가볼까."

결국 입을 헤벌쭉거리며 호칸을 졸래졸래 따라가지요. 참으로 꼴사나운 모습이에요. 저는 시시때때로 그런 모습을 보았습니다. 엉큼한 마음을 품으면 아무리 풍치 있게 꾸미려고 애써도 모양이 나지 않는 법이로구나 싶어서 어찌나 웃기던지. 아무튼 서당 개 3년이면 풍월을 읊는다고, 저도 금방 호칸 흉내를 내게 되었지요.

"오오, 나리. 참 멋지게 차려입으셨습니다. 그렇게 훌륭한 풍채로 구경만 하고 돌아다니시면 안 됩니다. 저기 격자 안쪽의 유녀들이 아까부터 나리만 쳐다보느라 장사가 안 돼요. 이쯤에서 한 명 고르시면 안 되겠습니까."

이렇게 기루에 살던 어린 시절에 호칸을 흉내 내어, 재미있어하는 손님에게 돈을 받은 적도 있었습니다.

나는 안쪽에서 태어나 안쪽에서 자란 몸, 호칸 따위 어려운 일도 아니다, 근방의 풋내기들보다 잘할 수 있다고 얕보았지요. 재미로 가무로 행세를 한 것은 아니었으니까요. 연회석의 흥을 돋울 기예에도 자신이 있었습니다.

사노스케 사부의 집에는 유흥을 이유로 의절당한 듯한 전락한 도련님도 있었고, 정말로 호칸이 될 수 있을까 싶을 만큼 얌전한 사내도 있었습니다. 그들에 비하면 저는 말솜씨도 있고, 얼굴도 귀여운 편이었지요. 호칸은 용모가 난점입니다. 얼굴이 너무 잘나도 안 돼요. 손님의 체면을 세우고 돋보이게 해야 하는 직업인데, 이쪽이 너무 미남이어서는 곤란합니다. 그렇다고 얼굴이 너무 못나도 안 되고요. 오이란에게 서찰을 전달할 때 받아주지를 않거든요. 못나지는 않았지만 너무 잘나지도 않은 제 얼굴이 딱 알맞은 것 같더군요.

　그 후로 저는 사노스케 사부를 따라 다양한 연회석에 얼굴을 내밀었습니다.

　"일단 아무것도 하지 않아도 되니까, 내가 어떻게 하는지 얌전히 지켜보거라."

　사부의 말대로 그저 묵묵히 따라다닐 뿐이었습지요. 사부는 단골로 불러주는 손님과 함께 연회석을 돌아다니고, 가끔은 점심을 얻어먹기도 했습니다. 그리고 그때마다 손님을,

　"역시 나리는 대단하십니다."

　하고 몹시 칭찬했습니다. 속 보인다…… 싶기도 했지만 그다지 못 할 일도 아니었습니다.

　일단 기억해둘 점은 연회에서 술이 떨어지지 않도록 할

것. 최대한 비싼 술과 음식을 주문하도록 유도할 것. 이는 문전 찻집에서 요구하는 바이므로, 반드시 지켜야 합니다. 그리고 샤미센 솜씨가 뛰어난 게이샤를 몇 명쯤 바로 부를 수 있도록 그들에게 평소에 과자나 화장품을 선물해둘 것. 때에 따라서는 연정의 가교가 되어주기도 하니까요.

솔직히 호칸이라는 일을 그렇게 하고 싶었던 것은 아닙니다. 그저 있을 곳이 없으니까 사노스케 사부 밑에 있었던 것이고, 따라서 독립하고 싶지도 호칸으로서 돈을 벌고 싶지도 않았습니다. 사부의 집에 있으면 밥도 먹여주고 잠자리도 내어줍니다. 발길질이고 주먹질이고 당하지 않고, 가끔 맛있는 음식도 얻어먹을 수 있지요. 거짓말일지언정 남을 칭찬하는 것만으로 살아갈 수 있다니 극락이 따로 없구나 싶었습니다.

그런 마음가짐이다 보니 저 혼자서는 연회석을 맡지 못한 채 5년의 세월이 흘렀습니다. 전락한 도련님은 일찌감치 친척이 거두어 사부 곁을 떠났지요. 얌전한 또 하나의 사내는 저보다 나이가 세 살쯤 많고, 이름은 야스케라고 하였는데요. 원래 상인의 아들이었지만 부모가 가산을 탕진하고 죽는 바람에 호칸이 되고자 사부를 찾아왔습니다. 그자에게는 단골손님도 있었습니다. 재주도 없거니와 말솜씨도 시원치 않았는데 말이지요.

"야스케는 굉장한 녀석이야."

사부는 종종 그렇게 말했습니다. 저는 그것이 마음에 안 들었고요. 녀석의 무엇이 그리도 굉장한지 전혀 알 수가 없었거든요. 입 밖에 내지 않아도 그러한 마음이 얼굴에 드러난 것이겠지요.

"야스케의 연회석을 한번 도와주고 오너라."

그렇게 말씀하시기에 마지못해 가기는 했습니다만, 제가 보기에는 지극히 따분한 연회였습니다. 나이 많은 게이샤가 나가우타(샤미센 반주에 맞추어 부르는 일본의 전통 성악)를 낭랑하게 부르고, 다른 한 명은 느릿느릿 춤을 추었지요. 술도 많이 마시지 않고 흥도 나지 않았습니다.

"저도 춤을 좀 출까요?"

물어보자 손님은,

"아니, 필요 없다."

하고 거절했습니다. 야스케는 특별히 재미있는 이야기를 늘어놓지도, 작은 소리로 말하는 손님을 칭찬하지도 않고 그저,

"네, 네, 그렇지요."

하고 고개를 끄덕일 뿐이었습니다.

이래서야 큰북잡이니 사내 게이샤니 할 수 있겠습니까. 야스케를 굉장한 녀석이라고 칭찬한 사노스케 사부가 제정신인가 싶더군요.

그때까지 독립하고 싶다는 생각을 해본 적이 없었습니다만 갑자기 투지가 끓어오르길래,

"저도 혼자 연회석을 맡고 싶습니다."

하고 사부와 직담판을 하였습니다. 그러자 사부가 찻집과 교섭을 해주더군요. 그런데 막상 연회석을 맡아보니 어찌된 일인지 여기저기서 불만이 쏟아지지 무엇입니까. 술이 떨어지면 눈치 빠르게 주문하고, 조용해지면 샤미센과 노래로 흥을 돋우고, 손님이 말을 꺼내면 얼른 치켜세우고⋯⋯ 사부와 똑같이 했는데도 말이지요.

한번은 어떤 상급 기루의 큰손님을 모셨는데,

"과연 나리이십니다."

하고 치켜세운 순간, 머리에 술을 끼얹었더니 흠뻑 젖은 저를 보고 껄껄 비웃더군요. 그리고,

"시끄럽다. 알랑거리지 말고 썩 나가라."

하며 면박까지 주지 무엇입니까. 사부의 말과 행동을 흉내 냈건만 무엇이 다른 건지, 전혀 알 수가 없었습니다.

결국 단골로 찾아주는 손님이 생기지 않아서, 게이샤들의

심부름을 하고 샤미센 상자를 옮겨주며 품삯을 받는 생활로
되돌아갔습니다. 어렸을 때 요시와라에서 했던 것과 똑같은
일이었지요. 야스케보다 내가 더 나을 텐데…… 하는 생각
으로 괴로웠습니다.

그러던 어느 날, 사부가 부르더군요.

"나가자."

어디를 가느냐고 물어도 대답을 안 해줍니다. 하는 수 없
이 따라가자,

"자, 이제 어떻게 할까."

하고 뜬금없이 말하더군요. 여름이라 매미가 시끄럽게 울
고, 가만히 있어도 땀이 나는 뜨거운 햇볕 아래 정처 없이 강
가를 걷고 있었지요. 뭐, 그런 날은 보통 뱃놀이입니다만, 사
부가 뭘 하고 싶은지 모르니까요. 일단,

"어디에 가시든 함께하겠습니다."

하고 대답하자,

"그럼 장어라도 먹어볼까."

라고 하길래 사부 말대로 호사스럽게 장어를 얻어먹었지
요. 그리고 또 슬렁슬렁 돌아다녔습니다.

"목욕이라도 하고 돌아갈까나."

"그것도 좋지요."

그리하여 목욕탕에서 서로 등을 씻어주고 뜨거운 물에 몸을 담근 후 돌아갔습니다. 돌아가는 길에 농경신 이나리 신사에 참배하고, 강가에서 보리차도 마셨고요. 대체 왜 함께 외출했는지 모르겠더군요. 집에 도착하자 사부는,

"오늘은 즐거웠다, 그렇지?"

하고 말했습니다. 듣고 보니 함께 여기저기 슬렁슬렁 돌아다니며 느긋하게 보내는 것은 확실히 즐거웠습니다. 물론 상대가 사부니까 신경을 쓰지 않을 수는 없었지만, 두런두런 대수롭지 않은 이야기를 나누자 참으로 기분이 좋았어요.

사부는,

"이것이 호칸이라는 것이다, 알겠느냐?"

하고 말했습니다.

"하지만 오늘은 연회실에 갔던 것이 아니고, 술자리도 없지 않았습니까."

"호칸의 소임은 꼭 술자리에만 한정되는 것이 아니다. 요는 앞에 있는 손님을 기분 좋게 하는 것이지. 오늘 너와 함께 다니면서 아주 기분이 좋았다. 어째서인지 알겠느냐? 네가 항상 나를 염두에 두었기 때문이다. 깊이 생각해주었기 때문이야. 그것이 기분 좋았다."

그런 것이었나 싶었습니다.

있을 곳이 없었던 제게 머무를 곳을 마련해준 사부가 뜻밖에도 함께 외출하자고 하신 것이 기뻤습니다. 그래서 사부가 즐겁기를 바라며 한껏 마음을 썼지요.

"너를 불러주시는 손님들께도 그렇게 하면 되느니라."

이런 것을 두고 마음에 딱 와닿았다고 하는 것이겠지요. 머리로 아는 것과 마음에 와닿는 것은 완전히 다릅니다.

저는 그때까지 찻집에 온 손님들에게 그날 사부를 대하던 식의 마음가짐을 품은 적이 한 번도 없었습니다. 손님들은 돈을 내고 놀러 옵니다. 그런 만큼 확실히 흥을 돋워서 돈값을 하고, 돈을 더 쓰게 해야 한다는 생각만 했습지요. 그래서 손님이 어떤 사람이든 똑같이 게이샤들을 춤추게 하고 신명나게 대접했습니다. 이를테면 제가 어릴 적부터 보아온 흥청망청한 연회석을 흉내 냈을 뿐이었던 거예요.

한마디로 '손님'이라고 해도 떠들썩하게 노는 것을 좋아하는 사람이 있는가 하면, 노련한 게이샤가 타는 샤미센 소리를 좋아하는 사람도 있지요. 그 차이를 조금도 몰랐던 것입니다. 그런 점에서 보았을 때, 야스케는 차분한 손님들이 풍류를 즐길 수 있도록 배려해, 조용한 찻집과 나이 많은 게이샤를 고르는 것에 능했습니다. 아아, 그것이 차이였구나, 하고 드디어 호칸의 일이 무엇인지 이해하게 되었습지요.

그렇게 따지면 저는 야스케의 단골손님같이 차분한 사람 보다는, 떠들썩하게 놀기를 좋아하는 활발한 손님과 잘 맞을 듯했습니다. 드나들던 찻집의 안주인에게 그렇게 말하자,

"과연, 드디어 깨달은 모양이군."

하고 말하더군요.

그리하여 드디어 제게도 단골손님들이 생겼습니다. 그중에서도 저를 특히 아껴준 손님은 고물상 가와치야의 주인과 건어물 도매상 스루가야의 주인이었습니다. 둘 다 호쾌한 분들이라 크게 웃으며 떠드는 걸 좋아하고, 게이샤도 샤미센 솜씨는 좀 떨어질지언정 밝고 명랑한 사람을 부르라고 하였지요. 오이란도 그저 어여쁘기보다는 술이 세고 잘 웃는 사람을 선호하였고요. 그런 손님들과의 연회는 즐거워서, 저도 점차 호칸으로 일하는 것이 재미있어졌습니다.

드디어 저도 제 몫을 할 수 있게 되었을 무렵에, 오랜만에 어머니를 만나러 가보았습니다. 안쪽에 있으니까 지나다니는 길에 얼굴을 몇 번 마주쳤는데 한동안 안 보인다 싶더라니, 병이 든 지 꽤 오래되었더군요. 뭐, 유녀에게 흔한 매독이었습니다. 기루 안주인 말로는 아무래도 병석에서 일어나지 못할 것 같다고 했습니다.

기루로 가자 어머니는 수척해진 모습으로 자리에 누워 있

었습니다.

"나 왔어."

하고 말을 걸자,

"쇼 씨야? 보고 싶었어."

하고 모르는 사내의 이름으로 부르더군요.

"어머니 아들이야."

하고 대꾸하자 어쩐지 놀란 듯한 표정이었습니다. 매독의 독기가 머리로 올라가서 자신이 아이를 낳았다는 사실도 잊어버렸던 것일까요. 마지막의 마지막에 서로 마음이 통한다거나, 그런 것을 바라지는 않았습니다만…… 어쩌면 조금은 그런 바람이 있었는지도 모르겠습니다. 보고 싶었어, 잘 지내니…… 그런 말을 들었다면 기분도 좀 달라졌을까요. 뭐, 이제 와서 어쩔 수 없지요. 그로부터 얼마 지나지 않아 어머니는 세상을 떠났습니다. 기루 안주인과 함께 간단히 명복을 빌고, 그것으로 끝이었습니다. 활짝 맑은 겨울 하늘 아래, 조칸지 절로 갔어요. 그곳은 연고 없는 유녀의 시신을 내버려도 장례를 치러주는 고마운 절이라, 내버림 절이라고도 불렸습니다. 그곳의 공양탑 앞에서 기루 안주인과 나란히 스님의 염불을 들으며 좋은 날씨구나…… 하고 멍하니 생각했습지요.

후회는 없었습니다. 그저 가슴에 구멍이 뻥 뚫린 것 같은 기묘한 심정이었어요.

하지만 다음 날 찻집에 가서 노래하고 춤추고 술을 마시자, 가슴의 구멍도 잊히더군요. 아아, 호칸이라 다행이다, 덕분에 이상한 기분에 빠지지 않아서 잘되었다고 생각했습니다.

그러던 어느 날, 가와치야 주인의 소개로 어떤 도련님이 저를 찻집으로 불렀습니다. 대대로 된장을 만들어서 파는 오카다야의 도련님이라고 하더군요. 아직 젊어서 저보다 나이가 조금 많은 이십 줄 중반이었습니다.

가와치야 주인이 말하길,

"내가 데리고 다니기에는 맥이 없고 얌전해서 말이야. 유흥에 익숙하지 않은 것 같으니, 유흥이 뭔지 좀 가르쳐주게."

라더군요. 가끔 젊은 사람이 손님들에게 끌려와서 익숙지 않은 유흥에 우왕좌왕하는 경우가 있는데, 그런 분 중 하나겠거니 했습니다. 좀 노련한 게이샤를 불러서 즐겁게 연회를 벌이면 될 것 같더군요. 그리고 가와치야 주인이,

"돈은 걱정하지 않아도 돼. 오카다야도 씀씀이가 좋거니와 계산을 나한테 돌려도 상관없으니까."

그렇게 말하는 것을 보니 그 도련님을 아주 어여삐 여기는 것 같았습니다. 만나는 것이 한층 기대되었지요. 문전 찻

집에는 샤미센을 타는 게이샤와 춤 실력이 뛰어난 게이샤도 불러두었습니다. 오이란은 직접 고르겠다기에 미리 정해두지 않았고요. 시간이 되어 나타난 오카다야의 도련님은 호리호리하고 하얀 살빛의 품위 있어 보이는 사람이었습니다.

"오카다야의 도련님, 오셨군요."

제가 맞이하자 도련님은 흥, 하고 콧방귀만 뀌더군요. 가와치야 주인의 이야기와는 다르다 싶어 불안해질 만큼 퉁명스러웠습니다.

"오이란은 누구로 할까요."

하고 물어보자,

"마쓰바야의 아사기리."

하고 상급 기루의 오이란 이름을 바로 꺼내지 뭡니까. 유흥에 익숙지 않다던데 잘못 들은 것인가 귀를 의심했습지요.

잠시 후 아사기리 씨가 왔습니다. 소박하고 얌전한 분위기라, 과연 조예 있는 사람의 취향이구나 싶었어요. 그 후로 도련님은 말없이 술을 마셨습니다.

아사기리 씨가,

"오랜만이에요, 도련님."

하고 인사하는 것을 보니 잘 아는 사이 같았습니다. 그렇지만 도련님을 좋아하지는 않는 눈치였지요. 그렇다고 싫어하는 티를 내거나, 가짜로 아양을 떨지는 않았습니다. 뭐랄까…… 오히려 두려워하는 것처럼 보이기도 했습니다.

샤미센을 타는 게이샤는 분위기를 읽고서 조용히 연주를 시작했고, 춤을 맡은 게이샤는 다른 연회실로 보냈습니다.

"가와치야의 어르신 말씀으로는 유흥을 잘 모른다고 하시던데, 아주 풍치가 있는 분이시군요."

침묵을 견디다 못해 말을 꺼내자 도련님은 또 홍, 하고 콧방귀를 뀌었습니다.

"가와치야라. 졸부가 된 고물상이 있는 척, 아는 척하고 싶은 마음에 나를 자꾸 불러내지. 유흥을 가르쳐주겠노라며, 난리법석을 떠는 자리에 늘 나를 데려가. 결국에는 호칸을 붙여주겠다니, 무슨 꼴값인지 원."

저는 허어, 하고 할 말을 잃었습니다. 늘 찾아주는 단골손님을 나쁘게 말했으니, 뭐라고 항변해야 할 터였지요. 하지만 지금 눈앞에 있는 손님은 오카다야의 도련님이니 이쪽에도 마음을 써야 했고요.

"가와치야의 어르신은 도련님을 어여삐 여기시더군요."

제 말에 도련님은,

"못 들었나. 나는 그 작자를 싫어해."

하고 나지막한 목소리로 대꾸했습니다. 그러자 술을 따르던 아사기리 씨가 손을 떠는 바람에, 병에서 쏟아진 술이 도련님의 무릎에 묻었습니다.

"아, 죄송해요."

아사기리 씨가 사과하자마자,

"무슨 짓이냐."

하며 도련님이 아사기리 씨의 뺨을 올려붙이더군요. 그것도 한껏 힘을 담아서요. 옆으로 쓰러진 아가시리 씨는 비녀가 바닥에 떨어져서 머리가 흐트러질 정도였습니다. 도련님은 벌떡 일어나 아사기리 씨의 머리채를 잡고, 서로 코가 닿을 만큼 가까운 거리에서 을러댔습니다.

"이런 망할 년, 술도 제대로 못 따르느냐."

그러한 모습에 저는 어안이 벙벙해졌습니다. 하지만 바로 정신을 차리고 나섰지요.

"아이고, 도련님. 어찌 일부러 그랬겠습니까."

"넌 닥치고 있어, 호칸 주제에 어딜 끼어들어!"

그러면서 이번에는 저를 걷어찼습니다. 배를 정통으로 얻어맞았어요. 어머니에게 발길질을 당하던 시절이 떠올라서 갑자기 어린아이로 되돌아간 것 같은 기분에, 몸을 웅크린 채 옴짝달싹도 하지 못했습니다. 샤미센을 타던 게이샤가 잡부를 부르러 방을 뛰쳐나가는 모습이 보였지요. 간신히 고개를 드니 아사기리 씨가 울면서 도련님에게 "죄송합니다" 하고 싹싹 빌고 있더군요. 도련님은 그 모습을 보고 만족스럽게 히죽거렸습니다. 아아, 이자는 내가 이렇게 넘어져서 끙끙대는 것도, 아사기리 씨가 우는 것도 즐기는구나. 그런 생각이 들었습니다.

도련님은 아사기리 씨의 몸에 올라타더니 놀리듯이 기모노를 풀어헤치고 목을 졸랐습니다. 아사기리 씨가 괴롭게 신음하는 모습을 보며 깔깔 웃더군요.

그 순간, 피가 거꾸로 솟았지요. 기합을 지르며 일어나 가까이 있던 술상을 힘껏 걷어찼습니다. 도련님이 그 소리에 정신을 판 틈에, 그의 사타구니를 냅다 차버렸습니다. 도련님은 꽥, 하고 희한한 소리를 내며 그 자리에 나뒹굴었지요. 저는 아사기리 씨를 일으켜 세워서 등 뒤에 숨겼습니다.

그때 게이샤가 부른 잡부들이 세 명쯤 방으로 뛰어들었습니다.

"대체 어찌 된 일이오?"

말문이 막힌 제가 아무 설명도 못 하자 도련님이 고개를 들고 말을 쏟아냈습니다.

"이 호칸이 무례하게 굴었다. 이 여인은 내가 샀으니, 뭘 어쩌든 불평을 들을 이유는 없어. 그런데 감싸고 들다니, 이자는 이 여인의 남첩 아닌가?"

저는 바로 잡부들에게 아니라는 눈짓을 하며 고개를 저었습니다. 잡부는 고개를 살짝 끄덕이더니,

"어이쿠, 저희 쪽에서 실례를 범하였군요. 오늘 밤 술값은 받지 않겠습니다. 기분 푸시고 나중에 또 와주시기 바랍니다."

하고 달래며 화난 도련님을 밖으로 데리고 나갔습니다.

아사기리 씨는 그 자리에서 꺼이꺼이 울었습니다. 어째선지 모르겠습니다만, 아사기리 씨의 등을 쓸어주다 보니 저도 서글퍼져서 울었고요. 아사기리 씨의 목에 도련님의 손가락 자국이 새빨갛게 남아 있더군요. 언젠가 어머니에게 발길질을 당했을 때, 어머니의 목에도 비슷한 자국이 있었던 것이 떠올랐습니다.

아아, 이런 행패를 당했던 것이로구나. 어머니를 향한 원망, 슬픔, 외로움보다도, 참 안됐구나…… 지켜주었어야 했는데…… 그런 생각이 들더군요.

찻집에서 있었던 일은 곧 가와치야 주인에게도 알려진 듯했습니다. 행패를 부린 것은 오카다야의 도련님이지만, 가와치야 주인은 그런 줄 몰랐지요. 도련님은,

"잇파치라는 호칸은 아주 성미가 고약한 자입니다. 술에

취했는지 연회석에서 저를 걷어찼습니다."

라는 식으로 설명했다고 합니다. 가와치야 주인은,

"음, 뭔가 사정이 있었겠지."

하고 두둔해주었지만 그 후로는 저를 별로 찾지 않았습니다.

"그 자리를 떠나서 잡부를 불러오는 것이 네가 할 일이었다. 더 개입할 일이 아니었어."

사부는 그렇게 말했고요. 저도 알지만 도저히 참을 수가 없었습니다.

"손님이 그렇게 난폭하게 굴면, 유녀가 어찌 버티겠습니까."

어째선지 눈물이 뚝뚝 떨어졌습니다. 설마 사부 앞에서 눈물을 흘릴 줄은 몰랐기에 저 자신도 놀랐습니다만, 결국에는 목 놓아 울었습지요. 참으로 민망했습니다.

사부는,

"잇파치, 요시와라를 떠나거라."

하고 말했습니다.

"호칸이 요시와라를 떠나서 어디로 간다는 말입니까. 후카가와나 신바시 주변의 찻집만으로는 먹고살 수 없을 텐데요."

"그러니 호칸을 그만두는 것이 좋겠다."

"사부마저 그런 말씀을 하시는 겁니까. 분명 이번에는 일을 그르쳤습니다. 하지만 따지자면 그 도련님의 잘못입니다. 그리고 저는 아사기리라는 오이란의 남첩이 아니에요."

"그것이 아니다. 그것이 문제가 아니야."

사부는 저를 달래듯이 말하더니 가늘게 한숨을 내쉬었습니다.

"잇파치, 실은 유녀를 사러 오는 사내가 싫은 것이지?"

이제 와서 무슨. 사내는 유녀를 사러 오는 법이다. 안쪽에 살면 저절로 알게 되는 이치다. 당연한 이치를 무시하면 살아가기조차 여의치 않다. 좋고 싫고의 문제가 아니다. 그렇게 말하려 했지만, 어째선지 목구멍이 꽉 막힌 것처럼 목소리가 나오지를 않더군요. 그 모습을 보고 사부가 고개를 끄덕였습니다.

"그것이 네 마음속 깊은 곳에 맺힌 응어리다. 어머니가 죽었을 때, 넌 그리 슬프지 않다고 했어. 하지만 행패를 당하는 아사기리를 보고서 돈으로 유녀를 산다는 것이 무엇인지를 깨닫고, 무심결에 손이 나가고 말았지. 그리고 그것은 인간의 도리야. 하지만 요시와라의 규칙상 그런 짓은 허용되지 않는다. 나는 유녀를 그저 유녀로 취급할 수 있다. 나는 바깥에서 태어나 바깥에서 자랐기 때문이지. 너는 유녀를 가족처럼 여기기에, 그렇게 멸시당하는 것을 견디지 못해. 앞으로도 여기서 버티기는 힘들겠지."

"설령 그러하더라도 호칸으로서 살아가기로 정했습니다. 내치지 말아주십시오."

"그러면 네가 네 마음을 내버리는 셈이 된다. 모르겠느냐."

알 것 같기도 했습니다. 하지만 태어나고 자란 요시와라를 떠나는 것은 몸에 걸친 옷을 몽땅 벗어버리는 것처럼 불안한 일이었습지요. 요시와라에 머물기 위해 받아들인 호칸이라는 생업을 버리고 전혀 모르는 곳으로 나가라니, 사부는 도깨비가 아닐까 싶었습니다. 그러나 정말로 박정한 마음에서 하는 말이 아니라는 것도 알았습니다.

정답이었거든요.

저는 어머니를 괴롭힌 사내들이 싫었고, 얼굴도 모르는 제 아버지도 싫었습니다. 가뭄로 시절에 저를 침소로 끌어들이려 한 놈도 싫었고, 비천한 신분이라고 호칸을 무시하는 손님들도 몹시 싫었습니다.

그래도 그들을 밥줄이라고 여기면 된다. 치살림과 거짓말에 기뻐하는 그들을 비웃으면 그만이다. 개중에는 약간 착한 사람도 있다. 그렇게 스스로 다독여온 마음이 한없이 쪼그라들었지요.

저는 철없는 어린아이처럼 계속 울었습니다. 사부는 나무라지 않고 묵묵히 저를 바라보았지요. 그제야 저는 더 이상 여기에 있어서는 안 된다는 것을 깨달았습니다.

그 후로 한동안 사부의 주선으로 다와라마치 부근 뒷골목의 쪽방에 살면서 과자 따위를 팔았습니다. 아이를 상대로 하는 장사라, 특이한 복장으로 큰북을 두드리고 노래를 부르며 돌아다녔습지요. 그야 뭐, 저로서는 어린 시절부터 기루의 누님들에게 귀여움을 받기 위해 터득한 다양한 재주를 한꺼번에 선보일 수 있어서 나름대로 재미있었습니다. 아이들이 웃으며 과자를 사 가는 모습을 보니 즐겁기도 했고요. 그러나 과자를 팔아봤자 쪽방 방세를 내는 것이 고작이었습니다. 호칸으로 지낼 때보다 벌이가 훨씬 적었지요. 가끔 맛있는 음식을 먹게 해주는 손님도 없었고, 세상 돌아가는 사정에도 어두워졌습니다.

좁은 쪽방의 오래된 다다미 위에 앉아 있노라면, 어쩐지 요시와라는 좋은 곳 아니냐는 생각이 들었습니다. 고달픈 곳이라느니 지옥이라느니 말하지만, 제게는 나고 자란 고향이고, 분 냄새도 그리웠습니다. 그만 공허함에 빠져 과자를 팔러 다니기도 싫어져서, 며칠이나 한 발짝도 밖에 나가지 않았지요. 이렇게 여기서 굶어 죽어도 아무도 모를 것이라는 생각에 고함을 꽥꽥 지르고 싶기도 했습니다.

그러다가 허기를 견디지 못하고 겨우 일어나서 밖을 비슬비슬 돌아다니는데, 길 건너에서 건어물 도매상 스루가야의 주인이 다가오더군요.

"오오, 잇파치 아닌가."

호칸 시절에 아껴준 손님을 만났지만, 밝게 대답하려야 할 수가 없었습니다. 하아, 하고 한숨 비슷한 인사를 하자,

"이보게, 좀 따라오게."

하며 데려간 곳이 바로 고비키초에 있는 모리타 극장이었습니다.

그때까지 저는 연극에 별로 흥미가 없었습니다. 관람하지도 않았거니와 마음 한구석으로는 연극을 깔보았지요.

"노래고 춤이고 무대에서 보여주는 것보다, 손님의 눈앞에서 보여주는 것이 훨씬 어려워."

게이샤들이 그렇게 이야기하는 것을 수없이 들었거든요.

고비키초에는 연극을 관람하기 위해 차려입고 모여든 사람이 많았습니다. 길을 오가는 사람들도 화려하고 들뜬 모습이었고요. 손님을 불러 모으는 문전 게이샤는 뭐라 뭐라

크게 소리를 질러댔고, 과자며 도시락 장수도 바쁘게 돌아다녔습니다. 시큰둥한 저와 달리 다들 활기가 넘쳤지요. 심사가 뒤틀려서인지 시끄럽게 떠드는 사람들의 목소리가 어쩐지 귀에 거슬렸습니다.

그래도 너무 배가 고픈 나머지, 도시락을 주겠다는 말에 혹해서 따라갔습지요.

극장 안은 사람들로 득실거렸습니다. 뭐가 즐거운지, 다들 신난 표정으로 아직 막이 드리워진 무대를 바라보고 있더군요. 처음에는 도시락에 정신이 팔렸던 저도 막이 열리자 극장 전체의 분위기가 싹 바뀌는 것을 느꼈습니다.

연극의 제목은 '천축의 도쿠베에(天竺德兵衛, 천축(天竺), 즉 인도를 오간 전설의 무역상 도쿠베에의 기이한 삶을 극화한 것이다)'였습니다. 주인공 도쿠베에를 연기하는 오노에 에이자부로가 무대 위로 나왔을 때, 목소리의 울림, 서 있는 자세……. 저는 마치 빨려드는 것처럼 시선을 빼앗겼지요.

이국인 천축에 갔다가 돌아온 도쿠베에가 아버지의 비원을 이루기 위해 천하의 전복을 꾀한다. 악한 사내지만 그것이 또 멋이라서요. 요술을 터득한 도쿠베에가 날고, 뛰어오르고, 둔갑합니다. 그러다 도쿠베에가 커다란 두꺼비를 타고 멋진 자세를 취한 순간 객석에서 환성이 일었고, 저도 저

절로 소리를 질렀지요. 거기가 극장이라는 것도, 도시락을 먹고 있었다는 것도, 옆자리에 스루가야 주인이 앉아 있다는 것도 잊어버리고 말입니다.

뭐라고 표현하면 좋을까요……. 아아, 이런 세상이 있구나 싶어서 가슴이 뛰었습니다. 나는 요시와라라는 작은 상자 속에서 맴돌다가 사고를 치고 쫓겨나서 지금은 작은 쪽방에 틀어박혀 있는데, 도쿠베에라는 사내는 이국에 다녀오고 요술로 적을 쓰러뜨리다니 좋겠구나, 저렇게 되고 싶구나 하는 마음이었지요. 물론 지어낸 이야기라는 것은 알았습니다. 그렇게까지 멍청하지는 않으니까요. 다만 잠깐이나마 속세를 벗어난 그 기분은 이루 말할 수 없을 정도였습지요.

"어땠나, 연극은 재미있었나?"

스루가야 주인의 물음에 몇 번이고 고개를 끄덕였어요. 연극이 끝나고 얼마 지나지 않아, 아까까지 무대에서 도쿠베에를 연기한 오노에 에이자부로가 인사를 하러 왔습니다.

"스루가야의 어르신. 오늘 감사했습니다."

그렇게 말하는 모습이 어찌나 늠름하던지. 사내인 제가 말하기는 무엇하지만, 반할 것만 같았습니다. 스루가야 주인은 연극에 대해 한두 마디 칭찬하고 축하금을 준 후, 저를 돌아보더니,

"이쪽은 원래 호칸이었지만 연회를 그르치는 바람에 지금은 무직일세. 연극은 오늘 처음 관람한다는데, 자네가 연기하는 도쿠베에를 보고 이렇게 넋이 나가고 말았어."

하고 놀렸습니다. 왜 아니겠습니까. 방금 요술사 역할을 했던 배우가 눈앞에 있는데. 저는 무릎걸음으로 다가갔습니다.

"이야, 눈 호강을 했습니다. 그 대사가 귀에 붙어서 떨어지지를 않는군요.

거치적거리는 부모 없이,

홀로 선 천축의 도쿠베에.

구름에 숨고 물속에 들어가니,

요술과 술법이 자유자재로다.

오호라, 기쁘고 즐겁구나."

말을 꺼낸 김에 조금 흉내 내어보았지요. 그러자 오노에 에이자부로가 놀란 표정으로 고개를 갸웃했습니다.

"오늘 연극을 처음 봤다고 했지요. 그런데 억양과 대사를 외운 거요?"

"네. 귀로 듣고 흉내 내는 것이 어렸을 때부터 특기라서요. 호칸 시절에도 그 특기가 도움이 되었지요."

그렇게 대답하자 납득한 듯 흐음, 하고 고개를 끄덕인 후,

"다음에 집으로 놀러 오시게."

하고 제안하더군요.

저야 한가한 신세였으니 밥이라도 얻어먹을 수 있으면 좋겠다는 마음으로, 다음 날 당장 오노에 님의 집을 찾아갔습니다. 그러자,

"요전의 대사를 다시 해보지 않겠나."

하고 시키더군요. 뭐가 뭔지 몰랐지만 시키는 대로 했습니다. 오노에 님은 음음, 하고 제자와 안주인과 얼굴을 마주보며 고개를 끄덕인 후 말을 꺼냈습니다.

"이보게, 극장 문 앞에 서볼 마음은 없는가?"

그것이 제가 문전 게이샤가 된 계기입니다.

그 전까지는 연회석에서 돈을 치른 손님을 상대로 재주를 부렸지요. 하지만 문전 게이샤는 오노에 님이나 모리타 극장이 주는 돈을 받고, 지나가는 손님을 상대로 재주를 선보입니다. 함께 문 앞에 서게 된 선배 고로 씨 말이,

"사실 공짜로 구경하는 손님만큼 깐깐한 사람이 또 없어. 돈을 들이지 않았기에 하고 싶은 말을 마음대로 늘어놓거든."

이라더군요. 그래도 하는 수밖에 없었습니다.

사람들로 붐비는 극장 앞의 받침대에 올라가니, 수없이

많은 눈이 저를 향하더군요. 그 시선 속에 기대가 담겨 있다는 것을 알자, 뭐라 형용할 수 없이 기분이 좋았습니다.

자, 드디어 입을 열었습니다.

"주목, 주목해주십시오.

여러분께 안내해드릴 연극은 〈천축의 도쿠베에〉. 이 연극을 놓치시면 안 됩니다. 한창 이름을 드날리는 명인 쓰루야 난보쿠가 각본을 쓰고, 이 시대 제일가는 미남 오노에 에이자부로가 연기합니다. 실로 기상천외, 신출귀몰. 여기 계신 여러분도 도쿠베에의 요술에 걸리실 것이 틀림없습니다. 자아, 어서 관람하시기 바랍니다."

진심으로 반한 연극에 대해 설명하는 것이 그렇게나 신명나는 일이었을 줄이야. 길을 오가는 사람들에게도 그런 심정이 전해진 것이겠지요. 제 앞에 멈춰 서서 설명을 듣던 사람들이 줄지어 극장으로 들어갔습니다. 그것은 또 얼마나 기쁘던지.

"이보게, 당분간 모리타에서 일하게."

오노에 님이 권했고, 극장장 모리타 간야 씨도 받아들여주었습니다.

요시와라에서는 '꿈을 판다'라는 말을 흔히들 사용합니다. 하지만 꿈을 파는 당사자인 유녀들을 보면 그 삶을 받아들이고 즐기는 굳센 사람도 있는 한편, 몸과 마음이 망가져서 눈물을 흘리며 지내는 사람도 많아요. 그러한 모습을 본 체만체하기가 괴로울 때도 있지요.

연극 또한 '꿈을 판다'라고 하지만 오노에 님을 비롯한 배우들을 보면 참으로 경쾌하고 밝습니다. 비중 없는 단역을 맡은 배우들도, 무대 뒤에서 일하는 일꾼들도 모두 손님에게 꿈을 보여주기 위해 애쓰면서도, 누구보다 스스로가 즐기고 있습지요. 그것이 좋습니다.

아아, 이 사람들이 파는 꿈을 좀 더 많은 사람이 보았으면. 그리고 속세의 근심을 잊었으면. 진심으로 그렇게 바란 것은, 다름 아닌 제가 속세의 근심에 빠져 있을 때 연극을 만났기 때문이겠지요. 그리고 극장을 찾는 손님들도 저처럼 속세의 근심에 시달리는 사람이라고 느껴졌기 때문입니다.

요시와라라는 악처에서, 극장이라는 악처로.

물론 극장에도 괴로움과 어두움은 있습니다. 몸을 파는 사내도 적지 않아요. 세상 사람들이 보기에 여기 속한 사람들은 요시와라에 있는 사람들과 마찬가지로 호적 대장에서 빠진 수상한 자들이겠지요. 저도 그러한 이분자에 불과하고요.

그래도 사노스케 사부의 말을 듣고 생각한, 제 마음에 딱 와닿는 생업을 찾아낸 듯한 기분이 들었습니다.

……이것 참, 그만 제 과거를 장황하게 늘어놓고 말았군요. 무사 나리께서 아주 잘 들어주셔서 그렇습니다. 호칸도 되실 수 있을 정도입니다. 그럴 수는 없겠지만요.

아, 그러다가 문전 게이샤 일에 능숙해졌을 무렵에 기쿠노스케 씨와 만났습니다. 출입구 앞으로 오자마자 저를 보고,

"그대는 이름난 배우 같구려."

하고 말하길래 웃음이 나왔습니다.

이야기를 들어보니 이 극장에서 일을 하고 싶다, 당분간 부탁한다고 하더군요.

뭐, 곱상하게 생긴 소년이니,

"자네라면 여장 배우 역할로 돈을 만질 수 있을 거야."

하고 누군가 부추겼나 보다 했지요. 제가 보기에도 하얗게 분을 칠하고 입술연지를 바르면, 웬만한 여장 배우보다 아카히메에 잘 어울릴 것 같았습니다. 나쁘게 말하면 요시초 일대에서 사내를 상대로 몸을 파는 남창으로 일하는 편이 돈을 더 많이 벌 것 같았지요. 물론 그런 말은 하지 않았습니다만.

"그런데 연극을 본 적은 있소?"

라고 물으니 기쿠노스케 씨는 고개를 저었습니다. 연극을 본 적도 없으면서 대체 왜 극장에서 일하고 싶은 것인지 저

로서는 통 모르겠더군요.

"뭐, 한 번은 보시구려."

그렇게 말하고 극장 구석으로 들여보내주었지요.

그때 상연 중이던 연극은 〈연심의 함정 술책 겨루기(恋罠奇掛合)〉라는 작품으로, 그 각본을 저도 아주 좋아했지요. 개 귀신을 부리는 주술사에게 빼앗긴 보물 구슬을 여자로 둔갑한 여우가 되찾는다는 내용인데요. 인기 있는 여장 배우 이와이 한시로의 여우 연기가 요염하다는 평판이라 손님들이 많이 보러 왔었어요.

허무맹랑한 이야기라 건실한 무가의 자제는 코웃음 칠지도 모르겠다 싶었지만, 기쿠노스케 씨는 내내 무대를 바라보았습니다. 그리고,

"이렇게 재미있을 줄이야. 나도 차라리 저 여우에게 도움을 받고 싶구나……."

하고 절절히 중얼거리는 것이 아니겠습니까.

기쿠노스케 씨도 연극에 푹 빠진 것 같았습니다. 제가 칭찬받은 것도 아닌데 기쁘더군요. 그래서 극장장 모리타 간야 씨에게 소개했습니다. 모리타 씨도 처음에는 기쿠노스케 씨의 곱상한 얼굴을 보고 여장 배우로 삼고 싶었던 모양이지만, 무가에서 자란 티가 나는 사람에게 예인 일을 시키기

는 어려울 것이라고 생각한 듯,

"그렇다면 보조 배우(구로코(黑子), 얼굴까지 가리는 검은색 복장을 입고, 배우에게 소도구를 건네거나 필요 없는 물건을 치우는 등 연극을 보조하는 역할)라도 하겠소?"

하고 무대 보조진으로 돌렸습니다. 극장에는 각양각색의 사람들이 소속돼 있습지요. 무대 뒤로 들어가는 것은 요시와라 정문을 통과하는 것보다 마음 편하다고 할까요. 저도 그런 식으로 도움을 받은 사람 중 하나고요. 어쩌다 보니 처음으로 말을 나눈 제가 형님같이 기쿠노스케 씨를 돌봐주기로 마음먹게 되었습니다.

저는 악처에서 나고 자랐고 제 잘못으로 호칸도 그만뒀는지라, 남에게 내세울 만한 점이 눈곱만큼도 없습니다만, 세상 물정 모르는 무가의 도련님에게는 조금 거들먹거릴 수 있지 않을까 하는 생각도 있었습니다. 그래서 얼마 안 되는 제 돈을 써가며 여기저기 데리고 다녔지요.

이 마을 사람들처럼 입혔습니다만, 좋은 가문에서 자란 티가 배어나는 것인지 몹시 눈에 띄었습니다. 함께 극장 마을을 돌아다니면,

"어허, 어디 유명한 배우 집안의 후계자이신가?"

하고 연극을 좋아하는 사람이 말을 걸기도 했습니다. 그

러면 기쿠노스케 씨는,

"황공합니다."

하고 정중히 인사를 하지요. 그 자세도 아주 모양이 납니다. 왜 제가 수행하는 종자처럼 느껴지는 것인지, 원.

언젠가 극장 뒤편의 노점에서 함께 보리차를 마실 때였습니다.

"왜 생뚱맞게 이런 곳에 있는 게지?"

하고 처음으로 물어보았습니다.

"복수를 맹세하고 고향을 떠나왔습니다."

저도 모르게 보리차를 뿜어낼 뻔해서 사레가 들렸지요.

연극으로는 복수담을 여러 번 보았습니다. 요시와라에서도 격분한 유녀가,

"원수를 갚겠다."

하고 흉흉한 소리를 하는 것을 많이 들었지만, 무가의 자제가 복수를 맹세하고 고향을 떠났다는 이야기는 처음 들어서 깜짝 놀랐어요.

"이야, 그거 호기롭군, 사내다워. 역시 무사님이로군."

가벼운 말투로 마구 칭찬해주었습니다. 하지만 기쿠노스케 씨는 동그랗고 커다란 눈이 이리저리 흔들릴 만큼 당황한 듯,

"칭찬받을 만한 일은 아닙니다. 아버지를 죽인 자를 죽일 뿐……."

하고 고개를 숙이더군요. 무리도 아니지요. 아버지의 원수를 찾으러 온 사람에게, 술자리에서 장난치는 듯한 투로 말했으니까요. 무거운 이야기가 나오면 어떻게든 우스갯소리로 바꾸어서 시름을 풀어주려 하는 호칸의 나쁜 버릇입니다. 하지만 상황이 이렇게 되자 다음 말이 떠오르지 않아서 저도 입을 다물었습니다.

묻고 싶은 것은 산더미처럼 많았지만, 사람에게는 저마다 사정이 있는 법이니, 너무 깊게 파고드는 것도 도리가 아니지요.

"그렇군……, 힘내게."

겨우 그렇게 말하자 기쿠노스케 씨는 아주 쓸쓸한 표정으로 웃었습니다.

어쩌면 제대로 들어주어야 하지 않겠나 싶었습니다. 호칸 시절에,

'사람을 잘 살피고, 이야기를 가만히 들어주는 것도 호칸의 역할.'

이라고 배운 것이 떠올랐거든요. 그래서 약간 그늘진 기쿠노스케 씨의 옆얼굴을 보면서 물어보았습니다.

"그대는 복수를 하고 싶지 않은 것인가?"

"아니……, 해야 합니다."

대답한다기보다 스스로를 타이르듯이 말한 후, 기쿠노스케 씨는 입을 꾹 다물어버렸습니다. 눈에는 눈물이 고였고요. 그 모습을 보자 문득, 제가 요시와라에서 지냈을 적에 얼굴이 이렇지 않았을까 싶었습니다. 진짜 기분에 뚜껑을 덮고, 필사적으로 버티려 하는 괴로움 같은 것이 느껴졌지요.

그때 사부의 말이 머리를 스쳤습니다.

"네가 네 마음을 내버리는 셈이 된다."

저도 그런 식으로 기쿠노스케 씨에게 말해주고 싶었지만, 좋은 말이 떠오르지 않더군요. 다만 마음이 조금이나마 가벼워지면 좋겠다는 생각으로 최대한 무겁지 않게,

"도망쳐도 괜찮은데."

하고 보리차를 홀짝이며 말했습니다.

아버지의 복수라는 원대한 뜻을 세운 어린 무사를 상대로 저와 비슷하다는 소리를 하는 것은 주제넘은 짓입니다만, 도리와 가문에 얽매인 모습이 딱해 보여서요. 물러설 수 없는 사정이란, 그 누구보다도 스스로가 그렇게 정하는 것입니다. 길을 벗어나도 의외로 다부지게 살아갈 방법이 있다고 말하고 싶었습지요.

제 말을 듣고 기쿠노스케 씨는 몹시 놀란 표정을 지었습니다. 무리도 아니지요. 저는 무사도를 쥐뿔도 모르는 예인이니까요.

그러나 기쿠노스케 씨는,

"그런 말을 들은 것은 처음입니다. 황감하오."

하고 말했습니다. 그 대답을 듣자 가슴이 꽉 조이는 듯한 기분이 들더군요. 어떻게든 이 도련님을 도와주고 싶었습니다.

그럼 고비키초에서 복수가 행해졌을 때, 제가 뭘 했느냐고요…….

하하하, 이것 참 민망하군요. 복수하러 나가는 것을 어느 집안 아가씨에게 후리소데를 선물하러 가는 줄 착각하고 배웅한 것도 모자라, 작은 창문으로 복수하는 장면을 보고 그저 깜짝 놀란 것이 전부였지요. 나중에야 그 이야기를 곳곳에서 떠들고 다닐 뿐 아무 도움도 되지 못해서 몹시 부끄러울 따름입니다.

복수가 끝나고 얼마나 지났을까요. 극장에 정중한 서찰이 도착했습니다. 기쿠노스케 씨가 무사히 고향으로 돌아가 가문을 이어받았고, 어머님도 아주 기뻐하신다는 내용이었지요.

그렇다면 저 같은 자와는 사는 세상이 다릅니다. 그때 보리차 노점에서 친근함을 느낀 것이, 지어낸 먼 옛날의 이야기 같아서 기분이 묘하더군요. 연극에 자주 나옵니다. 평범한 사람이 지체 높은 도련님을 도와주는 장면요. 하지만 실제로는 아무것도 하지 못하지요. 그저 함께 지내고, 밥을 먹고, 자고, 일어나고……. 그런 한때가 소중하고 그립게 느껴졌습니다.

어…… 저 말고도 복수하는 광경을 본 사람이 있느냐고요?

그야 있지요. 극장 찻집의 손님들도 보았고, 동료들도 많이 보았습니다. 다른 사람에게도 이야기를 듣고 싶으시다니, 무사 나리, 저보다 더 말을 잘하는 사람이 어디 있겠습니까. 저는 말솜씨로 먹고사는 예인입니다. 이런, 말솜씨가 없어도 상관없다고요? 흠, 너무 유창한 탓에 거짓말같이 들린다는 말씀이십니까. 그것참 섭섭합니다요.

뭐, 그렇다면 무술 연기(다테(殺陣), 연극에서 벌어지는 난투나 칼싸움 등의 연기) 담당 요사부로라는 사람을 찾아가보십시오.

원래 무사였던 탓인지, 말투가 딱딱한 데다 재미도 없습니다. 하지만 오히려 그런 사람의 이야기가 듣고 싶으시다는 것이겠지요. 아이고, 말솜씨가 좋은 탓에 의심을 받다니,

이렇게 억울할 수가.

요사부로 씨는 도련님과 자주 검술 이야기를 했습니다. 큰 도장의 사범이었다는데, 둘이 칼로 공격하는 방법과 칼을 피하는 방법 등을 극장의 연습장이나 저기 뒤편 좁은 길에서 목검을 들고 연습했지요. 요사부로 씨 덕분에 복수에 성공한 것 아니냐고 다들 그랬습니다.

오늘은 이미 끝났지만, 내일 아침에라도 극장의 연습장에 가면 말단 배우(오베야(大部屋), 여럿이 함께 대기실을 사용하는 신인이나 단역 배우)들을 상대로 이것저것 지도하고 있을 것입니다.

그런데 그렇게 쉽게 이야기해줄지 모르겠군요. 뭐, 여러 번 찾아가도록 하십시오. 백 번까지는 아니더라도, 세 번 정도는요. 그래도 말하지 않겠다고 하면, 음…… 한판 겨루어보자고 청하면 무사끼리 통하는 바가 있을지도 모르지요.

뭐, 아무튼 찾아가보십시오.

제2막

―――

연습장

이런, 이런, 깜짝 놀랐네.

여기가 어디라고 생각하는 거요? 여긴 극장의 연습장이오. 문 앞에 칼 두 자루를 찬 무사가 우뚝 서서,

"한판 겨루어주기를 청하는 바이오."

하고 소리를 버럭 지르니, 싸움 장면을 연습하던 말단 배우들도 다음에 무슨 대사가 이어질까 기다리지 않았소? 잠자코 있는 모습에,

"어디서 장난질이야."

하고 으르대며 목검을 들고 덤벼든 자를 슬쩍 피하고 멋지게 맨손으로 제압까지 하다니. 그제야 배우가 아니라 진짜 무사인 것을 알아차리고 다들 허둥지둥 달아나버렸소. 정말 난리로군, 난리야.

오늘로 나를 만나러 온 것이 몇 번째요? ……세 번이라. 흠, 그랬나.

지난번까지는 아래층에서 기다렸는데, 오늘은 용케 극장 3층까지 누구에게도 들키지 않고 올라왔구려. 연극이 끝나서 다들 바쁠 때라고는 하나, 배우가 아닌데도 무사 복장을 한 사람이 있다는 것을 누군가 알아차릴 법도 하건만. 하긴 지금은 연극이 막 끝난 참이라, 무대 뒤편이 사람들로 북적북적할 테지.

그나저나 몇 번을 찾아와도 고비키초의 복수에 대해 내가 할 말은 없소. 이미 문전 게이샤 잇파치에게 대강의 내용을 들었겠지. 그 사람의 이야기로 충분하지 않겠소?

하하하, 말솜씨가 너무 좋아서 오히려 미덥지 못하다니, 그런 짓궂은 말을. 그대는 아주 고지식한 성격인 모양이오. 그리고 이렇게 겨루기를 청한 것도 잇파치가 시킨 바였을 줄이야. 나도 원래는 무사였으니 겨루기를 청하면 받아들일 것이고, 검을 맞부딪쳐 마음이 통하면 이야기를 기꺼이 들려줄 것이라 하더이까? 나 원 참, 그 사람은 괜스레 이야기를 과장하고는 하지. 장난꾼의 말을 곧이곧대로 받아들이면 아니 되오. 지금쯤 배꼽을 잡고 있겠군.

뭐, 알았소. 삼고초려라는 말도 있으니. 제갈공명도 세 번째에는 유비를 맞아들였지. 여기서 그대를 쫓아내는 것은 나의 교만일 것이오. 들어와서 앉으시게. 세 번을 찾아오는 동안 그대의 인품도 조금은 알았지. 기쿠노스케 님과 참으로 비슷한 구석이 있다고 할까. 아아, 서찰을 가지고 오셨다고? 그럼 한번 보겠소.

흠, 기쿠노스케 님의 친우라. 여기에는 이자를 믿고 무슨 일이든 숨김없이 말해주길 바란다고 적혀 있소. 기쿠노스케 님이 이렇게까지 말씀하신다면, 나도 그대를 믿도록 하지. 그분과 나의 기이한 인연은 아직도 그립고 고마우니, 이것도 보은의 일종이겠지.

일단 내 이름과 경력이라. 나는 이 극장에 무술 연기 담당으로 있는 요사부로라고 하오. 올해로 서른 살이 되었소.

그런데 고비키초의 복수에 대해 듣고 싶다고 하셨던가.

분명 내 두 눈으로 똑똑히 보았소. 2년 전 정월 말일. 기쿠노스케 님은 키가 여섯 척은 되는 거한 도박꾼 사쿠베에를 멋지게 베었지. 틀림없는 사실이오.

하지만 나는 투박한 성격이라, 잇파치처럼 경쾌하고 재미있게 이야기를 들려줄 수는 없소. ……아니, 아니, 겨루지 않아도 되오. 검을 맞부딪쳐본들 피곤하기만 할 뿐, 말솜씨가 좋아지는 것은 아니니까.

애당초 여기는 도장이 아니오. 보다시피 극장의 연습장. 무기라 할 만한 것은 여기 있는 은박을 씌운 죽도나, 홍백으로 색깔을 칠한 나무창, 그리고 꽃가지뿐이지. 죄다 무기로서는 미덥지 못하오. 이것들로 진짜 무사와 맞붙으면 순식간에 부러져버리겠지. 그러면 도구 담당에게 야단맞을 테고, 내일 연극에도 지장이 생길 거요.

하물며 이 연습장은 그리 넓지도 않소. 그대가 진검을 뽑아서 휘두르다 보면 칼날이 뒤쪽 벽을 뚫어 말단 배우 대기실로 튀어나오겠지. 그러면 소동은 더 커질 것이고, 극장장이 수리비를 요구하면 그대도 즐겁지는 않을 것이오. 물어보고 싶은 것이 있다면, 빨리 물어보도록 하시오.

흠, 무술 연기 담당이 무엇이냐고? 연극에서 격투 장면을 연기하기 위해, 배우들에게 몸동작을 가르치는 역할이지. 착각하면 곤란하오만, 이른바 검술을 지도하는 것과는 완전히 다르오. 나는 원래부터 검술에 소양이 있었기에, 이 극장에 왔을 때는 소질이 있다고 크게 칭찬을 받았소. 그런데도 무술 연기 담당이 되기까지는 오랜 세월이 걸렸지.

연극을 보신 적은 있소? 없다……, 그것참 아쉽군. 언젠가는 꼭 보시길 바라오.

연극 무대 위에서 벌어지는 싸움은 진검 승부가 아니오.

손님은 그렇듯 살벌한 싸움을 원하지 않지. 저것, 저기 있는 꽃가지. 서로 꽃가지를 들고 맞붙기도 할 정도요. '산(山)'이라는 한자를 그리듯이 서로 꽃가지를 내리치고, 지나치면서 돌아서서 다시 내리치고, 등을 맞댄 상태에서 발을 쿵 내디디며 멋진 자세를 취하지. 그리고 흥을 돋우기 위한 샤미센과 북 소리에 맞춰서 움직이다 딱따기를 치는 소리(가부키에서 배우의 연기를 강조하기 위해 사용하는 연출법)가 나면 서로를 매섭게 노려본다오.

하하하……, 그런 표정 짓지 마시오. 그것의 어디가 싸움이냐고 말하고 싶은 것이겠지. 내 생각도 그렇소. 싸움이라기보다 춤이나 무용에 가깝소. 하지만 무사 역할을 맡은 배우는 그러한 연기를 할 때도 그럴싸한 몸동작을 보여주는 편이 좋소. 그래서 나는 일부러 무사답게 말하고 행동함으로써 모범을 보인다오. 그 또한 내 역할 중 하나요.

기쿠노스케 님도 당시에 연습장에 자주 놀러 오셨소. 나를 검술의 달인으로 여겼는지,

"지도를 부탁드립니다."

하며 머리를 숙였지.

실력이 없는 것은 아니지만, 지금은 이렇게 무대 위에서 무용하듯이 검을 휘두르는 것이 생업이오. 그래서 가르쳐주

고 싶은 마음도 있었지만, 한동안은 주저했소.

그런데 이야기를 들어보니 복수를 해야 한다지 뭐요.

복수에 대해서는 나도 모르는 바가 아니오. 사람을 죽이는 것은 원래 죄지. 그러나 부모 형제가 살해당한 원한을 갚는 것은, 그 심경을 모르는 바도 아니기에 관에서 무사에게만 허락해주는 관습이오. 함부로 살생하는 것을 금하기 위해 사전에 허가장을 받고, 복수를 마친 후에도 보고해야 하오. 그리고 무사로서 복수를 맹세한 이상, 번복은 용납되지 않소. 맹세한 바를 이루지 못하면 고향으로 돌아갈 수조차 없지. 즉, 원수를 죽이지 못하면 무사 신분을 버리겠다는 뜻이 담긴, 자신의 인생을 건 맹세요.

이런 악처에 몸을 담은 내가 말해봤자 부질없지만, 신분을 잃는 것은 이루 말할 수 없이 안타까운 일이오. 하물며 아버지의 복수를 하지 못한 탓에 신분을 잃는다면 더더욱 원통하겠지. 그 뜻을 저버린다면 무사라는 칭호가 부끄럽다는 생각에, 일찍이 도장에서 가르친 기억을 더듬어 목검으로 지도를 시작했소.

연극이 끝난 후, 저기 뒤쪽, 복수를 행한 저 골목길에서 자주 대련을 했지. 기쿠노스케 님은 아직 어리고, 오랜 여정을 거쳐 에도에 당도한 터라 아주 수척했소. 목검을 쥐는 힘도 약해서 가볍게 몰아붙이기만 해도 목검을 떨어뜨리기 일쑤였소. 단련을 위해 후리기만이라도 매일 하는 편이 좋을 것이라고 하자, 성실하게도 매일 아침과 밤에 후리기를 하였소. 점차 허리와 다리가 튼튼해지고, 내딛는 힘도 강해진 모습이 믿음직스러웠다오.

그리고 잊을 수 없는 정월 말일, 눈이 흩날리던 밤. 극장에서 새어 나오는 희미한 불빛 아래, 사쿠베에를 상대로 잽싸게 칼을 피하다 마지막에 힘껏 파고들어 비스듬히 칼을 내리쳤소. 피 보라를 뒤집어쓴 당당한 그 모습에는 훌륭하다는 말이 딱 어울렸지.

나도 무가 출신이라 오랫동안 검과 함께 살았지만, 이 태평한 세상에서 사람을 죽인 적은 한 번도 없소. 주군을 위해서라면 싸움에 임할 각오가 되어 있지만, 막상 적과 마주쳐 겁먹지 않을 수 있겠느냐고 한다면, 과연 어떨까.

하지만 기쿠노스케 님은 그 거한을 상대로 아주 멋지게 칼을 휘둘렀소. 그리고 사쿠베에의 머리를 높이 쳐들었을 때는 보고 있는 내가 몸이 벌벌 떨릴 정도였고, 나도 모르게 눈물이 쏟아졌소.

그야말로 장하다는 한마디밖에 할 말이 없었다오.

듣고 싶은 이야기가 더 있다라. 흠…… 무사였던 내가 왜 극장에 왔느냐고. 허, 처음 뵙는 분이 그런 것을 물어볼 줄이야. 대쪽 같은 무사가 악처라 불리는 극장 마을에 흘러들었으니, 묻지 않아도 사연이 있다는 것쯤은 알 터인데. 전부 다 말하는 것은 운치가 없는 짓이지. 에도에서는 그다지 바람직한 일이 아니오.

그렇게 올곧은 눈으로 바라보며 부탁한들 곤란할 따름이오. 기쿠노스케 님도 똑같이 '왜'냐고 물어보았던 것이 기억나는군. 둘 다 가혹한 분이구려.

물론 지금의 내 처지가 부끄러운 것은 아니오. 하지만 유쾌한 이야기도 아니라서.

뭐…… 말하지 않으면 결국은 전부 잊혀 사라질 뿐. 이것도 인연이니 내 과거를 그대에게 맡기는 것도 좋을지 모르지. 후학을 위해, 이런 무사도 있다는 것을 말씀드리도록 하겠소.

나는 요사부로(与三郎)라는 이름대로, 에도에 사는 하급 무사(오카치(御徒士), 말을 타는 것이 허락되지 않는 무사)의 셋째 아들이오. 아시다시피 하급 무사는 녹봉을 그리 많이 받지 못하지. 아버지와 어머니에 할머니, 그리고 아들도 셋이나 있으니 집은 비좁았소.

아버지는 주군을 알현할 자격이 없는 계급이었기에 그 존안을 뵌 적도 없소. 그래도 주군을 극진히 섬기고, 나라를 위해 일하는 무사이고자 하셨지. 아침저녁으로 거리에 나가서 저 멀리 보이는 성에 고개를 깊이 숙일 만큼, 고지식하고 충성심이 넘치는 분이셨소. 어린 시절에 나도 아버지의 손을 잡고 성에 머리를 숙인 것이 기억나는군. 그리고 인정도 두터워서 걸인이 있으면 늘 동냥을 주었지. 언젠가는 큰 짐을 끌어안고 쩔쩔매는 행상을 도와 네리마까지 갔다가, 사례로 받은 푸성귀를 등에 지고 돌아온 적도 있었소.

돌이켜보면 그 시절은 가난했지만 행복했지.

내가 태어났을 무렵, 로주(쇼군 직속으로 정무를 총괄하는 최고 직책)였던 다누마 오키쓰구 님이 자리에서 내려오시고, 마쓰다이라 사다노부 님께서 새로이 로주가 되셨소.

진짜인지 거짓인지는 모르나, 다누마 님 시절에는 뇌물이 횡행하여 상인들이 활개를 쳤다 하오. 한편 마쓰다이라 님은 검약을 앞세우셨기에 당시 우리와 같은 관사에 살던 다른 하급 무사와 마찬가지로 아버지도 마쓰다이라 님을 존경하셨소.

"로주님은 주자학을 중시하시고 청렴결백하신 분이다. 실로 무사의 귀감이셔."

아버지는 몇 번이고 되풀이해 그렇게 말씀하셨다오. 마쓰다이라 님은 우수한 자를 새로이 등용하고자 학문음미(에도시대에 무사를 대상으로 실시한 한학 필답시험)를 실시하기로 했소. 아버지는 원래부터 성실히 면학하셨지만, 이 시험을 치기로 결심한 후로는 서궤 앞에 앉아 글을 읽는 시간이 더 늘었지. 하지만 아쉽게도 바라던 결과는 나오지 않았던 모양이오.

그 후로 아버지는 우리 삼형제에게 엄해지셨소.

"어릴 때부터 학문과 검술을 열심히 익혀야 한다. 남들보다 더 노력하지 않으면 출세는 못 해."

아마 당신께서 이루지 못한 소망을 자식들에게 맡기려는 마음도 있었을 거요.

아시다시피 가문을 이어받을 수 있는 것은 장남뿐이오. 둘째 형과 막내인 나는 이어받을 가문이 없지. 아버지는 양자를 받아줄 곳을 찾느라 바빴고, 마침내 둘째 형을 데릴사위로 보낼 집을 찾아냈소. 하지만 나를 들여보낼 집은 찾지 못했소.

"넌 스스로 입신하는 수밖에 없다. 더욱 정진하거라."

아버지는 내게 형들보다 더욱 학문과 검술에 정진하라고 분부하셨소. 하지만 본디부터 재능을 타고나지는 못했다오. 다만 검술에는 싹수가 보인다길래 열세 살 때, 대갓집을 지도하는 사범도 배출했다는 도장에 들어갔소. 이윽고 또래와 연하 문하생을 지도하게 되자 도장 주인인 이토 선생님은,

"너는 남들을 잘 보살펴주는구나. 가르침도 적확하고. 어디서든 사범으로 일할 수 있겠어."

하고 칭찬했지. 아버지도,

"검으로 주군에게 충의를 다하는 무사가 되거라."

하고 말씀하셨고. 내게는 그 무엇보다도 큰 격려였다오.

열여덟 살이 된 해에, 어떤 대갓집에서 사범을 구한다는 이야기가 들어왔소. 주변을 둘러봐도 나보다 검술 실력이 좋은 사람은 없었소. 게다가 지도하는 방법도 터득했고, 선생님에게 인정도 받았으니, 당연히 천거해주지 않을까 기대했다오.

하지만 걱정거리가 딱 하나 있었지. 우리 도장에 이토 선생님의 조카가 있었거든.

나보다 두 살 많은 고지로는 3년 전에 입문했소. 후리기를 연습할 때 자세를 보면 상체가 흔들리고, 허리와 다리에도 힘이 없었소. 또래가 대련을 신청하면 받아들이지 않고, 지도한다는 핑계로 열서너 살의 소년들하고만 대련했소. 아직 팔 힘이 약한 소년을 상대로 무턱대고 목검을 휘둘러 때려눕히는 그 모습은 결코 지도가 아니었소. 괴롭힘이었지.

"고지로 님, 좀 지나칩니다."

내가 타이르면 불쾌한 듯 이쪽을 노려보다가 목검을 바닥에 내팽개치고 나가버리고는 했소.

"인망도 없고 검술도 약해. 사범에 어울리는 인품이 아니야."

다른 문하생들도 그렇게 말할 정도였다오.

그런데 대갓집에서 사범을 구한다는 이야기가 나왔을 때, 고지로가 제일 먼저 손을 들었지 뭐요.

"제가 가겠습니다, 숙부님."

선생님은 흠, 하고 떨떠름한 표정을 지으셨소. 선생님도 고지로의 실력과 인품을 알고 계신 것 같더군.

"달리 나설 사람은 없느냐."

고지로에게 사범 역할이 가당할 것 같지 않았소. 하지만 오랫동안 은혜를 입은 스승님의 조카요. 그런 사람을 밀어내면서까지 지원하는 것은 무례한 짓 아니겠느냐는 걱정 때문에 한순간 주저하기는 했소. 그러나 내게도 천재일우의 좋은 기회였지.

"꼭 지원하고 싶습니다."

"오…… 오오, 요사부로. 알겠다."

선생님은 약간 당황하면서도 고개를 끄덕이셨지만, 고지

로는 움켜쥔 주먹을 부들부들 떨더구려.

결국 나와 고지로가 대갓집의 사범 자리를 놓고 다투게 되었소. 실력을 직접 보고 싶다는 대갓집의 요청으로 도장에서 대련을 하기로 했소.

대련 전날 저녁, 집으로 돌아가는 길이었소. 주변은 이미 캄캄했지. 큰 강(현재의 스미다가와강을 말한다) 옆의 익숙한 길을 걷고 있자니 가을바람이 기분 좋게 불어오더이다. 강을 따라 우거진 갈대가 바람에 사락사락 흔들리는 소리를 들으며, 나는 다음 날 있을 대련에 대해 생각했소.

이긴다.

확신이 있었지. 역량에 압도적인 차이가 있다는 것은 고지로도 아는 바였소. 그런데도 그날 고지로에게서 초조함이 느껴지지 않던 것이 마음에 걸렸소.

그때 문득 몸이 찌릿찌릿 저릴 듯한 묘한 살기가 느껴졌소. 어둠에 시선을 집중하고 귀를 기울였지. 그것은 갈대밭 속에 있었소. 나는 칼자루에 손을 대고 중심을 낮추었소. 그 살기는 부스럭부스럭하는 소리와 함께 다가왔지. 그리고 응시하고 있던 갈대 틈새로 칼이 힘차게 튀어나왔소. 내가 몸을 피하자 칼은 허공을 갈랐소. 나는 칼을 든 사람을 유심히 바라보았소. 고지로더군.

"고지로 님. 이건 대체……."

고지로는 아무 대답 없이 그저 아깝다는 듯 인상을 찡그렸소. 그리고 다시 칼을 겨누더니 나를 향해 달려왔소. 무턱대고 덤벼드는 몸놀림이 몹시 미숙하여, 칼을 뽑아 대응할 필요도 없었지. 그저 몸을 피하기만 했는데도 고지로는 좌우로 비틀거리다 어깻숨을 쉬기 시작했소. 나는 기세를 잃은 고지로 앞에서 한숨을 쉬었다오.

"이런 짓을 하면 비겁자라는 비난을 면치 못할 거요. 도장의 이름에도 흠이 생길 테고. 스승님도 수치스러워하실 거요. 그만 칼을 거두시오."

동문을 상대로 칼을 뽑고 싶지는 않았지. 그나저나 그 정도로 숨을 헐떡여서야 역시 사범 노릇은 못 할 것 같더군.

"오늘 밤 일은 발설하지 않겠소. 내일 정정당당하게 겨룹시다."

말을 마치고 떠나려 한 순간, 갈대숲이 다시 부스럭거렸소. 살기가 전혀 느껴지지 않기에 고양이라도 나올 줄 알았는데, 웬 할아범이 고개를 쑥 내미는 것이 아니겠소? 차림새로 보건대 걸인이지 싶었소. 나와 고지로 사이로 튀어나온 할아범은, 고지로가 든 칼을 보고 작게 비명을 지르며 몸을 움츠렸소.

"아이고, 무가의 나리님들. 무례를 저질러 죄송합니다."

할아범이 고지로와 내게 머리를 조아리며 떠나려 한 순간, 고지로가 칼을 쳐들어 할아범의 등을 내리쳤지.

"끄아아악."

비명이 강가에 울려 퍼졌고, 어둠 속에 피 보라가 흩뿌려졌소.

"고지로 님, 무슨 짓이오? 제정신이오?"

내 성난 목소리에 고지로는 칼을 휘둘러 피를 털어내며 씩 웃더군.

"뻔히 다 보지 않았는가. 거슬리는 걸인을 베었다."

내가 몸을 웅크린 할아범에게 달려가려 하자, 고지로는 칼끝을 쓰러진 할아범에게 들이댔소.

"요사부로, 그대도 베어볼까."

아직 숨을 쉬고 있는 할아범을 괴롭히듯 칼로 찌르더군.

"네 이놈, 미쳤느냐?"

나도 모르게 목소리가 떨리고, 온몸이 물결치는 것처럼 가슴이 빠르게 뛰었소. 고지로는 웃었소.

"넌 평소 검과 함께 사는 것이 어쨌느니 저쨌느니 잘난 척하지만, 실상 사람을 베어본 적이 없겠지. 칼은 사람을 베기 위한 물건이야. 고로 나는 이렇듯 평소에 연습을 하고 있다."

칼에 베이고 찔린 할아범은 어떻게든 달아나려고 팔을 뻗었소. 도와주려고 발을 내디뎠지만, 고지로는 할아범을 향해 힘껏 칼을 휘둘러 목덜미를 베었지. 크으윽, 하는 신음과 함께 할아범은 푹 쓰러져 숨이 끊어졌소.

나는 망연히 우뚝 선 채 발밑에서부터 올라오는 떨림을 견뎠소. 잔인한 소행에 화가 나서 얼굴이 뜨겁게 달아올랐소.

칼은 분명 사람을 베는 물건이오. 그렇기에 무사는 스스로를 다스리는 법이고. 그것이 검과 함께 살아가는 자의 도리라고 믿었소. 그런데 무기도 없는 늙은 걸인을 베고서 자랑스러워하다니……. 고지로는 더 이상 무사가 아니었소. 짐승보다 못한 인간이었지.

"고지로, 이게 무슨……."

이자를 주살해야 한다. 이자가 칼을 들게 해서는 안 된다.

그런 생각에 나는 칼자루를 잡고 자세를 한껏 낮춘 채 고지로를 노려보았소. 그러자 고지로의 얼굴에서 희미한 웃음이 사라졌소.

"뭐야. 해볼 텐가."

그자는 힘차게 소리치려 했지만 새된 목소리가 튀어나왔고, 자세도 엉거주춤하더이다. 단칼에 끝낼 수 있을 것 같았소. 그런데.

"도메 할아버지."

갑자기 높은 목소리와 함께 한 아가씨가 달려왔소. 칼을 든 고지로가 보이지도 않는지, 쓰러진 할아범 곁에 꿇어앉아 몸을 끌어안았지. 그제야 겨우 고지로가 눈에 들어온 듯 고개를 들었소.

"이 계집년이. 걸리적거리지 말고 비켜라."

고지로가 으름장을 놓았지만, 아가씨는 꿈쩍도 하지 않았고 겁먹은 기색도 아니었소.

"당신이 베었습니까."

"오냐, 그렇다."

고지로는 어쩐지 황홀한 표정으로 의기양양하게 대답했소.

"이런 흉행을 저지르다니, 사람의 길에서 벗어난 짐승이구려."

"이 계집년이 주제도 모르고."

고지로의 목소리에 분노가 서렸소. 아가씨는 할 수만 있다면 눈빛으로 꿰뚫어버리겠다는 듯 고지로를 쏘아보더이다. 밤공기가 팽팽하게 긴장된 것 같은 순간이었소. 무기도 없는 아가씨의 패기에 고지로가 삼켜진 것처럼 느껴질 정도였소. 고지로는 조바심이 났는지, 핏발 선 눈으로 아가씨를

바라보다가,

"으아아."

하고 고함을 지르며 후들후들 칼을 쳐들었소. 나는 달려가면서 칼을 뽑아 고지로의 목에 들이댔소.

"움직이지 마라."

내 목소리에 고지로는 칼을 쳐든 채 굳어버렸소. 이마에는 식은땀이 흐르더군.

"그대로 물러나."

내게 조종당한 것처럼 고지로는 천천히 물러났소. 나는 고지로에게 칼끝을 향한 채, 아가씨와 할아범을 등 뒤에 숨기듯이 자리를 잡았소.

"이 아가씨 말처럼, 그대는 짐승만도 못한 짓을 했다. 검술 실력을 닦는 것이 아니라, 사람을 죽이고 우쭐거리다니 기가 차는구나. 내일은 각오하거라."

내 말이 끝나자 고지로는 충분한 거리를 두고 물러섰소. 그 모습을 보고 나는 칼을 내렸소. 그리고 등 뒤의 아가씨와 할아범을 살펴보려는데, 고지로가 다시 칼을 쳐들더군. 어깻죽지에서 살기가 피어오르는 그 모습은 무사가 아니라 악귀더이다. 나는 다시 자세를 취했소.

죽여라.

머릿속에 목소리가 울렸소. 하지만 동시에 다른 목소리도 들렸소.

죽여서는 안 돼.

어째서였는지는 모르겠소. 그 목소리에 따르듯 나는 손목을 뒤집어 칼등으로 고지로의 몸을 때렸다오.

고지로는 끅, 하는 소리와 함께 그 자리에 쓰러졌소.

"죽인 거예요?"

아가씨가 불안한 목소리로 물었지. 보아하니 고지로는 실신한 것 같았소.

"칼등으로 쳤으니 죽지는 않겠지. 그것보다 그 사람은 어떤가."

할아범을 끌어안고 있던 아가씨는 조용히 고개를 저었소. 칼에 베인 등에서 흘러나온 피가 아가씨의 발치에 웅덩이처럼 고여 있었소.

"몹쓸 짓을 했군."

내 말에 아가씨는 눈물을 줄줄 흘렸소.

"가엾게도……. 원래는 솜씨 좋은 목수였대요. 목재에 깔려 다리를 다치는 바람에 몸을 잘 쓸 수가 없어져서…… 제가 일하는 밥집의 어르신이 여기 기거하는 도메 할아버지에게 남은 반찬으로 만든 주먹밥을 줬는데……."

오열을 참으며 말을 짜냈지.

"……이런 식으로 죽어도 되는 사람이 아니에요."

그 아가씨의 이름은 오미쓰였소.

"장례는 가게 어르신과 함께 치를게요."

아가씨가 그렇게 말하길래 내가 노인의 시신을 업어서 가게까지 옮겼소. 작은 밥집 '쓰루야'의 주인과 안주인은 우는 오미쓰를 달래는 동시에 도매 할아범의 죽음을 애도했소.

"내 동문이 그랬소."

그렇게 알려주자 밥집 주인은 알았다는 듯이 고개를 끄덕였다오.

"걸인을 베었다고 해서, 관에서 나설 것 같지는 않군요. 가혹한 처사이기는 합니다만…… 어쩔 수 없지요. 다만 하다 못해 장례라도 정성스레 치러주고 싶습니다."

주인은 커다란 덩치에 어울리지 않게 상냥한 웃음을 띤 얼굴로 나를 납득시키듯이 말했소. 내가 품에서 얼마 안 되는 돈을 꺼내자, 주인은 주저했지만 결국은,

"이리도 마음을 써주시다니, 부의금으로 감사히 받겠습니다."

하고 받아 들었소.

나는 관사로 돌아가 피로 얼룩진 옷을 빨면서 생각했소.

이대로 넘어가서는 안 된다. 고지로는 상응하는 대가를 치러야 한다. 그러기 위해서라도 일단 내일 대련에서 이겨야 한다고 다시금 결의를 다졌다오.

하지만 비겁한 고지로는 생각지도 못한 수단을 사용했소.

대련을 하러 가려고 관사를 나섰는데 이토 선생님이 나타나셨지.

"요사부로. 지난밤에 고지로를 급습한 것이 사실이냐."

사실과는 정반대의 말에 나는 놀라서 눈이 휘둥그레졌소.

"그런 적 없습니다. 오히려……."

하고 말을 삼키는데 선생님이 나를 제지하셨소.

"그렇겠지. 그렇겠지……, 안다. 하나 오늘 대련은 취소됐다."

"어째서요?"

"고지로가 네게 급습을 당했다고 오늘 아침이 밝자마자 대갓집에 호소했다. 천거받은 두 명 중 자신이야말로 사범에 적합하다, 대련을 할 필요도 없다고 아뢰었다는군."

대체 무슨 소리인지 처음에는 못 알아듣겠더이다. 이윽고 자초지종을 이해하자 온몸의 피가 거꾸로 흐르는 듯한 분노에 휩싸였소. 내 심정을 알아차렸는지 선생님은 이맛살을 찌푸렸소.

"나는 고지로를 잘 안다. 고로 그 말이 거짓이라는 것도 알지. 그러나 진실을 대갓집에 아뢰면 도장의 격이 떨어질지도 몰라. 이번에는 잠자코 물러나주지 않겠느냐."

"선생님. 하지만 고지로 님은 제게 급습을 가했을 뿐 아니라, 우연히 거기 있던 늙은 걸인을 베어 죽였습니다. 제 일은 제쳐놓고, 그러한 살생을 용서하는 것은 너무나도……."

"안다. 녀석은 인간으로서 연민의 정이 없어. 그래도 가족이라고 생각하기에 보살펴왔다. 네가 하는 말은 알겠지만, 이번 일은 내게 맡겨다오. 이렇게 부탁하마. 네가 봉직할 곳은 반드시 찾아줄 터이니."

선생님은 길에 꿇어앉아 내게 머리를 조아렸소. 큰 은혜를 입은 선생님이 그렇게까지 하는데 대갓집에 직담판을 하러 갈 수는 없었소.

"알겠습니다. 그만하십시오. 선생님을 믿고 맡기겠습니다."

그러나 결국 선생님은 고지로가 사범으로 가는 것을 허락했소. 그리고 며칠이 지나도 내가 밤에 급습을 가했다는 오명을 씻어주지 않았지. 뿐만 아니라 도장에서 내 모습을 보면 등을 돌려 피하지 뭐요.

가슴속에서 분노가 부글부글 끓더구려. 이렇게 화가 치미는 것은 봉직할 곳을 잃었다는 질투 때문일까. 아니면 무사로서 갖춰야 할 도의 때문일까. 수없이 자문한 끝에 답이 나왔소.

애당초 인간의 길에서 벗어나 살생을 저지른 자를 사범으로 천거한 것은 대갓집에 대한 불충이오. 나야말로 사범에 적합하다는 뜻은 아니오. 그렇지만 고지로를 사범으로 받아들이지 않도록 진언하는 것이 충의겠지. 그러나 선생님에 대한 의리를 저버릴 수는 없소. 따라서 일단 선생님과 직담판해서 만일 내 뜻이 받아들여지지 않는다면 설령 파문당할지언정 대갓집에 고하기로 결심했소.

한밤중에 좁은 관사의 툇마루에서 가을벌레 소리를 들으며 우리 가문의 문장(紋章)이 새겨진 예복을 다리고 있자니, 아버지가 보러 오셨소.

"봉직하기로 한 곳에 인사를 드리려는 것이냐?"

아버지는 약간 들뜬 표정으로 물으셨소.

"아니요, 아쉽게도 아닙니다."

나는 아버지에게 몸을 돌려 일련의 일을 설명해드렸다오.

"내일 선생님 댁에 직담판을 하러 갔다가, 상황이 여의치 않으면……."

"그만두어라."

아버지는 나를 막듯이 목소리를 높이셨소. 예상치 못한

그 서슬에 놀랐지.

"선생님이 봉직할 곳을 찾아주신다고 했다면, 잠자코 따라라."

"하지만 아버지, 흉악한 살생은 인간의 도리에 어긋나는 짓입니다. 인품이 그러한 자를 사범으로 보냈으니 도장에도 수치겠지요."

"사소한 일에는 눈을 감아라. 그런 일로 선생님에 대한 의리를 저버린다면, 봉직할 곳도 얻지 못하겠지. 낭인이라도 될 작정이냐."

"하지만 올바른 뜻 없이 무사라 할 수 있겠습니까."

"뜻만으로 무사가 될 수 있다는 것 또한 허황된 소리다."

아버지의 목소리는 나지막했고, 얼굴에는 비웃는 것과도 비슷한 표정이 떠올라 있었소. 나를 바라보는 눈빛은 어둡고 탁했고. 아버지는 나를 빤히 바라보며 말을 이으셨소.

"충의를 다하려 해도, 천하를 위해 일하려 해도, 신분이 없으면 너는 그 걸인과 다를 바 없다. 칼에 베여도 그저 버려질 뿐인 처지지. 억울하면 스승에게 머리를 조아려서라도 봉직할 곳을 얻어내라. 그제야 비로소 네 뜻을 내세울 수 있는 법이다. 지금 네 말은 결국 패배자의 개소리에 지나지 않아. 진정한 무사가 되고 싶다면 응석은 집어치우고 옳은 것과 그른 것을 두루 받아들일 각오를 다져야 해."

말씀을 마친 아버지는 내 어깨를 가볍게 두드리고 가셨지. 그 뒷모습을 멍하니 바라보자니 가슴속에 둔한 통증이 느껴졌지만, 이유가 뭔지는 금방 알 수 없었소.

아버지는 지당한 말씀을 하셨소. 하지만 뭔가가 마음에 걸려 잠자리에 든 후에도 좀처럼 잠을 이룰 수가 없었다오.

늘 그렇듯이 아침이 왔소. 다림질한 예복을 입지 않고, 익숙한 가스리(실을 부분적으로 방염 처리해서 독특한 흰색 잔무늬를 넣은 직물, 또는 그 직물로 만든 옷) 차림으로 칼을 차고 도장에 가기 위해 관사를 나섰지.

길을 가는 도중에 에도성이 보이길래 걸음을 멈추고 일찍이 아버지와 함께 그랬던 것처럼 머리를 숙여보았소. 그 순간, 성을 올려다보며 올곧은 눈빛으로 충의에 대해 말씀하시던 아버지의 얼굴이 떠오르더이다. 나는 아버지의 그 청렴한 모습을 동경했소. 하지만 지난밤의 아버지는 달랐소. 한때는 걸인에게 동냥을 주고, 행상을 도와 먼 길을 다녀와도 불평 한마디 없이 웃던 분이셨소. 진심으로 자신의 직책에 긍지를 품고 일하던 분이셨지. 그런 아버지라면 걸인을 벤 고지로를 용서할 리 없었소.

"그런 불충한 자가 다 있나. 인간의 도리에 어긋나는 짓이야. 괘씸한 것 같으니라고."

그렇게 화를 내며 고지로를 벌하기 위한 의거를 도와주실 줄 알았거늘.

어쩌면 그것은 어느 틈엔가 내가 마음속에 만들어낸 아버지의 허상이었을까.

진짜 아버지는 봉직할 곳을 찾지 못한 나를, 신분이 없는 걸인과 똑같다고 업신여겼을 뿐만 아니라 칼에 베여도 그저 버려질 처지라고 인명조차 가볍게 여기셨소.

아버지가 나를 업신여겨서 괴로웠던 것은 아니오.

아버지를 몹쓸 인간이라고 여기는 불효자가 된 것이 괴로 웠지.

고지로에 대한 분노는 그대로였소. 스승님에게 느낀 배신 감도 앙금으로 남았고. 그러나 무엇보다도 아버지의 말씀이 내 가슴을 후벼 팠소. 그때까지 아버지처럼 되고 싶어서 쌓아온 학문과 검술이 먼지가 되어 사라지는 것 같은 공허함에 사로잡혔지.

그리고 다시 걸음을 멈췄소. 옆을 흐르는 큰 강에 햇빛이 비쳐서 눈부시더군.

"어느 틈에 여기에……."

그날 고지로가 늙은 걸인을 죽인 강가였소.

그 순간 할아범이 베여 죽는 모습이 머릿속에 선명하게 되살아났지. 칼을 휘두르는 고지로의 추악한 얼굴이 어둡고 탁한 눈빛을 던지는 아버지의 얼굴과 겹쳤소.

"싫어……."

아버지의 얼굴은 소중한 무언가를 내팽개친 얼굴이었소. 그것이 무엇인지는 확실히 모르겠지만, 지금 내가 양보할 수 없다고 여기는 것을 양보하는 순간, 같은 구렁텅이에 빠진다. 그것만큼은 알겠더이다.

'무사가 되고 싶다면.'

넋두리처럼 들린 아버지의 말이 귓속에 되살아나고 몸속에서 솟아오르는 한기에 벌벌 떨다가,

"으아아아아아아아아."

하고 괴성을 지르며 그 자리에 웅크려 앉았소.

그러고 뭘 했는지 기억이 잘 안 나오. 하지만 도장에 갈 수도, 그렇다고 관사로 되돌아갈 수도 없었소. 정처 없이 걷다가 지쳐서 길가에 쓰러지다시피 잠들었소.

무사가 되려고 정진해온 18년이라는 세월은 쉬이 지울 수 없었소. 그러나 무사가 되고 싶으면 받아들여야 한다는 것을 받아들이지 못하는 이상, 무사가 될 수는 없었지. 그렇다고 달리 살아갈 방법을 아는 것도 아니었소.

그렇다면 길은 하나, 무사로서 죽는 수밖에 없다는 것을 깨달았소.

지금 돌이켜보면 참 좁은 소견으로 살았구나 싶지만, 당시의 내게는 그것이 유일한 답이었다오. 목숨을 버릴 곳을 찾아 에도를 망령처럼 헤맸지.

어디서 죽는 것이 좋을까. 성을 우러러보며 죽을까. 도장 대문 앞에서 죽을까. 아니면 대갓집에 상신서를 쓰고 나서 죽을까.

가을도 깊어져 밤이 되면 바람이 차가웠소. 벌레 소리를 들으며 달빛 아래를 걷다가 또 고지로가 할아범을 벤 강가에 다다랐소. 그날 밤 일이 석연치 않은 응어리로 남아 뱃속 깊은 곳에 가라앉아 있던 탓일 것이오.

그날 밤, 아가씨가 죽은 할아범을 끌어안고 했던 말이 떠오르더이다.

'이런 식으로 죽어도 되는 사람이 아니에요.'

그 누구도 재미 삼아 함부로 휘두른 칼에 베여서는 아니 되오. 어차피 내가 가야 할 길을 잃을 만큼 헤맬 바에야, 차라리 그때 고지로를 단칼에 베어 넘길 것을 그랬다는 생각이 들더군. 그랬다면 고지로에게 오명을 뒤집어쓰지도 않았을 테고, 내게 의(義)가 있다고 가슴을 펼 수도 있지 않았을까. 그때 칼등으로 친 것은 고지로에게 자비를 베풀었다기보다 내가 겁약했기 때문이오.

"차라리 고지로를 베자."

지금이라도 늦지 않았다. 걸인을 애도하는 셈 치고 이 강가에서 겨루자. 그리고 고지로를 베면 스스로 목숨을 끊자. 그것이 사사로운 결투의 뒤처리로 적합할 것이라고 각오를 다졌소.

허리에 찬 칼을 스르륵 뽑자 이 빠진 곳 하나 없이 말끔했소. 한 번도 사람을 벤 적은 없으나 평소 손질을 게을리하지 않았으니. 달빛을 받아 빛나는 칼날을 허공에 휘두르자 바람을 가르는 소리가 났소. 눈앞의 강 안개를 베듯 칼을 내리친 순간,

"에구머니나."

하는 목소리가 들렸소. 돌아보자 일전에 만났던 그 아가씨가 등롱을 들고 멍하니 서 있더군. 오미쓰라는 이름이 기억났소. 나는 당황해서 칼을 칼집에 넣었지. 오미쓰도 등롱 불빛에 비친 내 얼굴을 보고 아아, 하고 알은척을 했소.

"무사님, 이런 곳에서 무엇을 하세요?"

"그대야말로 이런 밤중에…… 위험하지 않은가."

"밤중이라고 할 정도는 아닌데요. 저 앞에 기거하는 할아

버지에게 주먹밥을 드리러 왔을 뿐이에요."

아무래도 쓰루야 사람들이 돌봐주던 사람은 도메 할아범만이 아닌 듯하였소.

"그런데 무사님, 요전번이랑 달리 아주 꾀죄죄한 모습이신데, 어찌 된 일이에요?"

나는 입을 꾹 다물었소.

며칠 방랑하느라 밀어놓은 머리털도 수염도 길었고, 옷도 흙으로 더러웠다오.

뭘 하는 것인지 스스로도 모른다. 그저 죽으려 해도 죽지 못하고……. 하지만 그런 말을 할 수는 없겠더이다.

그때 꾸르르륵, 하고 땅속에서 울려 퍼지는 듯한 소리가 났소. 내 굶주린 배가 비명을 지른 것이오.

오미쓰는 그 소리를 듣고 후후후 웃었소.

"요전번 일의 답례를 하고 싶으니 따라오세요."

괜찮다고 사양하려 했으나, 내가 말을 꺼내기도 전에 오미쓰는 앞장서서 걸어갔소.

"자, 빨리요."

음전한 구석이라고는 없는 아가씨였지. 나는 어쩔 수 없이 따라갔소.

'쓰루야'라고 적힌 등롱이 어둠 속에 희미하게 켜져 있었소.

"아아, 오미쓰 왔구나."

안주인은 오미쓰를 따라온 나를 보고 조금 놀란 눈치였소. 무리도 아니지. 지난번과 달리 척 보기에도 낭인 같은 꼬락서니였으니.

"자자, 들어오세요."

오미쓰의 손짓에 안으로 들어가니, 안주인도 웃으며 의자를 권했소.

"고맙소."

하고 인사하며 칼을 옆에 내려놓고 가게 한구석에 시선을 주자, 선반 장 위에 작은 위패가 보이더이다. 오미쓰가 내 시선을 알아차리고 말했소.

"아아, 도메 할아버지의 위패예요. 할아버지는 가게로 오라고 했는데도 폐가 된다면서 한 번도 온 적이 없었지요."

나는 자세를 바로잡고 오미쓰와 가게 주인, 안주인을 바라보았소.

"그날 밤, 도메라는 할아범을 죽인 것은 내가 다니는 도장의 문하생이오. 그런 까닭에 나는 의리를 핑계 삼아 비겁하게도 그자를 칼등으로만 치고 놓아주었소. 그자는 전혀 뉘우치는 기색 없이 평안하게 살고 있지. 나는 그자를 주살해야 한다는 생각에……."

"그만하세요."

오미쓰가 나지막한 목소리로 말했소. 고개를 드니 나를 노려보고 있더군.

"그런다고 도메 할아버지가 돌아오는 것도 아니잖아요. 저희를 위한 일이라고 생각하지는 마세요. 그래봤자 무사님의 분이 풀릴 뿐이니까요."

"얘, 오미쓰."

가게 주인이 말렸지만 오미쓰는 말을 멈추지 않았소.

"무사도니, 의리니, 주살이니, 그런 어려운 말들은 몰라요. 저는 다마의 시골에서 태어나 여기로 일하러 왔는데요. 제가 다녔던 마을 서당에서 무엇을 제일 먼저 배우는지 아세요? 살생은 안 된다는 것이에요."

오미쓰는 팔짱을 끼고 내 앞에 우뚝 섰소.

"도메 할아버지를 죽인 자는 정말 싫어요. 용서하지 않을 거예요. 하지만 무사님이 그자를 죽인다면 이야기가 달라진답니다. 우리 같은 평범한 사람들의 도리는 무사님의 도리보다 간단해요. 사람을 다치게 하면 사과한다. 살생하면 지옥에 떨어진다. 그러니 사람을 해친 그자는 알아서 지옥에 떨어지겠지요. 무사님이 손을 쓴다면, 제 도리에 따라 무사님도 지옥행이고요."

나는 할 말을 잃고 오미쓰의 얼굴을 빤히 바라보았소. 그러자,

"제가 뭐 틀린 말씀을 드렸나요?"

하고 묻더군. 나는 고개를 저었지.

"아니……, 그야말로 옳은 말이야."

나보다 어린 아가씨가 내려다보며 거침없이 말을 쏘아붙이고, 고지로를 주살하겠다는 각오조차 자기만족이라고 비방하였건만 불쾌하지는 않았소. 오히려 그 말이 몸에 스르르 스며드는 것처럼 기분 좋았지.

세상의 도리는 이 아가씨 말처럼 지극히 간단할 것이다. 무사든 평민이든 다를 바 없다. 옳은 것과 그른 것을 두루 받아들이라고 아버지는 말씀하셨지만, 받아들이면 안 되는 그른 것도 있다. 말하고 싶어도 할 수 없었던 생각이 가슴속에서 확실한 모습을 이루었소.

갑자기 눈시울이 뜨거워져서 나는 입을 다물고 고개를 푹 숙였소. 그러자 그런 나를 염려하듯 오미쓰가 말을 걸었지.

"하지만 연극에서 싸우는 장면을 보는 것은 아주 좋아해요. 이렇게, 오노에 에이자부로가 검을 휘두르는 모습을 보고만 있어도 가슴이 뛴답니다."

오미쓰는 곁에 있던 나무 공이를 들고 산을 그리듯이 휘둘렀소. 그러자 가게 주인과 안주인이,

"오미쓰, 적당히 하렴."

하고 타일렀소.

세 사람의 모습을 보고 있자니, 나도 어쩐지 어깨에서 힘이 빠져서 하하하, 소리 내어 웃었소. 그러자 주인이 문득 생각났다는 듯 손뼉을 짝 치더니 말했지.

"아 참, 이러고 있을 때가 아닌데. 식사를 하셔야지요. 이미 아궁이 불을 꺼서 식은 밥밖에 없지만요."

"아니, 그럴 생각은……."

만류할 틈도 없이 주인이 안쪽에서 식사를 준비하고, 오미쓰가 밥상을 날라 왔소.

"여기 이것은 민물고기로 만든 소보로(소, 돼지, 닭, 생선 등을 쪄서 부스러뜨린 음식)예요. 요 부근에서 아침에 잡은 물고기를 생강과 함께 달콤 짭짤하게 찌지요. 모양이 뭉개진 것은 손님에게 내놓을 수 없지만, 이렇게 밥에 얹어 먹으면 맛있답니다."

오미쓰는 미소를 지으며 그렇게 말했소. 나는 내어주는 대로 밥을 먹었소. 오랜만에 맛있는 음식을 먹는 기분이었다오.

"맛있군."

"다행이네요. 이래 보여도 요 부근에서는 평판이 좋은 가게라고요. 순위 표에는 실리지 못했지만(에도시대 후기에는 스모 선수 순위 표를 흉내 내어 만든 요릿집 순위 표가 있었다)."

오미쓰, 하고 안주인이 웃었소.

내가 빈 밥그릇을 내려놓은 후, 칼을 들고 품에서 돈을 꺼내려 하자 안주인은,

"괜찮아요. 남은 것이니까요. 다음에 또 오세요. 소보로 말고 다른 생선 요리를 드시러."

하고 만류하더군. 그것도 모자라 대나무 껍질에 싼 주먹밥까지 내밀었소.

"가져가서 드세요."

미안해서 밀어내려 하자 주인도 내 손에 주먹밥을 쥐여주려 했소. 힘이 워낙 세서 거부하지 못하고 받아 들자 주인은 조용히 웃었소.

"무사님의 세상은 오미쓰 말처럼 단순하지 않겠지요. 하지만 일단 몸을 소중히 돌보십시오. 배불리 드시고 웃는 것이 중요합니다. 그래도 해결되지 않는 원통함이나 괴로움도 있겠지만, 그런 것은 부처님께 맡기는 것도 저희의 처세술이랍니다."

주인의 말을 듣자 나 자신이 부끄러워지더이다. 고지로를

베지 못해서 부끄러운 심경과는 달랐소. 무사의 삶에 얽매인 나머지, 그 외의 삶을 낮잡아 본 것을 부끄러워하는 마음이었지.

"또 복잡한 표정을 짓고 계시네요."

오미쓰가 밝은 목소리로 놀렸소. 나는 손바닥으로 얼굴을 문질렀소.

"좀 더 웃으시는 편이 좋아요. 즐거운 일은 얼마든지 있잖아요. 연극이며, 축제며, 불꽃놀이며……."

오미쓰가 손가락을 꼽으며 헤아리는 그것들을 나는 하나도 제대로 본 적이 없었소. 이 얼마나 좁은 곳에서 발버둥을 쳐온 것인지.

"그렇군. 언젠가는 보도록 하지. 오래 머물러 미안하오. 이만 실례하겠네."

나는 칼을 차고 일어섰소. 배웅하러 나온 오미쓰가 불쑥 다가섰지.

"무사님, 성함은."

"나는……."

거기서 말문이 막혔소. 그 전이었다면 하급 무사 사가라 키하치로 요리무네의 셋째 아들, 요사부로라고 대답했을 것이오. 하지만 여태껏 걸어온 길을 벗어나 행방을 감춘 나를 아버지가 용서하실 것 같지가 않더이다.

"요사부로라고 하오. 보다시피 떠도는 몸이고."

"그럼 요사부로 님. 또 뵈어요."

가게의 간판답게 오미쓰는 활짝 웃으며 고개를 숙였소.

배를 채우고 마음이 조금 따뜻해지자 겨우 '앞일'을 생각할 수 있겠더군.

얼마 없는 돈으로 목욕탕에 가서 깨끗하게 씻고 저렴한 객사에 묵었소.

원래 같으면 관사에 돌아가야 했겠지. 하지만 봉직할 곳도 없고 도장에 발을 들이기도 내키지 않는데, 무슨 낯짝으로 아버지를 뵈어야 할지 모르겠더군.

어느덧 집을 나온 지 두 달이 흘러 분카(1804~1818년에 사용된 일본의 연호) 3년의 정월을 맞이했소.

오미쓰의 말도 떠오르고 해서, 그때껏 피해왔던 악처에도 들러보기로 마음먹었소.

신년의 열기 속에서 문전 게이샤가 큰 목소리로 손님을 불러 모으고 있는 고비키초의 극장 앞은 연극을 좋아하는 사람들로 몹시 붐볐소. 극장을 올려다보니 소문난 배우의 이름이 죽 적혀 있고, 배우 초상화도 걸려 있었지. 사람들은 배우의 이름과 그림을 올려다보며 제각기 무엇이 좋다는 둥, 무엇이 나쁘다는 둥 즐겁게 떠들어댔소.

비교하는 것도 묘한 일이기는 하지만, 고요한 아침에 성을 올려다보았던 예전과는 크게 다르더구려. 속된 떠들썩함에 몸을 담그고 있는 것이 기분 좋게 느껴졌소.

그때 갑자기 사람들이 환성을 지르더군.

"에이자부로다."

웅성거리는 목소리 저편에 인기 있는 배우가 있는 모양이었소. 오미쓰가 분명 그런 이름을 언급했던 것이 기억났소. 그쪽을 보자 스무 살이 넘었을까, 시원스럽게 생긴 청년이 걸어오더군. 오가는 사람들의 동경과 호기심 어린 시선을 받으며 당당하게 길을 가로질러 극장으로 들어가려 했소. 바로 그때,

"으아압."

하고 묘한 고함 소리가 들렸소. 그쪽을 보니 둘러싼 사람들 너머에서 얼굴이 창백한 젊은 무사가 칼을 뽑아 들고 달려오는 것이 아니겠소? 눈에 핏발이 선 무사의 심상치 않은 모습에 사람들은 비명을 지르며 길을 비켜주었소. 칼끝이 오노에 에이자부로를 똑바로 향했더군. 에이자부로는 불의의 습격에 놀랐는지 눈을 부릅뜨고 그 자리에서 굳어버렸소. 나는 재빨리 에이자부로 앞으로 나서서 무사를 노려보

았소. 그러자 무사가,

"비켜라."

하고 성난 목소리로 위협하며 다가오더구려. 하지만 팔에 힘이 없는지 칼끝이 흔들렸소. 그런 상태인데 칼로 쳐내면 칼날이 구경꾼들을 향하게 되어 위험할 것 같았지. 돌아보니 에이자부로 뒤편에 극장 간판이 세워져 있었소.

나는 에이자부로의 어깨를 잡고,

"미안하오."

하며 같이 옆으로 피했소. 무사는 달려오던 기세와 칼의 무게를 못 이기고 간판을 들이받았지. 우당탕 요란한 소리와 함께 무사가 넘어지자, 구경꾼들 사이에서 웃음이 터졌소. 무사가 몸을 일으키는데, 창백했던 얼굴이 분노와 창피함으로 시뻘겋게 변했더군. 나는 무사를 바라보고 말했소.

"대낮에 사사로이 싸움을 벌이려는 것이오?"

"행색을 보아하니 낭인 같은데, 어디서 주군의 직속 가신에게 참견인가. 이자가 광대 주제에 내 여인을 홀렸단 말이다."

무사는 발로 땅을 구르며 에이자부로를 가리켰소. 에이자부로는 이맛살을 찌푸리고 고개를 갸웃하더이다. 아무래도 그 '여인'이 누군지 짐작이 가지 않는 듯했소. 요컨대 그 무사가 멋대로 시샘한 것이지. 나는 어처구니가 없어서 아무 말도 못 하고 한숨을 쉬었소. 그런데 그 한숨이 거슬렸던 모양이오.

"이런 건방진 놈."

무사는 욕을 하며 칼을 쳐들었소. 하지만 여전히 중심을 잡지 못해 몸이 흔들렸소. 그 모습을 보니 고지로가 떠올라서 부아가 치밀더구려.

검술 실력이 부족한 데다 무기도 없는 배우를 상대로 행패나 부리는 괘씸한 인간이건만, 이 사내는 주군의 직속 가신. 한편 나는 정처 없이 헤매는 낭인. 이 얼마나 억울한 일이오. 나는 칼을 뽑지 않고 그저 노려보았소. 그러자 무사는,

"에이잇."

하고 패기 없는 목소리와 함께 또 덤벼들었소. 공격하기 전에 소리를 지르다니 피해달라고 부탁하는 것이나 마찬가지지. 욕을 내뱉고 싶은 마음을 억누르며 칼을 피한 후, 제풀에 비틀거리는 무사의 손목을 왼손으로 잡고 오른쪽 손날로 목을 때렸소. 무사는 그 자리에 무릎을 털썩 꿇고 혼절했지.

"별것도 아니군."

나는 숨을 후우, 내쉬었소.

다음 순간, 주변에 있던 구경꾼들이 와, 하고 소리를 질렀

소. 또 무슨 일이 일어났나 싶었지만, 아무래도 내게 환성을
보내는 것 같더구려.

"과연 대단한걸, 방랑 무사님."

알쏭달쏭한 칭찬이 날아들어 당혹스러운 마음에 눈을 내
리떴소.

"이 무사를 관청으로……."

내 목소리가 들리는 것인지 들리지 않는 것인지, 사람들
은 계속 웅성거렸지. 결국 관청에서 나온 관헌이 무사를 일
으켜 세워 데려가자, 사람들 사이에서 키가 훤칠하게 큰 사
내가 나타났소. 나이는 장년에 접어들었을까. 눈빛이 날카
롭고, 서 있는 모습에도 빈틈이 없더이다.

"이야, 참으로 대단하시었소."

한층 귀에 잘 들어오는 목소리였소. 나도 모르게 자세를
가다듬는데, 뒤에 있던 에이자부로가,

"아버지."

하고 말하더군. 그리고 주변에 둘러선 사람들은,

"마쓰스케다."

하고 수군거렸소. 아무래도 그 사내 역시 배우인 듯했소.
마쓰스케는 내 앞에 서서 고개를 숙였지.

"아들놈을 구해주셔서 감사합니다, 무사 나리."

"아니, 나는 떠도는 낭인 신세요."

"무슨 말씀이십니까. 이렇게 뛰어난 실력으로 무력한 평민을 부당한 칼날에서 지켜주셨거늘. 아주 훌륭하신 분입니다. 답례로, 부디 저희 부자의 연극을 관람해주시기 바랍니다."

나는 대답을 망설였소. 그러자,

"아무쪼록 보고 가시구려."

하며 모르는 마을 사람들이 등을 떠밀더군. 그 모습을 보고 마쓰스케와 에이자부로도,

"자자, 어서요."

하고 부추겼소.

어느새 나는 극장 중앙의 격자 관람석(마스세키(枡席), 스모 경기장이나 극장의, 사각형으로 칸을 나눈 중앙 관람석)에 앉아 있었소.

당시 모리타 극장은 돈이 잘 융통되지 않았는지 예비 극장인 가와라사키 극장이 고비키초에서 연극을 상연했지만, 사람들은 그냥 편하게 모리타 극장이라고 불렀다오.

정월에는 '소가물'이라고 불리는 연극을 무대에 올리는 것이 관습이라던가. 소가 형제의 복수를 그린 연극으로 제목은 '미쓰의 영예, 회계지치에 버금가는 복수(三津誉会稽曽我)'였소. 아직 연극을 한 번도 본 적 없는 입장에서는 무슨

내용일지 짐작도 가지 않았소. 옆자리에 앉은 사람들이 내게 이것저것 설명해주더군.

"무사님은 처음이지요? 이것은 정월에 매년 무대에 오르는 소가물입니다. 소가 형제가 아버지의 원수인 구도 스케쓰네를 죽이는 이야기예요. 오늘의 볼거리는 아까 그 오토와야(가부키 배우 오노에 기쿠고로의 가문을 일컫는 칭호) 부자입니다. 오노에 마쓰스케가 연기하는 구도 스케쓰네에게, 아들 오노에 에이자부로가 연기하는 소가 고로가 복수하는 장면이지요."

주변의 다른 손님에게 들은 바에 따르면, 오노에 마쓰스케는 이미 환갑이 넘었더이다. 환갑의 나이에 그렇게 패기가 넘치는구나…… 싶어 나도 놀랐소. 그리고 에이자부로는 친아들이 아니라 양아들이라고 들었지.

"서로 우열을 가리기 힘들 만큼 좋은 배우예요."

막이 열리자 손님들은 다들 무대를 뚫어지게 바라보았소.

나도 어느새 마른침을 삼키며 무대에 시선을 모았소. 하지만 막상 싸우는 장면에 이르자, 하늘하늘 춤추듯이 칼을 흔들며 서로 스쳐 지나갈 뿐이었소. 도장에서 대련할 때처럼 기백 넘치는 모습을 기다렸던 만큼 허탕을 친 기분이 들더구려.

이윽고 에이자부로가 연기하는 고로가 마쓰스케가 연기하는 구도에게 복수하는 장면이 나왔소. 그러자 무대 위에서 살기 같은 것이 느껴졌소. 움직임은 춤추듯이 우아했지만, 연기하는 두 사람의 열기에 압도당했다오.

고지로가 할아범을 죽인 그날 밤, 나는 처음으로 사람이 사람을 죽이는 모습을 보았소. 아주 추악해서 생각만 해도 괴로운 광경이었지. 무사로서 지켜야 할 위엄이 눈곱만큼도 없었소.

하지만 눈앞의 무대에서 벌어지고 있는 복수극은 참으로 아름답기 그지없는 무사의 모습 그 자체였소.

물론 진짜 살생은 아니었소. 그렇다고 순 거짓말도 아니었지. 무대에 선 마쓰스케와 에이자부로가 자신의 전부를 걸고 맞서는 심정이 전해졌으니 말이오.

맞설 것을 그랬다는 생각이 들더이다.

상대는 누구냐고 스스로에게 물었소. 고지로와는 맞서려 해도 맞설 수 없었지. 그자는 처음부터 내뺄 태세라 대련에 응하지조차 않았소. 그렇다면 선생님과 흉금을 터놓고 이야기했으면 되지 않았을까. 하지만 그렇게 머리를 조아려서는 입을 열기가 여의치 않잖소.

거기까지 생각하다 문득 깨달았다오.

나는 아버지와 맞서고 싶었다는 것을.

고지로의 악행에 '눈을 감아라'라고 말씀하신 아버지에게

'그래서는 안 된다'라고 말하고 싶었소. 아버지를 존경하기에 할 말은 해야 했던 것이오. 그러지 않고 멋대로 아버지에게 실망했고, 실망했다는 사실에 괴로워했소. 그것은 일종의 응석 아니었을까.

피를 나누지 않았다지만, 같은 무대에 서서 연기로 맞서는 마쓰스케와 에이자부로 부자를 보고 있자니 부러울 지경이었소.

연극이 끝나고 다른 손님들이 떠난 뒤에도, 나는 한동안 꼼짝도 하지 못하고 빈 관람석에 멍하니 앉아 있었소.

"어떠셨습니까. 역시 무사 나리께는 시시한 장난으로 보이시겠지요."

멋진 비단옷을 입은 마쓰스케가 말을 걸어왔소. 방금까지만 해도 의상을 입고 무대에서 밉살스러운 적 역할을 당당히 연기했는데, 이제는 멀끔한 얼굴로 내 옆에 척 앉더이다.

나는 마쓰스케 장(가부키 배우의 이름에 붙이는 경칭)에게 몸을 돌려 머리를 숙였소.

"훌륭한 연극을 보여주어 감사하오."

"머리 드십시오. 그렇게 말씀해주시니 황송합니다."

쑥스럽게 웃는 마쓰스케 장의 따스한 눈빛을 받으며 나도 모르게 입을 열었소.

"보시다시피 나는 낭인 신세요. 충의를 다하고자 해도 봉직할 곳이 없어, 무사라고는 말할 수 없는 처지지. 지금까지 달리 연극을 본 적도 없었고, 세상도 잘 모르오. 하지만 지금 그대들 부자의 연극에 몹시 감명을 받았소."

"감사합니다."

마쓰스케 장은 텅 빈 무대를 바라보며 말했소.

"저희 배우들은 광대니 천것이니 하며 천대받고…… 한편으로 아껴주시는 손님분들은 신이나 부처님같이 우러러보니, 저도 제가 무엇인지 아리송해질 때가 있습니다. 그렇기에 마음을 단단히 먹고 임하지 않으면, 세상 사람들의 목소리에 휘둘려 순식간에 굴러떨어지고 말지요."

이는 무사와도 비슷했소. 차고 다니는 칼의 권위에 취하면 스스로를 잃어버리지. 마쓰스케 장의 올곧은 말이 마음에 와닿았소.

그런 내 심중을 헤아렸는지 마쓰스케 장이 살며시 웃었소.

"무사 나리께서는 방금 봉직할 곳이 없어서 충의를 다할 수 없다고 하셨습니다. 하지만 충의가 꼭 무사만의 것은 아닙니다. 저희에게도 충의가 있습니다."

그리고 허공에 손가락으로 '충(忠)'이라는 한자를 썼소.

"충이라는 한자는 마음(心) 속(中)이라고 쓰지요. 마음속 깊은 곳에서 우러나는 것을 남에게 바치는 일이라고 생각합니다. 꼭 나라나 주군이 대상이어야 하는 것은 아니에요. 저는 연기를 통해 제 눈앞에 있는 수많은 손님에게 마음을 바칩니다. 그 연기를 본 사람들이 나라와 주군에게 헌신할 힘을 얻을 것이라 믿지요. 어디가 위고 아래인지는 중요하지 않습니다. 돌고 도는 것이니……."

연극을 보던 사람들의 얼굴이 떠올랐소. 동경 어린 눈빛을 던지고, 눈물을 흘리고, 웃는 얼굴로 돌아들 갔지. 분명 배우들의 마음을 잘 받아들였다는 증거일 것이오.

무사로서 충의를 다하는 것이 내가 걸어야 할 길이라 믿고 살아왔지만, 봉직할 곳조차 찾지 못하고 낭인이 됐소. 그 때문에 절망했건만, 천것이라고까지 불리는 눈앞의 배우는 충의가 무사만의 것이 아니라고 했소. 봉직하여 녹봉을 받는 것이 아니라, 충의를 다하며 살아가겠다는 뜻을 품는 것이야말로 무사다. 그것은 내가 아버지에게 듣고 싶었던 말이었지.

내가 입을 다물고 고개를 푹 숙이자 마쓰스케 장은 내게 가까이 다가앉았소.

"만약 괜찮으시다면, 저희 배우들에게 검술을 지도해주시겠습니까. 물론 저희 같은 것들을 상대로 연습을 시켜달라함이 무례한 부탁인 줄은 압니다만……."

"아니, 나는……."

거절하려고 무심코 마쓰스케 장의 얼굴을 보았소. 그 신실한 눈빛에 빨려들 것만 같더군.

오노에 마쓰스케라는 인물은 어설픈 검객보다 훨씬 검객 태가 났소. 다리와 허리에 힘이 들어가서 고지로보다 훨씬 안정감 있었고, 곧게 편 등에도 흔들림이 없었소. 칼을 휘두르는 모습은 아름다울 뿐만 아니라 다부지기도 했고. 이 사람의 검술 실력을 좀 더 보고 싶다는 호기심이 가슴속에 솟구쳤소.

동시에 연극에서 무사를 연기하는 이 배우가, 내 이상 속 최고의 무사를 체현해주면 좋겠다는 욕심이 고개를 들었소.

"나는 연극에 대해 아무것도 모르는 풍치 없는 자요. 그래도 괜찮다면 서투르나마 지도를 해드리겠소."

이리하여 나는 충의를 다할 '봉직처'로서 마쓰스케 장을 선택한 것이오.

그 후로 마쓰스케 장을 오토와야 어르신이라 불렀소. 어르신은 훗날 마쓰스케라는 이름을 에이자부로 장에게 물려주고, 자신은 쇼로쿠라고 칭했지. 이미 세상을 떠나셨지만, 생전에 2대 마쓰스케 장을 비롯한 오토와야의 배우들을 잘 돌봐주셨다오. 내게는 진정한 은인이기도 하오. 언젠가 왜 그날 내게 말을 걸어주었는지 어르신께 물어본 적이 있소.

"싸움도 마다하지 않고 에이자부로를 지켜준 모습이 멋있었거든. 하지만 그 이상으로 자네의 눈빛에 끌렸지. 무대 위에 서면 손님의 얼굴이 의외로 잘 보인다네. 그중에서도 특히 자네가 이쪽을 빤히 쳐다보는 것을 알 수 있었어. 다른 손님과는 시선을 두는 곳이 다르다. 이 사람은 배우의 움직임을 세세히 보고 있다……. 그뿐이라네."

그렇게 말씀해주셨지만 분명 그뿐만은 아니었을 거요. 내가 미혹의 수렁에 깊이 빠진 것을 꿰뚫어 보셨던 게지.

그 후로 나는 뒷골목의 쪽방에 살면서 극장에 드나들었소. 여전히 연극에 대해서는 아무것도 모른 채, 무사 역할을 하는 배우들에게 검술만 지도했소. 얼마 후,

"자네도 무대에 서보겠나."

라는 어르신의 말씀에 싸움 장면의 수많은 단역 중 하나로 무대에 올랐소. 몸만큼은 튼튼했으므로 재주넘기, 소위 공중제비도 돌 수 있었고, 한 가지 자세를 유지한 채 멈출 수도 있었소. 처음에는 샤미센 반주에 맞춰서 움직이기가 어려워서 자주 선배들에게 혼났지만, 점차 익숙해졌지. 경쾌한 딱따기 소리가 마음에 들어서 어느 틈엔가 그 사용법도 배웠고, 춤도 몸에 익혔소.

"소질이 있군. 언젠가는 무술 연기 담당이 될 수 있을 거야. 더욱 정진하도록."

어르신의 말씀이 힘이 되더군.

무대에 오르면 언젠가 도장 문하생에게 들킬지도 모르겠다 싶었지만, 다들 검만 휘두를 뿐 풍류를 모르는 사람들이었소. 극장 마을을 악처라며 꺼렸지. 그것은 예전의 내가 누구보다도 잘 아는 바였소.

그러던 어느 날 문전 게이샤가 부르더군.

"젊은 아가씨가 당신을 만나고 싶다며 찾아왔어. 여간 아니로군."

누구인가 의아하게 생각하면서도 나가보니, 고운 연홍색 꽃무늬 기모노에 검은색 장식용 깃을 덧대고, 보라색 허리띠를 맨 아가씨가 서 있었소.

"요사부로 님."

밝은 목소리를 듣고 오미쓰임을 알았지.

"무대 위에서 대활극을 연기하셔서 깜짝 놀랐어요. 배우가 되셨군요."

반짝이는 눈으로 쳐다보길래 낯이 간지러워서 아아, 하고 쓴웃음을 지었소.

"그대가 연극이 재미있다고 했던 것이 생각나 와본 것을 계기로, 오토와야 어르신에게 신세를 지고 있소."

"그것참 잘됐네요. 다음에 가게에 한번 오세요. 이야기를 듣고 싶어요."

그때부터 연극이 끝나고 돌아갈 때 쓰루야에 들르게 되었고, 그 무렵에는 어르신께 보수를 받았으므로 평판이 좋다던 민물고기를 소보로가 아니라 찜으로 맛볼 수 있었소.

그런 세월을 2년쯤 보낸 후, 여느 때처럼 쓰루야를 찾아가자 주인이 술상을 차리더이다. 마침 오미쓰는 근처 연회 자리에 음식을 배달하러 가서 없었소.

"요사부로 씨, 분명 오늘이 마지막 공연이었지요? 한잔 어떻습니까."

주인이 권하는 대로 방에 들어가서 그날 팔다 남은 음식을 안주 삼아 술을 마시고 있자니, 주인이 갑자기,

"슬슬 오미쓰를 배필로 맞이하지 않으시겠습니까."

하고 말하지 않겠소? 나도 모르게 술을 뿜어내고 뭐라고 하시었소, 하고 되물었지. 주인은 당황한 나를 재미있다는 듯이 바라보며 싱글싱글 웃었소.

"오해가 있어서는 안 되니까 말하자면, 나와 오미쓰 님은 아무……."

"그야 아무 일도 없다는 것은 압니다. 너무 감질나서 속이

타더군요. 저럴 바에야 차라리 얼른 부부가 되는 것이 어떨까 싶어서요."

"느닷없이 그런 말씀을 하셔도……."

그러자 주인은 온화한 표정으로 다시 나를 바라보았소.

"오미쓰의 고향에는 이미 부모님도 안 계시고, 오라버니 부부가 대를 이었습니다. 돌려보내려니 서운하고, 저희 부부는 아이가 없으니까 저희가 부모 대신인 셈이지요. 오미쓰는 정말로 귀여워요. 그 아이를 요사부로 씨에게 맡기는 것이 좋겠다고 제 안사람도 그랬습니다. 에도에 집을 지어 살림을 차려주고 싶습니다."

"하지만 오미쓰 님도 생각이 있을 터인데."

"오미쓰에게 물어보니 그것도 나쁘지는 않겠다고 하더군요."

맥이 탁 풀릴 만큼 속없는 대답이었다오. 뭐라고 하면 좋을까 생각하며 술잔을 기울이는데, 언제부터 듣고 있었는지 모르지만 안주인이 부엌에서 고개를 쑥 내밀지 뭐요.

"수줍음을 감추려고 그러는 것이에요. 실은 마음이 있다고요."

몸을 디밀면서 그렇게 말하더이다. 하필 그때 오미쓰가 돌아왔소.

"어머, 요사부로 님, 오셨군요. 웬일로 술도 많이 드셨네. 얼굴이 빨개졌어요."

오미쓰가 명랑한 목소리로 깔깔 웃자, 주인과 안주인은 유쾌한 듯 나를 바라보았소.

무사의 삶을 버린 몸이라 혼인은 생각지도 않았건만, 쓰루야의 부부가 딸이나 다름없는 오미쓰의 남편감으로 나를 선택하다니 기뻤소. 그리고 오미쓰가 곁에 있어준다면 앞으로는 인간으로서 걸어야 할 길을 벗어나지 않고 살아갈 수 있을 것 같았소.

그러나 즉답은 할 수 없다는 생각에 그날은 도망치듯 가게를 나섰다오.

그런데 며칠 후, 오미쓰가 극장 연습장에 도시락을 가져다주러 왔소. 시끌벅적한 연습장의 입구까지 배웅하러 나왔는데, 오미쓰가 문득 발을 멈추더니 돌아서서 마치 밥집의 차림표라도 읽는 듯한 말투로,

"그런데 저랑 함께할 생각이세요?"

하고 물었소. 똑바로 올려다보는 오미쓰 앞에서 도망칠 수도 없는 노릇이라, 나도 마음을 굳혔소.

"나라도 괜찮다면 평생."

그리하여 살림을 차렸고, 이제는 자식도 얻어 떠들썩하게

살고 있다오.

오토와야 어르신과 오미쓰, 그리고 쓰루야의 부부가 없었다면 지금쯤 어떻게 됐을까. 모두 큰 은인이고, 얻기 어려운 인연이라오.

……음, 과거랍시고 이야기를 길게 늘어놓고 말았소이다. 이렇게 많이 이야기한 것은 기쿠노스케 님 이후로 처음인가. 뭐랄까, 그대도 기쿠노스케 님도 말을 잘 들어주는지라 그만 쓸데없는 이야기까지 나온 것 같소.

아무튼 기쿠노스케 님과 만났을 무렵에 나는 무술 연기 담당으로 일하고 있었소.

미혹의 수렁에 빠진 자의 얼굴은 이리도 명확하게 알 수 있는 법인가 싶을 만큼, 기쿠노스케 님은 헤매고 있었소.

나도 일찍이 오토와야 어르신에게 도움을 받았잖소. 나 또한 남을 구할 수 있는 사람이 되고 싶었기에, 기쿠노스케 님이 마음에 걸렸소. 검술 지도를 부탁받았을 때, 일단은 주저했지만 받아들인 후로는 하루도 빼놓지 않고 극장 뒤편에서 함께 연습했소. 기쿠노스케 님은 원래 고향에서도 수련했었던 만큼 검술 실력이 쭉쭉 늘었소이다. 하지만 칭찬을 받아도 그다지 기쁜 표정이 아니었소.

한번은 흉금을 터놓고 이야기를 해보고 싶어서, 재미없을 줄 알면서도 내가 무사의 삶을 버린 경위를 슬쩍 들려주었다오.

그러자 기쿠노스케 님은 번민에 찬 표정을 지었소.

"요사부로 님은 왜 고지로를 주살하지 않으셨습니까?"

말문이 턱 막혔소.

죽이지 않았던 이유는 한 가지가 아니오. 오미쓰 말처럼 '살생해서는 안 된다'라는 인간의 도리를 지켰다고 말하지 못할 것도 없었지. 하지만 무사로서 주살을 단념한 이유는 그것뿐만이 아니었소.

"나는 속물인지라 마음속에 사적인 원한도 있었소. 그것을 버리지 못하고 벤다면 무사의 도리를 지켰다고 할 수 없었을 거요. 그리고 고지로는 내가 손을 더럽힐 필요도 없이 스스로 망하였소."

검술을 지도할 실력도 없거니와 불량한 소행이 두드러졌던 고지로는 1년도 지나지 않아 사범의 직위를 박탈당했소. 그 후로 도장의 평판도 떨어지는 바람에 고지로는 문하생들에게 외면을 받아 쫓겨났다는 소문을 들었소.

가만히 듣고 있던 기쿠노스케 님은 이윽고 깊은 한숨을 내쉬더니 말을 꺼냈소.

"저는 사쿠베에를 원망하지 않습니다. 사쿠베에는 원래 저희 가문을 섬기던 사람이었지요. 신분은 달랐지만 아버지는 저희끼리 있을 때 사쿠베에를 친우라고까지 불렀고, 저도 어렸을 때 사쿠베에와 자주 놀았습니다. 그렇기에 차마 원수로서 죽일 수는 없는 사람입니다."

복수를 맹세하고 고향을 떠났으니 상대는 아주 증오스러운 자일 것이라 생각했는데, 그러한 경위였나 싶어 놀랐소. 기쿠노스케 님이 고뇌하는 것도 무리는 아니었지.

"그렇다면 왜 복수하겠다고 나선 것이오?"

복수는 그저 사적인 원한을 푸는 것이 아니오. 관에 허가를 받아야 하고, 복수를 이루지 못하면 고향으로 돌아갈 수조차 없는 험난한 길이지. 게다가 상대가 무사라면 모를까 가문을 섬기던 사람이었다면 더더욱 난감한 일이오. 이리 허가를 받는 것도 묘한 이야기요.

"아버지의 아우인 숙부님이 아버지의 넋을 제대로 달래야 한다며 허가를 받으셨습니다."

사쿠베에는 가문의 일꾼이었지만 필요할 때마다 아버지가 칼을 소지하게 하였으니 무사 신분에 해당한다는 평계로, 사쿠베에에게 급조한 성씨까지 붙여서 복수 허가를 받았다더이다.

어쩌면 숙부는 자기 체면을 지키면서 조카 기쿠노스케 님을 쫓아내고, 가문을 물려받기 위해 복수를 이용한 것 아닐까. 공교롭게도 나는 장남이 아닌 자의 불만스러운 마음도 잘 안다오.

입 밖으로 꺼내지는 않았지만 기쿠노스케 님은 내 생각을 이해한 듯했소.

"요사부로 님의 생각은 알겠습니다. 어머니도……."

어머님의 얼굴이 떠올랐는지 기쿠노스케 님은 말을 끊고 눈물을 참듯 몇 번 눈을 깜박였소. 그리고 다시 고개를 들고 말을 이었소.

"길을 떠날 때 남의 눈을 피해 말씀하셨습니다. 이것은 숙부님의 계략이니 따르지 않아도 된다고, 복수는 하지 못해도 괜찮으니 무탈하게 지내라고요. 하지만 제가 돌아가지 않으면 어머니는 숙부님에게 쫓겨나 생활이 피폐해질 것입니다. 그래도 어머니는 걱정하지 말라며 보내주셨지요."

무사라 칭하기가 부끄러운 자는 어디에나 있는 법이오. 그리고 기쿠노스케 님의 어머님이 어떤 마음으로 그렇게 말씀하셨는지도 알 것 같았소.

"신분이 아니라 뜻이 있어야 무사라고 생각하오. 고로 어머님 말씀대로 복수를 행하지 못한다 해도, 그대가 무사라는 사실은 변함없소."

"바로 그래서입니다."

하고 기쿠노스케 님은 말했소.

"아버지는 관철하고 싶으신 뜻이 있었고, 그 때문에 돌아가신 것이라 생각합니다. 그렇기에 저는 그 뜻을 잇고 싶습니다. 아버지를 위해서라도 도망치고 싶지는 않아요."

고뇌하는 기쿠노스케 님의 마음을 이해하는 한편으로, 아무렇지도 않게 '아버지를 위해서'라고 말하는 기쿠노스케 님이 부럽기도 했소. 내게 아버지는 이미 우러러볼 수 없는 분이었으니까. 동시에 뜻을 위해 목숨을 바쳤다는 기쿠노스케 님의 아버님에게, 나와 마찬가지로 삶이 고단했을 것 같은 인상을 받았소.

그렇기에 꼭 복수를 행하기를 바라는 마음으로 검술을 지도했지.

하지만 기쿠노스케 님이 사쿠베에를 죽이기를 망설인다는 것도 알고 있었소. 그것은 사람을 죽이고 싶지 않다는 나약한 마음이나 두려움에서 비롯된 망설임은 아니었다오.

"사쿠베에에게는 은의를 입었습니다. 제 복수는 정말로 의로운 일일까요?"

기쿠노스케 님은 그렇게 말한 적이 있었소. 오랫동안 돈독한 정을 나눈 사이였기에 괴로웠던 게요.

그런데 마침내 모습을 드러낸 원수 사쿠베에는 도박꾼으로 이름을 날리고 있지 않았겠소? 완전히 전락한 것이지. 하지만 사쿠베에의 그 꼴을 남의 일로 보아 넘길 수는 없더구려. 만약 오미쓰와 쓰루야의 주인 부부, 오토와야 어르신을 만나지 못해 절망한 채 악처에 흘러들었다면 나도 그런 무뢰한이 됐을지도 모르니까. 그런 식으로 미혹의 수렁에 빠진 채살 바에야 차라리 자신을 잘 따랐던 소년에게 죽기를 바라지 않을까, 하고 사쿠베에의 마음을 짐작해보기도 했소.

그리하여 모든 갈등을 뛰어넘은 기쿠노스케 님은 그날밤, 눈이 휘날리는 가운데 사쿠베에의 머리를 쳐들었소.

그 모습을 보자, 내가 관철하지 못했던 무사의 모습을 본것 같은 기분이었소.

기쿠노스케 님은 사적인 원한에 휘둘리지 않고 원래 목적했던 바를 이루었다오. 나는 그것이 기쁘고 자랑스럽소.

내 서투른 이야기는 여기까지요.

고비키초의 복수에 대해 더 물어본들 새로운 내용은 나오지 않을 것이오.

여기 계속 머물면 다들 연습을 할 수 없어서 곤란하오. 쪽마루에 앉아 있었으니 그대도 슬슬 다리가 뻐근할 테고.

고향으로 돌아가면 기쿠노스케 님에게 안부를 전해주시…… 응? 나 말고도 고비키초의 복수를 본 사람이 없느냐고?

없지는 않소. 의상방에서 의상을 준비하고 수선하는 사람이 보았지.

이야기를 듣고 싶다니. 뭐, 좋을 대로 하시구려. 다만 쉽지는 않을 것이오. 무가 사람이라고 해서 황공해하는 사람이 아니다 보니, 상응하는 대가가 필요할 거요. 아니, 금자(에도 시대에 사용된 금화)는 아니오. 오히려 돈으로 꾀었다가는 입이 찢어져도 말하지 않을 거요. 그런데 바느질에 서투시오? 그렇겠지, 소맷자락의 바늘땀을 보니 직접 꿰매었다는 것을 알겠소. 바늘땀이 참 대범하구려.

뭐, 일단 찾아가보시오. 내게 그랬던 것처럼 여러 번 방문하는 것이 좋을 거요. 까다롭기는 하지만, 그런 만큼 사람 보는 눈은 확실하지. 그대에게 악한 마음이 없다는 것을 알면 이것저것 이야기해줄 거요. 세상을 떠난 요시자와 아야메 장의 문하에 있던 사람으로, 이름은 호타루요. 가끔 여장 배우로서 무대에도 오른다오. 분명 사내이기는 하지만, 사내를 대하듯이 이야기하면 약간 기분 나빠할 때도 있소. 여인…… 특히 깐깐한 여인을 대하듯이 인사하는 것이 좋소.

제3막

의상방

자, 얼른 들어와서 미닫이를 닫아요. 문간에서 무사가 양
손을 바닥에 짚고 머리를 숙이면 내가 야단맞으니까.

댁도 참 끈덕지네……. 이걸로 며칠째예요? 하루, 이
틀…… 닷새쯤인가. 무사 나리쯤 되면 몹시 한가한가 봐요?
고향에 가져갈 선물을 사거나, 찻집에서 놀거나, 여기 오는
것 말고도 할 일은 많을 텐데요. 이런 통통한 여장 배우와 좁
은 의상방에 앉아 있어본들 재미없을 거예요.

아아, 이제 도와주지 않아도 돼요. 그저께도 댁이,

"도와드리겠소."

하고 눈썹을 치켜세우고 야무지게 말하길래 재봉 실력이
대단한가 싶었는데, 솜씨가 그렇게 없을 줄이야. 그래서는
소맷자락에 바위도 넣었다 뺄 수 있겠어요. 덕분에 솔기를

풀어서 다시 꿰매느라 오히려 일이 늘어났어요.

그렇게 풀 죽은 표정 지으면 곤란해요. 어쩐지 내가 나쁜 짓을 한 것 같잖아요.

아이고……. 알았어요, 알았어. 무언지 모르겠지만 이야기하면 되잖아요.

문전 게이샤 잇파치랑 무술 연기 담당 요사부로에게 이야기는 들었어요. 기쿠노스케 씨의 친우라고요. 그리고 '고비키초의 복수'에 대해 물어보고 다닌다고요.

"나쁜 사람은 아니니까 말해줘."

하고 잇파치가 말했을 때는 그냥 내버려두려고 했는데, 요사부로까지,

"내 체면을 봐서 잠시 이야기를 나눠주기 바라오."

하고 말하더군요. 그럼 어쩔 수 없지. 댁도 참 사람들을 잘 구워삶네요. 거짓말로 속이지 않았다는 것은 알아요. 좀 더 약삭빠르게 교활한 짓을 할 줄 아는 사람은 바느질이 그렇게 엉성하지 않은 법이거든. 애당초 이런 곳에 행차하지도 않을 테고.

아무튼 나, 2대 요시자와 호타루가 확실하게 이야기해줄게요. 그래봤자 대단할 것은 없지만요. 보다시피 미녀 역할은 받지 못하는 마흔 줄의 여장 배우지요. 여장 배우로서 단

역을 맡기도 하지만 본업은 오히려 여기, 의상방 일이에요. 여인의 옷차림을 하고 있는 것은 이래야 마음이 차분해지거든요. 빛바랜 이 격자무늬 무명 기모노는 언젠가 〈노자키 마을(野崎村)〉이라는 연극의 할머니 의상으로 만든 헌 옷이에요. 착용감도 좋고 잘 어울리지요?

저기 장은 무엇이냐고요? 들여다봐요. 다양한 의상이 산더미처럼 쌓여 있으니까. 하지만 여기 있는 것은 단역 배우의 의상뿐이에요.

소위 이름을 날리는 배우가 입는 의상은 각 역할마다 후원자들이 마련해주거나, 직물 도매상에서 증정하기도 해요. 단주로나 이와이 한시로가 걸쳤다고 하면, 그 옷을 입고 싶다거나 그 허리띠를 매고 싶다는 사람이 나오니까요. 직물 도매상 입장에서도 내세울 수 있겠지요. 따라서 극장에 함부로 놓아두지 않는답니다. 사소한 수선 정도는 여기서 할 때도 있어요. 하지만 뜯어서 고치거나 재양쳐야(풀을 먹인 명주나 모시 따위를 반반하게 펴서 말리거나 다리는 것) 할 때는 큰 가게에 맡겨요. 그리고 배우의 집에 고이 보관해두지요. 필요 없어진 헌 옷은 여기 있지만요.

그러니까 말단 배우들의 의상을 마련하는 것이 내 일이랍니다. 이 배우들은 돈이 없으니까 의상방 장에 있는 옷을 입어요. 대본이 완성되면 그것에 맞춰서 의상을 준비하지요. 뭐, 헌 옷 가게를 돌아다니며 사 오거나, 값싼 무명으로 만들기도 해요.

그렇지, 예를 들어 〈도조지 절의 아가씨(娘道成寺)〉에서 줄줄이 늘어선 스님이나, 〈천축의 도쿠베에〉에서 두꺼비를 상대로 싸우는 토벌대 등 같은 옷을 입혀야 하는 역할들이 여럿 있을 때는 몹시 바빠요. 키며 팔 길이 등등이 각자 다르니까요. 죽 늘어세워 치수를 재고, 재빨리 시침바늘을 꽂고, 그 자리에서 감치기를 하지요.

무술 연기 담당 요사부로는 좋은 사람이지만 융통성이 없는 것이 옥에 티라, 싸움 장면에서 인정사정을 봐주지 않아요. 말단 배우 중에는 아직 몸동작에 서투른 신인도 있는데, 요사부로가 시키는 대로 움직이려 해도 어디 마음대로 되나요? 그 탓에 넘어져서 의상이 더러워지거나 망가진다니까요. 수선하는 내 입장도 되어보라는 말이에요. 오늘은 온종일 이 작업만 하고 있어요. 다리 저려서 죽겠네.

그나저나 댁이 해달라는 이야기는 그거잖아요. 고비키초의 복수로 유명해진 기쿠노스케 씨에 대한 이야기. 기억하죠. 정말로 아까운 짓을 했다니까.

뭐가 아깝냐니, 복수에 성공하는 바람에 극장을 떠났잖아요. 나는 그 아이를 3대 요시자와 호타루로 삼으려고 했다고요. 왜냐니……, 훌륭한 배우가 될 것 같았으니까요. 배우는 물론 용모도 중요해요. 하지만 용모가 전부는 아니랍니다. 주변 사람을 끌어당기면서도 싫은 구석이 없는 것이 가장 중요하지요. 그 아이는 극장에 불쑥 나타나서 순식간에 여러 사람을 자기편으로 만들었어요. 이런 나조차 그 아이를 위해 무엇을 할 수 있을지 고민했을 정도라니까요.

정작 배우에게 필요한 연기는 어떻게 하느냐고요? 그거야 연습과 경험에 달렸죠. 그렇지, 기쿠노스케 씨도 무대에 한 번 오른 적이 있었답니다. 토벌대의 머릿수를 맞추기 위해서요. 그런데 의상을 입고 서자 다른 말단 배우와는 느낌이 다르더군요. 허리가 꼿꼿하고 목덜미도 뽀얗고. 화사한 매력이 있더라고요.

"기쿠노스케 씨, 여장 배우가 되는 게 어때?"

하고 말했더니 몹시 놀란 표정이었어요. 각본 담당 긴지 씨는 의욕을 보이며,

"기쿠노스케를 위해 한 편 쓸게."

하고 말했을 정도였어요. 아쉽게도 본인에게는 그럴 마음이 전혀 없었지만요.

그런데 복수를 행한 그날, 불쑥 여기 찾아온 기쿠노스케

씨가 의상들을 유심히 바라보더군요.

"어, 입어보고 싶은 마음이 생겼어?"

물어보자 고개를 갸우뚱하더라고요.

"화려한 여인의 의상 중에 버려도 괜찮은 것이 있습니까?"

이상한 질문을 하는구나 싶었지요.

뭐, 없지는 않았어요. 연습용으로 보관해둔 것 중에서 특히 화려하고 고운 빨간색 후리소데가 있길래 보여주었지요.

"이거, 제가 가지고 가도 될까요?"

어쩐지 미안하다는 듯한 표정이었어요.

"상관없지만, 어디에 쓰려고?"

그러자 고개를 숙이고 입을 꾹 다물지 뭐예요? 더 물어보는 것도 눈치 없는 짓이다 싶어서,

"가져가도 괜찮아."

하고 말하자 후리소데를 품에 꼭 끌어안더군요. 그때 뽀얀 얼굴에 빨간색이 어찌나 잘 받던지. 아아, 역시 기쿠노스케 씨에게 여장 배우를 시켜보고 싶다 생각했을 정도였죠.

가부키의 여장 배우에게 빨간색 의상은 특별해요. '아카히메'라는 말 알아요? 빨간 후리소데를 입은 귀인 역할을 뜻해요. 특히 유명한 것이 〈천하에 이름을 떨친 효자 24인(本朝

卄四孝)〉의 야에가키히메, 〈금각사(金閣寺)〉의 유키히메, 〈가
마쿠라 삼대기(鎌倉三代記)〉의 도키히메. 전부 무대에 서자마
자 꽃이 확 피어난 것 같은 분위기가 감돌고, 그러면서도 애
절한 미모를 자랑하지요.

아카히메가 될 수 있는 여장 배우는 잘 없답니다. 부드럽
지 않은 얼굴에는 빨간색이 안 어울리고, 몸이 너무 탄탄하
면 처연하고 덧없는 느낌이 안 살거든요. 그렇다고 허리와
다리에 힘이 없으면 의상의 무게 때문에 무대에 제대로 서
있을 수가 없고요.

기쿠노스케 씨는 그야말로 아카히메에 적격이다 싶었어
요. 그래서,

"한번 걸쳐봐."

하고 말했지요. 그러자,

"제가 말씀입니까?"

하고 딱딱한 말투로 대꾸하더군요. 그래도 마지못해 걸치
기는 했어요.

"참 곱다."

내가 찬찬히 바라보자 휙 돌아서 뒷모습을 보여주더군요.

"이렇게 서 있으면 여인으로 보입니까?"

묘한 것을 묻는다 싶었지만 뒷모습도 곱길래,

"응, 여인으로 보이네."

하고 무심코 손뼉을 치며 기뻐했어요. 그러자 기쿠노스케 씨는 뭔가 확인하듯 음, 하고 고개를 힘 있게 끄덕이더니,

"고맙습니다."

하고 나갔어요. 그 후에 그 복수가 벌어졌고요.

보았느냐고요……. 보았지요.

어쩐지 낌새가 수상해서 후리소데를 끌어안고 나간 기쿠노스케 씨를 몰래 따라갔어요. 문전 게이샤 잇파치가 기쿠노스케 씨에게,

"왜 그러오?"

하고 말을 걸었지만 고개만 꾸벅하고 문으로 향하더군요. 내가 쫓아가려고 하자 잇파치가,

"눈치 없이 왜 이래. 마음에 드는 아가씨에게라도 주려는 것이겠지."

하고 말리더라고요. 그 후리소데는 낡아서 남에게 줄 만한 물건이 아니었어요. 만약 줄 것이라면 좀 더 나은 옷을 내가 지어주었을 텐데. 하지만 분명 그런 것이 아니었어요. 그렇게 어두운 얼굴은 여인을 연모하는 사내의 얼굴이 아니에요.

"넌 잠자코 있어. 난 마음에 걸리니까."

잇파치는 아무렴, 아무렴, 하고 가볍게 대꾸하고 어딘가

로 가버렸어요.

나는 잇파치가 사라진 것을 확인한 후 바깥을 내다보았어요. 그런데 기쿠노스케 씨가 어찌 된 일인지 극장 뒤편에 멈춰 서서 후리소데를 머리에 뒤집어쓴 채 우산까지 쓰고 있는 것 아니겠어요?

그다음부터는 잇파치가 의기양양한 얼굴로 가락까지 붙여서 말해주었겠지요? 그 설명 그대로 연극 같은 복수였어요. 그래도 만약을 위해 듣고 싶다니, 무엇 때문에 그렇게 면밀히 확인을 하는 것인지 원.

눈이 흩날리는 밤이라 하얗게 물든 극장 뒤편에, 극장에서 새어 나온 불빛이 비쳤어요. 그곳에 아카히메가 서 있었지요. 마치 한 폭의 그림 같더라고요.

연극이라면 함께 길을 떠나는 잘생긴 배우가 나타나야 했겠지만, 정작 나타난 것은 도박꾼 사쿠베에였어요. 꺼림칙한 작자가 나타난 것이지요. 어쩐지 한 폭의 그림이 더럽혀진 것 같은 기분이라 사쿠베에에게 불평하려고 발을 내디딘 순간, 기쿠노스케 씨가 후리소데를 벗어서 내던지고 칼을 뽑지 무엇이에요. 눈이 내리는 가운데 하늘하늘 떨어지는 후리소데가 어찌나 아름답던지. 그리고 흰옷 차림으로 칼을 겨누는 기쿠노스케 씨의 늠름한 모습이 어찌나 시선을 사로

잡던지…….

하지만 귀에 들어온 것은 서슬이 시퍼런 목소리였지요.

"그대 사쿠베에는 내 아버지의 원수. 여기서 정정당당하게 승부를 겨루자."

원수를 찾는다는 이야기는 들었었어요. 하지만 설마 평판이 안 좋은 도박꾼 사쿠베에가 기쿠노스케 씨의 원수였을 줄은 꿈에도 몰랐답니다. 그 후 연극에서는 볼 수 없는 태세로 칼끼리 부딪는 소리가 드높이 울려 퍼졌어요. 그리하여 마침내 사쿠베에를 쓰러뜨린 기쿠노스케 씨가 피를 뒤집어쓴 채 돌아보았지요. 손에 피범벅이 된 머리를 들고서요.

무서웠어요. 무서웠지만…… 역시 수려하다고 새삼 느꼈어요. 용모는 물론, 분위기와 삶의 방식까지도.

하지만 괜히 그렇게 굉장한 복수를 목격하는 바람에, 그 후로 복수를 다루는 연극을 보아도 가슴이 뛰지를 않는다고요. 그런 의미에서는 기쿠노스케 씨가 원망스러울 정도예요.

자, 이야기는 끝났어요. 얼른 돌아가요. 이렇게 좁은 곳에 무릎을 맞대고 앉아 있어봤자 아무 운치도 없고, 너무 오래 머물면 내 할 일도 못 해요.

어, 나에 대해 이야기해달라고요?

144

성미도 참 고약하시네. 댁처럼 품행 방정한 무사 나리에게 나 같은 단역 여장 배우는 별난 종자로 보이겠지요. 그래서 재미있어하는 것이고요.

아니라고 그렇게 기를 쓰고 고개를 저으니까 오히려 더 기분이 안 좋은데요.

농담이에요. 이야기를 해보니 댁의 성품이 그렇게 나쁘지 않다는 것은 알겠으니까.

기쿠노스케 씨가 에도에서 어떤 사람들과 지냈는지 알고 싶다는 것이지요?

하지만 나는 원래부터 집안 내력이 없는 것이나 마찬가지인 신세라서요. 어디서 태어났는지조차 잘 몰라요. 미안하다니…… 무슨 반응이 그런가요? 애당초 남에게 뭘 물어놓고 그렇게 애처로워하는 표정을 지으면 안 되는 법이랍니다. 나는 명랑하게 살고 있으니까요. 그래도 듣겠다니 배려심이 깊은 것인지, 뻔뻔한 것인지. 애석하게도 무사 나리가 납셨다고 해서 마음을 쏠 여유는 없어요. 바느질을 하는 겸사겸사 이야기할 테니 거기 가만히 앉아서 듣도록 해요.

지금으로부터 30년쯤 전이었나……. 덴메이(1781~1789년에 사용된 일본의 연호) 시절에 시나노에서 산이 불을 뿜어냈다는 이야기, 들어본 적 있어요? 재가 주변 일대에 쏟아져 내렸지요. 에도 부근도 캄캄해졌다지만, 내가 살던 마을도 심각했답니다.

부모님은 소작인이었는데, 재를 뒤집어쓴 땅을 경작해봤자 무슨 소용이겠어요. 그래서 배가 고팠다는 것만 기억나네요. 그 후로 어떻게 됐는지는 잘 모르지만, 어머니와 단둘이 큰길을 계속 걸었던 것이 기억나요. 갈비뼈가 튀어나올 만큼 삐쩍 말랐는데 배만 볼록했지요. 왜, 지옥도에 흔히 그려지는 아귀라고 하나? 그런 꼴이었어요.

나무뿌리를 씹고, 큰길 옆에 있는 객사에서 남은 밥을 얻어먹으며 간신히 에도에 당도했답니다. 그리고 한동안 길가에 거적을 깔아놓고 앉아서 구걸했지요.

기근이 한창일 때라 에도에는 우리 같은 아귀가 여기저기 많았어요. 얼굴이 번질번질한 에도 사람들은 길가에 웅크려 앉은 우리를 곁눈질하다가 고개를 돌리고는 했지요.

늦가을쯤 되자 추위가 몸속에 스며들더군요. 게다가 배까지 고팠고요. 잠든다기보다 정신을 잃다시피 길가에 드러눕고는 했답니다. 그러던 어느 날 아침, 잠에서 깨어났는데 옆에 있던 어머니가 싸늘하더라고요. 전날 밤, 말린 밥을 전부 내게 주는 바람에 어머니가 죽은 것이라는 생각이 들어 슬프기보다 괴롭더군요. 배에 힘이 들어가지 않아서 울 기력도 없고, 허무해서 목소리도 나오지 않았지요.

아귀같이 생긴 아이가 송장 옆에서 눈물을 뚝뚝 흘리고 있으니, 그야말로 시선을 끌었겠지요. 하지만 무언가 해주는 사람은 아무도 없더라고요.

그때 갑자기 유난히 화려한 일행이 눈앞을 지나갔어요.

"이런, 어머니가 돌아가셨니?"

고개를 들자 새하얗게 화장을 하고 보라색 기모노를 입은 사람이 서 있더군요. 여인치고는 목소리가 낮았고, 사내치고는 너무 어여뻤어요. 부처님이 맞이하러 온 줄 알고, 나는 묵묵히 두 손을 모았지요. 그러자 그 사람의 일행이 하하하, 하고 소리 내어 웃더라고요.

"호타루 형님을 관세음보살로 착각한 것 아닙니까."

"그만해."

호타루라고 불린 사람이 내 앞에 쪼그려 앉았어요.

"얘, 몇 살이니?"

물어본들 나이는 정확하게 몰라요. 아마 일곱 살 정도는 되지 않았을까…… 생각하며 말없이 고개만 갸웃거리자, 그 사람은 숨을 한 번 크게 내쉬었지요.

"어쩔 수 없군. 도와줄게."

호타루라는 사람이 내 손을 잡았어요. 일행이 어머니를 거적에 말고 어디선가 가져온 덧문짝에 실어서 외곽의 고즈캇파라라는 곳에 있는 화장터까지 옮겨주었지요. 그 사람이 화장터 주인에게 돈도 치러주었고요. 그리고 덧문짝에 덮인 거적을 걷고 어머니를 보며 약간 쓸쓸하게 웃은 후 나를 보았어요.

"작별 인사를 하려무나."

거적 밑에서 드러난 어머니의 얼굴은 퍼석퍼석하게 마른 것이 마치 할멈 같더군요. 어머니가 이렇게 생겼었나 싶었지요. 참 불효막심한 자식이었다니까요. 그런데 그 사람이 갑자기 품에서 연지함을 꺼내서 어머니의 입술에 손가락으로 연지를 칠했어요. 그러자 빛이 확 깃든 것처럼 밝아 보이더라고요. 언젠가 아주 맑은 날에 밭일을 하다가 올려다본 얼굴이 거기 있어서, 그제야 엉엉 울었답니다.

그동안 그 사람은 내 곁에서 말없이 어깨를 쓸어주었지요.

"내가 할 수 있는 일은 여기까지지만, 인연이 있으면 언젠가 또 만나겠지. 내 이름은 요시자와 호타루다. 기억해두렴."

그 사람은 그렇게 고즈캇파라의 화장터를 떠났답니다.

나는 힘이 다해 화장터 한구석에서 잠들었고요. 여기서 죽으면 불태울 수고를 덜 수 있으니 좋겠다고 멍하니 생각했지요. 하지만 다음 날도 멀쩡히 깨어나서 송장을 화장하는 모습을 보았어요. 그 무렵은 기근 탓에 우리 어머니처럼 길바닥에서 죽는 사람이 많았거든요. 화장터도 바빴던 모양인지, 내가 있든 말든 아무도 신경 쓰지 않았지요.

나는 계속 거기 머물다가 곰팡이가 슬어 녹색으로 변한 떡을 먹고 열이 나 쓰러지고 말았답니다.

"맙소사, 여기서 죽으면 안 돼."

마침 그날 화장터에서 화재를 감시하던 화장터지기(온보(隱亡), 화장을 업으로 삼은 천민을 가리키는 말), 요네키치 할아버지가 나를 구해주었지요.

"먼저 저세상에 간 걸인의 자식인가. 어쩔 수 없지. 내 오두막에서 지내도록 하렴."

할아버지는 나를 자기가 사는 작은 오두막으로 데려갔어요. 덕분에 잘 곳이 생겼고, 밥도 얻어먹었지요.

"이름은 무엇이냐?"

어머니는 '아가'라고 불렀다고 대답하자 몹시 난처한 표정을 짓더라고요. 그 밖에도 있을 것이라는 말에, 간신히 '로쿠(六)'라는 말이 떠오르더군요. 로쿠로나 로쿠스케, 형제 중에 여섯 번째였을지도 모르지요. 형제자매도 있었지만, 몇 명은 죽은 것이 기억나요. 살아남은 형제자매가 어디로 갔는지, 아버지는 어떻게 됐는지……, 어머니와 단둘이 되기까지의 경위는 떠올려보려 해도 머릿속에 안개가 낀 것같이 아무것도 생각이 안 난답니다.

그날부터 할아버지는 나를 '로쿠'라고 불렀어요.

매일매일 실려 오는 관을 태웠지만, 생활 자체에는 아무 불만도 없었어요. 밥만 얻어먹을 수 있으면 되니까요. 남은 밥까지 배불리 먹은 덕분에 토실토실 살이 올랐지요.

"얘야, 그렇게 자꾸 살이 찌면 제일 큰 관에도 안 들어가겠다."

하고 할아버지는 내가 들어갈 관 걱정을 했어요. 정말이지 그런 실례가 또 어디 있겠어요?

2년쯤 그렇게 지내던 어느 날, 할아버지가 쓰러졌어요. 간병할 때 할아버지가 그러더군요.

"로쿠, 넌 화장터지기의 자식도 아니잖니. 여기를 떠나는 편이 좋겠구나."

화장터지기가 어떤 신분인지 나는 잘 몰랐어요. 그저 날마다 관을 불태우고, 불이 나지 않도록 밤에 지키는 대가로 돈을 얼마쯤 받아요. 가끔 장례를 치르러 온 사람이 떡이며 과자를 주기도 했고요. 할아버지는 늘 싱글싱글 웃으며 사람들이 주는 것을 받았고, 나도 그 옆에서 할아버지처럼 웃었답니다. 불행하다고 생각한 적은 없었어요. 하지만 할아버지는 내게 화장터지기가 되지 말라고 했지요.

"나 자신의 삶을 후회하는 것은 아니란다. 죽은 사람을 저 세상으로 잘 떠나보내기 위해 없어서는 안 되는 역할이라고 생각하지. 하지만 사람들은 화장터지기를 천것이라고 멸시해. 나야 그런 식으로 남을 얕잡아 보는 자들도 결국은 불타서 뼈만 남는다고 웃어넘기면 그만이야. 하지만 앞날이 창창한 아이를 이 길로 끌어들이고 싶으냐 하면, 그렇지는 않구나."

당시는 천것이라는 말이 무슨 뜻인지조차 몰랐어요. 그저 여기에 있으면 안 된다는 할아버지의 말이 가슴 아팠지요.

"내가 죽으면 센주에서 스님이 명복을 빌어주러 올 것이다. 그 스님을 따라가렴."

그로부터 얼마 지나지 않아 할아버지는 세상을 떠났어요. 다른 화장터지기 아저씨들이 이것저것 일을 도와주었고, 센주에서 온 스님이 염불을 외웠지요. 내가 울지도 않고 가만히 있자,

"박정한 놈 같으니라고."

하고 아저씨들이 욕을 했답니다.

하지만 어떻게 울겠어요? 자기 혼자 어머니가 있는 곳에

가버리다니, 할아버지는 치사해. 그때는 그런 생각밖에 안 들더라고요.

화장이 끝나자 할아버지 말대로 센주의 스님을 따라갔어요. 스님은 남을 잘 보살펴주는 사람인지, 절에는 나처럼 부모 없는 아이들이 많더군요. 스님에게 읽고 쓰기와 주판을 얼추 배운 덕분에 훗날 큰 도움이 되었답니다.

아이들이 많이 모여 사는 곳이다 보니 싸움이 벌어져서 울거나 날뛰는 아이들도 있었지만, 나는 별로 그러고 싶지 않더라고요. 불당 가장자리에 가만히 앉아서, 짚신을 삼는 동자승을 도와주었지요. 그러고 있으면 주변의 소리가 귀에서 멀어지고, 어느새 날이 저물거든. 밥도 주고 잠잘 곳도 있으니 그것만으로도 충분했지만, 한가한 시간을 견딜 수가 있어야 말이지요. 손을 놀리는 일을 하면 어쩐지 시간이 빨리 흘러가요. 이것 괜찮구나 싶어서 오로지 짚신을 삼았지요. 그러자 스님들이 터진 탁의를 꿰매어달라는 등 부적 주머니를 만들어달라는 등 이런저런 일거리를 주더군요. 그것이 즐거워서 부지런히 바느질을 했어요.

좋다거나 싫다거나 그런 생각까지는 들지 않았어요. 손을 놀리면 앞뒤를 생각하지 않아도 된다. 그뿐이었지요.

그런데 열 살이 넘은 해의 어느 날, 스님이 묻더군요.

"앞으로 어떻게 할 테냐."

나는 들리지 않는 척 바느질을 했어요. 생각이라는 귀찮은 짓을 하고 싶지 않았어요. 화장터지기가 됐다면 그대로 화장 터에 눌러앉을 수 있었는데. 할아버지가 먼저 죽는 바람에 이 런 성가신 이야기를 듣는구나 싶어서 원망스러웠지요.

"직인의 제자로 들어갈 테냐."

스님 말로는 제자를 들이려는 재봉소가 있다더군요. 뭐가 좋고 나쁜지는 생각해본 적도 없었어요. 그저 밥을 먹고 지 붕 밑에서 잠잘 수 있으면 그만. 그렇게 생각했지만…… 남 의 가게에 일하러 간 이상, 아무래도 내 마음대로는 안 되더 라고요.

재봉소 하면 여인 직인이 많을 것 같겠지만, 실은 남정네 가 훨씬 많답니다. 그러나 막 일하러 들어간 애송이가 할 수 있는 일은 청소나 차를 내놓는 것 정도예요. 재봉 일은 전혀 주어지지 않지요.

내 나이 또래가 한 명 있었는데, 나름 잘사는 농가의 셋째 아들이라고 했던가. 선배 직인에게 바느질을 배우는데 내가 훨씬 솜씨가 좋더군요. 당연히 기뻤죠. 2년쯤 지났을 무렵 에, 드디어 나도 일다운 일을 맡게 되었답니다.

하얀 홑옷을 짓는 일이었어요. 장례에 쓰는 하얀 홑옷, 즉

수의 말예요.

내 또래의 제자에게는 속옷이나 여름옷을 맡길 때도 있었지만, 내게는 늘 수의만 돌아왔지요. 어째서일까 생각해보았지만, 물어보려 한 적은 없었어요. 직인들은 신경질적인 사람들뿐이었거든요. 늘 미간에 주름을 잡고 다녔지요. 모르는 것을 물어보면 사소한 것이라도 호통을 치고요. 그래서 입을 꾹 다물고 바느질만 했답니다. 그러면 시간이 흘러가고, 밥 먹고 자면 되니까요.

그러던 어느 날, 안쪽 작업 방 앞을 지나가는데 맹장지 틈새로 빛이 새어 나오는 것 같더군요. 안에는 인기척이 없었어요. 무엇이 빛나는 것인가 궁금해서 안을 들여다보았지요. 그랬더니 횃대에 유난히 선명한 붉은색의 예복이 걸려 있더라고요. 금실로 놓은 봉황 자수에 가을 석양이 비쳐서 빛났던 것이었지요.

나는 빨려들듯이 그 예복 쪽으로 다가갔어요.

대체 어떻게 하면 이렇게 고운 옷을 지을 수 있을까……생각하며 손을 뻗으려 했을 때,

"무슨 짓이냐."

고함 소리와 함께 나는 붕 날아갔어요. 툇마루까지 굴러가서 고개를 드니 고키치라는 직인이 서 있더군요. 고키치

는 나보다 열 살쯤 많았으니 스물대여섯 살이었을 거예요.
어엿한 어른이었지요.

언젠가 직인들의 행수가 나를 보고,

"넌 솜씨가 좋아. 고키치에게도 뒤지지 않겠군."

하며 칭찬해준 적이 있었어요.

이 예복은 고키치가 맡은 일이었구나 싶더군요.

아무렴, 하던 일에 남이 손을 대면 불쾌하겠지요. 그것을
모르는 바는 아니었기에 사과하려고 바닥에 손을 짚고 엎드
렸어요. 그러자 고키치가 성큼성큼 다가와 멱살을 잡더군요.

"잘 들어, 이것은 내가 성심을 다해 만들고 있는 예복이다.
너 같은 놈이 함부로 건드릴 물건이 아니야."

"죄송합니다."

사과하자 고키치는 혀를 차며 멱살을 놓아주었어요. 그리
고 콧방귀를 흥 뀌더라고요.

"너 같은 놈한테는 수의가 어울려. 어쨌거나 한때 화장터
지기였으니 말이다. 더러운 손으로 예복을 만지면 불결해지
지 않느냐."

대체 무슨 소리인지 몰라서 멍하니 있었지요. 그리고 내
손을 보았어요.

화장터지기의 더러운 손……, 예복을 만지지 마라…….

그러한 뜻이었다는 것을 겨우 깨달았지요.

나는 꽤 오래전부터 수의만 만들고 있었어요. 그리고 일감을 할당한 것은 고키치였답니다. 행수는 내 바느질 솜씨가 좋다고 칭찬했고, 슬슬 예복도 지을 수 있을 정도라고 말해주었어요. 하지만 아무리 시간이 흘러도 예복은커녕 속옷조차 맡겨주지 않더라고요. 고키치 눈에 내가 더러워 보였기 때문이라는 것을 그때 겨우 깨달았지요.

나는 모멸 섞인 눈빛을 던지는 고키치를 빤히 올려다보았어요.

그러자니 어째선지 갑작스레 우스워져서 웃음이 멈추지를 않더라고요.

"뭐가 그렇게 우습나."

고키치는 무시당했다고 생각했는지 고함을 질렀어요. 그래도 전혀 무섭지 않았답니다.

머릿속에서 할아버지가 말해주었거든요.

"남을 얕잡아 보는 자들도 결국은 불타서 뼈만 남는다."

맞아요. 눈앞의 고키치도 결국은 뼈만 남을 터였지요.

화장터지기의 손이 더럽다면, 그 더러움은 죽은 사람이 짊어졌던 업보에서 비롯된 것이겠지요. 내게도 업보가 있지만, 예복을 만들었답시고 거들먹거리는 고키치에게도 업보는 있어요.

화장터지기든 직인이든 내게는 아무 차이도 없어요. 사람은 결국 불타서 뼈만 남으니까요. 그 사실을 알고 있다는 것이 내게 힘을 주었답니다.

내가 웃음을 멈추지 않자 고키치가 때리더군요. 얼굴을 세게 얻어맞아서 다시 날아갔지만, 울지도, 비명을 지르지도, 화내지도 않고 계속 웃는 모습이 으스스했을 것이에요.

"대체 무슨 소란이냐."

허둥지둥 달려온 행수와 다른 직인들이 맞아서 부은 얼굴로 웃는 나와, 주먹을 움켜쥔 채 식은땀을 흘리는 고키치를 보고 고개를 갸웃거렸지요.

행수에게 불려 갔지만 뭘 어떻게 말해야 할지 모르겠더군요.

"대체 어쩌다 이렇게 되었느냐. 고키치 말로는 네가 일을 방해했다던데."

어쩐지 항변하는 것도 바보 같다 싶었지만, 할 말은 제대로 해야겠더라고요.

"화장터지기의 손은 더러우니까 예복을 만지지 말라고 해서요."

겨우겨우 그렇게 말하자 행수는 떨떠름한 표정을 지었

어요.

"그랬나……. 그것은 고키치가 잘못했군. 그러나 너도 선배의 일거리에 손을 대려 한 것은 잘못이다."

나는 그렇지요, 하고 대답했지만 마음 한구석에는 석연치 않은 기분이 남았어요.

요컨대 선배로서 고키치를 공경하라는 말이었겠지요. 그것이 직인의 관습이라는 것은 알아요. 그래서 맞아도 울지 않았고, 때린다고 덤벼들지도 않았어요.

하지만 앞으로는 어떨까요.

고키치의 얼굴에서 해골을 상상하며 웃을 수는 있겠지요. 하지만 내 손이 더럽다고 경멸하는 사람을 선배로 공경하는 것은 참으로 가혹한 일이잖아요.

"하지만…… 조금 괴롭습니다."

그렇게 말하자 행수는 입을 다물었어요.

행수의 입장도 알기는 알겠더군요.

어떻게 봐도 재봉소에 있어야 하는 사람은 재봉 실력이 조금 뛰어날 뿐 수의밖에 지어본 적 없는 풋내기가 아니라, 확실한 실력으로 예복을 지을 수 있는 고키치겠지요. 더구나 어쩌면 행수도 내 손을 더럽게 여기는지도 모르고요. 자신에게는 고키치가 더 중요하다. 행수가 그렇게 말하면 마음이 무너져 내릴 것 같아서 두렵더군요.

"그러니까 행수님, 여기를 떠날게요."

단숨에 확 말해버렸어요. 남이 말하기 전에 내가 먼저 말해주겠다는 마음이었지요. 행수는 그저,

"그러냐."

하고 말했고요.

나는 그로부터 사흘 안에 밀려 있던 수의를 다 만들고 작은 짐을 꾸렸어요.

"그동안 감사했습니다."

그러고 일꾼 방에서 나왔지만 아무도 말리지 않았고 이유도 묻지 않더군요.

한솥밥을 먹었다고 해봤자, 정말로 같은 솥에 지은 밥을 먹었을 뿐 누구와도 친하게 이야기해본 적 없었어요. 그 시절의 내게 그런 것은 아무 의미도 없었거든요.

하지만 그런 만큼 아무 미련도 없이 재봉소를 떠날 수 있었지요. 그때껏 받은 얼마 안 되는 품삯을 챙기고, 앞으로 어떻게 할까 생각했을 뿐이에요.

뭐, 기세 좋게 재봉소를 떠나기는 했지만, 바느질을 조금 잘할 뿐 아직 앞머리를 밀지도 않은 애송이가 일할 곳이 어디 있겠어요? 하물며 부모도 없는데. 일자리를 알선해주는

사람을 찾아가도 난처한 표정만 지었지요. 아이를 봐주는 일을 한 적도 있지만, 어린아이를 상대해본 적이 없어서 그런지 잘 따르지를 않더라고요. 기저귀는 참 빨리 갑는다고 칭찬받았지만.

정착할 곳을 찾지 못해 전전긍긍하던 어느 날, 고비키초의 극장 뒷길을 지나갔어요.

거기서 어떤 사람을 보고 깜짝 놀랐지요.

아아, 그 사람이다…… 하고요.

어머니가 죽은 날 아침, 말을 걸어준 그 사람이더라고요. 이름은 요시자와 호타루.

호타루 씨는 후원자로 보이는 사내들과 뭔가 이야기를 나누다가, 공손하게 인사하고 배웅했어요. 사내들이 떠난 후에 말을 걸려고 달려갔는데, 호타루 씨가 몸을 숨기지 뭐예요? 어찌 된 일인지 궁금해서 들여다보니 빗물 통 뒤편에 웅크려 앉아 있더라고요.

"왜 그러세요?"

"아아, 아무것도 아니야."

그렇게 말하며 돌아본 얼굴이 창백해 보였어요.

"호타루."

누군가의 부름에 벌떡 일어선 호타루 씨는 아까처럼 흐트

러짐 없는 모습이었지요. 호타루 씨는 내 머리를 한 번 쓰다듬고 방긋 웃었어요.

"고마워. 하지만 방금 본 것은 아무에게도 말하면 안 된다."

그리고 그대로 등을 돌려 극장으로 들어갔지요.

호타루 씨가 어디 아픈 것 아닌가 싶어서 몹시 걱정되더라고요.

지금 생각하면 잘 알지도 못하는 남을 걱정할 때가 아니었어요. 내 앞날이 훨씬 문제였으니 말이에요.

하지만 가만히 있을 수가 없어서 뭔가 해주고 싶다는 마음에, 아사쿠사의 센소지 절에 가서 부적을 받아 왔답니다. 헌 옷 가게에서 얻은 헝겊으로 작은 부적 주머니도 만들었고요. 그것을 전해주려고 극장 뒤편에서 기다렸지요.

날마다 가서 기다렸지만 호타루 씨는 좀처럼 나타나지 않더군요. 그러는 동안 극장 호위꾼에게 찍히고 말았지요.

"야, 지저분한 애새끼가 여긴 대체 무슨 용건이야?"

그야 그랬겠지요. 외곽의 폐허 같은 비샤몬도(칠복신 중 하나인 비사문천을 모시는 천태종의 사원)에 기거했고, 몸도 제대로 씻지 못했거든요. 행색에 신경 쓸 여유가 없었어요.

"아아, 정말이네. 지저분해……."

호위꾼의 말을 듣고서야 지저분하다는 것을 깨닫고 나도

모르게 중얼거렸는데, 그 말투가 호위꾼의 심기를 건드린 모양이더라고요.

"누굴 놀리나."

말이 끝나기가 무섭게 주먹질을 당해 옆으로 날아갔어요. 빗물 통에 부딪혀서 요란한 소리와 함께 넘어졌지요. 이게 무슨 봉변인가 싶어 올려다보자 호위꾼이 도깨비 같은 얼굴로 무섭게 노려보지 무엇이에요? 고키치에게 맞았을 때도 그랬듯이 그 얼굴에 해골이 겹쳐 보였어요. 어차피 뼈만 남을 텐데 으스대는구나, 하고 생각하자 우스워서 웃었지요. 그러자 호위꾼은 인상을 찌푸렸어요.

"맞았는데도 웃고 자빠졌네. 기분 나쁜 애새끼 같으니라고."

또 주먹을 쳐들더라고요.

"그만해."

목소리가 들려서 돌아보니 호타루 씨가 서 있었어요.

"호타루냐. 요즘 이 자식이 극장 주변을 자꾸 어슬렁거려서……"

"내 단골 관객이야."

호타루 씨가 그렇게 말하더라고요. 놀라서 눈이 휘둥그레진 나를 호타루 씨가 일으켜 세워주었지요.

"만나러 와주었구나."

나는 아무 말도 없이 몇 번이고 고개를 끄덕였어요.

"얼굴이 부었네. 치료해줄 테니 같이 가자."

호타루 씨가 내 손을 잡고 극장 안으로 들어갔어요. 그때 뒤쪽에서 호위꾼이 혀를 차더군요.

"요시초에서 굴러먹었던 주제에."

내뱉듯이 한 그 말이 무슨 뜻인지 당시는 몰랐어요. 하지만 욕이라는 것, 그리고 그러한 욕에 익숙한지 호타루 씨가 흘려들었다는 것은 알 수 있었지요.

극장에 들어가자 오가는 사람들이 참 많더라고요. 호타루 씨는 좁은 방 한구석에서 내 얼굴에 연고를 발라주었답니다. 옛날에 벌레에 쏘였을 때 어머니가 치료해준 것이 생각났어요. 그러자 갑자기 눈물이 뚝뚝 떨어지더라고요.

"이런, 아프니?"

물어보길래 고개를 획획 저었지요.

"예전에…… 어머니가 길에서 돌아가셨을 때, 도움을 받았는데요."

간신히 말을 쥐어짜내자 호타루 씨는 아, 하고 목소리를 높였어요.

"그런 일이 있었지……. 그때는 아귀같이 앙상하게 말랐었는데, 아주 통통해졌어. 얼굴이 동그래. 잘됐구나."

호타루 씨는 은방울이 굴러가는 듯한 목소리로 깔깔 웃었어요. 마치 현세의 사람이 아닌 것처럼 보였지요. 호타루 씨는 품에서 손수건을 꺼내 눈물을 닦아주고 나서 고개를 갸웃했어요.

"그러고 보니 아까는 왜 맞았는데도 웃었니?"

"아무리 으스대도 죽어서 화장하면 누구나 뼈만 남아요. 그렇게 생각하면 상대방 얼굴이 해골로 보이는데, 그것이 우스워서요."

그러자 호타루 씨는 말없이 눈이 휘둥그레지더니 하하하, 하고 크게 웃더라고요.

"그래? 그거 좋구나. 그렇게 생각하면 높으신 무사 나리도, 돈 많은 손님도 다들 똑같아 보이겠지. 나도 해골로 보이니?"

호타루 씨가 얼굴을 쑥 들이밀길래 나도 모르게 눈을 질끈 감고 아까보다 힘껏 고개를 저었어요.

"다정하게 대해주는 사람은 부처님으로 보여요. 그렇지 않은 자는 모두 해골이고요."

그러자 호타루 씨가 손을 살짝 뻗어 내 머리를 쓰다듬어 주더군요.

"좋구나……. 네 세상은 평평해서 좋아."

무슨 뜻인지 모르겠더라고요. 괜히 머쓱해져서 시선을 돌리자 아무렇게나 벗어놓은 화려한 보라색 의상이 눈에 들어왔어요. 금실로 놓은 자수가 반짝반짝 빛났지요. 머뭇머뭇 손을 뻗어 만져보려 했을 때,

"궁금하니?"

하고 묻길래 얼른 손을 거두었어요. 또 더러운 손이라는 말을 들을까 봐 겁이 났거든요.

"입어보고 싶니?"

설마 그렇게 말할 줄은 몰라서 놀란 나머지 굳어버렸답니다. 그래도 겨우 입을 열었어요.

"재, 재봉소에서 일한 적이 있어서, 어떤 식으로 만들었는지 궁금해서요."

그러자 호타루 씨의 얼굴이 확 밝아지더군요.

"어, 재봉을 할 줄 알아? 그것 잘됐구나. 여기서 일하면 되겠어."

그 또한 예상치 못한 말이었어요.

마침 의상방에 있던 사람이 그만뒀다고 하길래, 두말없이 여기서 일하기로 했지요. 변함없이 '로쿠'라는 이름을 썼고요. 사람들은 로쿠스케나 오로쿠라고 불렀어요.

당시 고비키초에서는 모리타 극장이 쉬고 예비 극장인 가
와라사키가 상연을 하고 있었어요. 호타루 씨는 다치바나야
(가부키 배우 이치무라 우자에몬과 요시자와 아야메 가문에서 사용하
는 칭호)의 문하에 있었는데, 큰어르신인 4대 요시자와 아야
메 장이 돌아가신 지 얼마 지나지 않았을 때였지요. 가와라
사키 극장에는 다치바나야의 요시자와 만요 형님(가부키 명
문가에서 문하생에 해당하는 배우가 선배 배우에게 붙이는 호칭)이
출연했고, 호타루 씨도 같이 딸려 온 배우였어요. 의상은 지
급되는 것이 아니라 직접 준비해야 해서 돈이 많이 드나 보
더라고요.

"네가 헌 옷과 값싼 옷감을 잘 재봉해주면 기쁘겠구나."

그렇게 말하며 보살님같이 웃는 호타루 씨를 보자 기뻐서
날아오를 듯한 기분이었답니다. 호타루 씨의 연극을 위해
바느질을 할 수 있다는 것이 정말로 기뻤어요. 그래도 귀중
한 의상을 건드리기가 어쩐지 겁나더군요. '더러운 손'이라
는 고키치의 말이 가슴에 푹 박혀서 빠지지 않은 탓이었겠
지요.

그러던 어느 날, 이치카와 오메조라는 거물 배우가 의상
방으로 뛰어들었어요. 덧옷 자락이 터졌다더군요.

"수선해다오."

급하게 부탁했지만 의상방의 다른 사람들은 나가고 없었어요.

"저라도 괜찮을지……."

"달리 아무도 없잖느냐."

그분이 초조한 표정으로 말했지만 배우는 길흉을 몹시 따지는 법인지라 나중에 혼날 일을 만들고 싶지 않았어요.

"저는…… 화장터지기의 손에 키워져서, 그…… 재수가 나쁘지 않을까 싶은데요."

그러자 오메조 장은 이맛살을 찌푸리더니 흥, 하고 코웃음을 치더군요.

"그게 어쨌는데? 여기는 악처다. 재수는 너의 재주로 좋게 바꾸면 그만이지. 네가 얼른 수선해주면 재수가 좋을 것이야."

하며 호화찬란한 비단 덧옷을 내 앞에 척 들이댔어요. 나는 금실로 부랴부랴 터진 곳을 꿰매었지요.

"고맙다."

오메조 장은 몸을 휙 돌려 무대로 향했어요. 그때까지 만져본 적도 없었던 비싼 의상이라 손이 벌벌 떨릴 뻔했다니까요.

호타루 씨에게 그 이야기를 하자 감탄한 듯 한숨을 푹 내쉬더군요.

"오메조 형님은 여장 배우 중 으뜸이야. 여인 연기뿐만 아니라 싸우는 연기도 잘하지. 주인공을 맡을 수 있는 사람은 그릇도 크구나."

오메조 장은 대단한 배우지만 내가 보기에는 호타루 씨도 뒤지지 않았어요. 하지만 호타루 씨는 늘 무대 가장자리에 서 있더라고요.

"난 나다이가 되지 못했거든."

하고 호타루 씨는 웃었어요.

나다이는 이른바 간판 배우를 뜻해요. 극장 밖에 배우 이름이 적힌 간판을 죽 늘어놓잖아요. 거기 이름이 적히느냐 마느냐는, 배우로서 살아가는 사람에게 커다란 갈림길이랍니다. 호타루 씨는 나다이가 되지 못했어요. 나다이 밑의 '아이추'라는 등급이었지요. 말단 배우 중에서는 출세한 편이라 대사도 조금 있었지만, 주인공은 못 맡아요. 연극에 대해 자세하게는 몰라도 내가 보기에는 귀인 역할을 맡은 배우보다 하녀 역할을 맡은 호타루 씨가 훨씬 어여뻤는데 말이에요.

"그야 네가 후하게 봐주어서 그런 것이지."

호타루 씨는 내가 수선하던 빨간 후리소데를 몸에 댔어요.

"난 빨간색이 어울리지 않아. 아카히메에 어울리는 배우

는 그저 서 있기만 해도 그 자리를 밝게 빛낼 수 있는 사람이
지. 난 아니야."

확실히 호타루 씨는 보라색이나 파란색같이 쓸쓸해 보이
는 색깔이 잘 어울렸어요. 용모가 받쳐주는 만큼 그런 의상
을 입으면 더욱 덧없어 보여서 아름답지만, 무대 한복판에
서면 분위기가 침울해지지요.

"난 태생이 너와 비슷하단다."

호타루 씨는 나처럼 살길이 막막해서 어머니와 함께 에도
로 흘러들었다고 해요. 그리고 에도에서 어머니를 잃었고요.

"그래서 널 처음 보았을 때, 남의 일처럼 느껴지지 않더구
나."

호타루 씨의 어머니가 죽었을 때 관헌이 시신을 화장터
까지 옮겨주었대요. 그리고 길가에서 자고 있다가 친절하게
대해준 사람을 따라갔더니, 요시초였지요.

요시초는 남창을 둔 가게가 많은 마을이에요. 사내가 사
내에게 몸을 파는 마을요. 곱상하게 생겼던 호타루 씨는 거
기서 스님이며 무사 등등의 손님을 받았어요.

"싫고 좋고를 떠나 그저 살아남기 위해 거기 있었지만, 내
가 점점 뜯어먹혀서 텅 비어가는 것만 같더구나. 그러던 어
느 날 다치바나야의 어르신…… 돌아가신 4대 요시자와 아

야메 장이 오셨어. 날 저택으로 데려갔지만 털끝 하나 건드리지 않고 내 얼굴을 빤히 보시더니, 연극을 해보지 않겠느냐고 하시더군. 한 번도 본 적 없어서 연극이 뭔지도 몰랐지만, 요시초를 떠날 수 있다면 하겠다고 대답하자 대번에 낙적시켜주셨지. 그리고 극장으로 데려오셨어."

다치바나야의 초대 요시자와 아야메도 남창으로 일했다는 이야기가 있는 모양이더라고요. 그렇듯 극장에는 요시초 출신이 제법 있답니다. 반대로 여장 배우로서 잘 풀리지 않아서 다시 색주가로 돌아가는 사람도 있고요. 색주가와 극장 마을은 가까운 관계라고 볼 수 있지요.

하지만 호타루 씨는 극장 호위꾼에게조차 요시초 출신이라고 무시당했어요. 돈깨나 있답시고 흑심을 품은 후원자가 많은 탓에, 극장 찻집에서 몸을 팔라는 제안을 받기가 십상이었고요. 게다가 그러면 돈을 받을 수 있으니 좋겠다고 부러워하는 사람까지 있었을 정도예요.

"그래도 남창으로 나이를 먹어 아무 재주도 없이 버려지는 것에 비하면, 연기라는 재주를 익힌 것만으로 행복하지. 악처니 뭐니 해도 극장은 극락이야."

사내인지 여인인지 모를 그 아름다운 옆얼굴을 보고 있노라면 어찌나 황홀하던지. 내게는 이 사람을 만난 것이 극락으로 향하는 이정표였으니, 호타루 씨가 어떤 지옥을 기어 왔든 역시 내게는 그분이 제일이었답니다.

"빨간색이 어울리지 않아도 호타루 씨는 어여쁘니까 그것으로 됐어요."

힘주어 말하자 호타루 씨는 약간 서글프게 웃더군요.

"고맙구나. 네 세상은 평평해서 여기 있으면 마음이 편해."

또 내 세상이 평평하다고 하더라고요. 무슨 뜻인지 몰라서 고개를 갸우뚱하자 호타루 씨는 소리 내어 깔깔 웃었어요.

"난 너보다 심성이 좋지 못해. 세상은 계단처럼 되어 있어서 위에 선 사람은 아래에 선 사람을 내려다보지. 그러니 기어올라야 한다는 마음으로 스스로를 몰아붙여서 여기까지 왔단다. 하지만 네 말처럼 기어오르든 미끄러져 떨어지든, 불타면 뼈만 남아. 그렇게 생각하자 마음이 한층 편해졌어."

그리고 빨간 의상을 다정하게 어루만졌지요.

"나는 주변을 밝게 비추는 아카히메는 될 수 없어. 하지만 아카히메를 희미하게 비추는 반딧불이(반딧불이는 일본어로 호타루다)는 될 수 있지. 그것을 네가 가르쳐준 것 같구나."

어쩐지 낯이 간지러워서 고개를 살짝 끄덕였어요. 그런데 호타루 씨가 문득 제안하더라고요.

"그렇지, 무대에 서보지 않겠니?"

나는 빈말로도 용모가 잘났다고는 할 수 없어요. 당황해서 고개를 저었지만, 호타루 씨는 품에서 연지함을 꺼내 내 입술에 연지를 칠했어요.

"아, 귀엽다."

호타루 씨가 거울을 보여주었지요. 거울을 들여다보자 귀엽다는 말과는 거리가 먼 얼굴이 있더군요. 어쩐지 입술만 빨간 것이, 우스꽝스러운 괴물로 변한 기분이었어요. 하지만 호타루 씨는 내 손을 붙잡고 다치바나야의 만요 형님에게 데려갔어요. 그러자 만요 형님마저도,

"어허, 오타후쿠 가면(이마와 광대뼈가 튀어나오고 코가 납작한 추녀 가면) 같아서 좋지 않으냐."

그러지 무엇이에요. 함께 있던 다른 배우들도 재미있어하며 춤과 노래를 가르쳐주어서…… 어느덧 어엿한 여장 배우로 행세할 수 있게 되었지요.

"너는 그 통통하고 동글동글한 얼굴만으로도 연기를 할 수 있겠구나."

다치바나야의 어르신뿐만 아니라 주인공을 맡은 나리타야(가부키 배우 이치카와 단주로의 가문에서 사용하는 칭호. 가부키계에서 제일가는 명문가다)의 어르신까지 그렇게 말하더군요.

첫 무대에서는 참새 춤을 추었어요. 알아요? 훈도시(남자

가 입는 일본의 전통 속옷. 가늘고 긴 천으로 음부를 가리는 방식이다)를 찬 하인 행색으로 여럿이 주르르 늘어서서 우스꽝스러운 춤을 추는 것이에요. 정식 연극이 아니라 막간의 여흥이지요. 그래도 손님들의 반응은 좋았어요.

춤이 끝나고 돌아오자 어르신들이 내 얼굴을 보고 고개를 끄덕이더군요.

"너, 배짱이 있구나. 무대에 설 수 있겠어."

배짱이 있다기보다는 부끄러움이라는 감각이 없는 것이겠지요. 덕분에 무대 구석에서 웃음을 자아내는 하녀 역할 같은 것을 맡게 되었답니다.

그러자 재미가 나더라고요. 그때까지는 그저 살아 있을 뿐이라 남을 좋아해본 적도 없었고, 내가 '사내'인지 '여인'인지 생각하는 것조차 귀찮았어요. 그렇듯 텅 빈 사람이었는지라 사내든 여인이든 틀에 맞춰 표현하는 연극이 성미에 맞았던 모양이에요.

의상방뿐만 아니라 무대 위에도 있을 곳이 생겼지요. 그것이 어찌나 기쁘던지. 그래서 무대에 오르지 않을 때도 이렇게 여인 행색으로 여기서 재봉을 하는 것이랍니다.

내가 극장에 온 지 이럭저럭 3년이 지났을 무렵이었어요. 호타루 씨가 무대에서 내려오자마자 쓰러지고 말았어요. 원래 심장이 약한 사람이라, 계절이 바뀌는 시기에는 늘 몸 상태가 안 좋았거든요.

"늘 그런데 무얼."

호타루 씨는 그렇게 말했지만, 얼마나 걱정이 되던지…….
어떻게든 나았으면 하는 마음에 또 센소지 절까지 가서 부적을 받아 왔지요. 호타루 씨는 부적을 빤히 들여다보다가 나를 올려다보았어요.

"부탁이 있어. 저번처럼 부적 주머니를 만들어주지 않겠니?"

알겠다고 대답하자 한 가지를 덧붙이더군요.

"자수도 할 줄 아니?"

"네."

"그럼 해골 무늬를 수놓아다오."

해골은 불길하다고 했지만, 호타루 씨는 부탁이라며 웃었어요.

나는 금실을 모조리 모아서 작은 주머니에 반짝반짝 빛나는 해골 무늬를 수놓았어요. 거기에 부적을 넣어서 병석에 누운 호타루 씨에게 주었지요. 그러자 기쁘게 받아 들고 나를 보며 웃더군요.

"넌 나와 참 닮았어."

거울을 보면 대번에 알 수 있듯 전혀 닮지 않았어요. 내가 고개를 젓자 호타루 씨는 말을 이었지요.

"넌 툭하면 나를 보고 어여쁘다, 어여쁘다 하지만, 결국은 가죽 한 장이잖니. 가죽이 벗겨지고 해골만 남으면 모두 똑같아. 그렇지?"

왜일까요……. 할아버지가 말했을 때는 완전히 맞는 말이라고 생각했는데, 그때는 어쩐지 아닌 것 같더라고요. 아무래도 마음이 술렁거렸어요.

"뭐라고 말을 잘 못 하겠지만, 호타루 씨가 어여쁜 건 가죽만이 아니에요. 호타루 씨 덕분에 제가 여기 있는 거잖아요."

눈에서 눈물이 뚝뚝 떨어졌지요. 그러자 호타루 씨는 조용히 웃었어요.

"고맙구나……. 이 가죽 한 장으로 요시초에 갔다가 극장에 왔지. 가죽 한 장의 가치밖에 없는 인생이었지만, 네가 그렇게 말해주니 마음이 편해. 널 구한 공덕을 돌려받는 걸까……."

호타루 씨는 머리맡의 문갑에 손을 뻗어 글씨가 적힌 작은 종이를 꺼내서 부적 주머니에 넣었어요.

"내가 죽으면 이것을 유품으로 받아다오. 부탁할게."

호타루 씨는 해골 무늬를 수놓은 부적 주머니를 높이 맞잡은 두 손에 담아 내게 내밀었어요. 뭐라 할 말이 없어서 그냥 알겠다고 했지요.

그로부터 얼마 지나지 않아 호타루 씨는 세상을 떠났어요.

화장터에서 스님의 염불을 들으며 화장터지기에게 관을 맡겼지요. 돌아갈 마음이 들지 않아서 다른 사람들이 그곳을 떠난 후에도 혼자 남아 있었어요.

"별난 사람이로군. 다들 화장터를 금방 떠나고 싶어 하는데 말이야."

내게 화장터는 불길한 곳이 아니에요. 한때는 내 침소였으니까요.

땅거미가 지는 가운데, 피어오르는 연기를 가만히 바라보았지요.

부적 주머니는 품속에 있었어요. 연기를 올려다보며 살며시 열었지요.

속에는 내가 준 센소지 절의 부적과 함께 호타루 씨가 넣은 종이가 들어 있었어요. 종이를 꺼내서 펼치자 삐뚤삐뚤한 글씨로,

'2대 요시자와 호타루'

라고 적혀 있더라고요.

호타루 씨가 2대였나 싶었지요. 하지만 돌아가신 4대 요

시자와 아야메 장이 붙여준 이름이고, 초대라고 들었거든요.

설마 이 이름을 내게…….

나는 내 손으로 해골 무늬를 수놓은 부적 주머니를 끌어 안고서, 밤새 소리도 없이 눈물을 줄줄 흘렸답니다.

다음 날 아침, 다시 찾아온 다치바나야 사람들과 함께 새하얀 뼈를 주웠어요.

뼈라는 것이 그렇게 어여뻐 보인 적은 처음이었지요. 애중하면서도 구슬프고, 하지만 그 혼은 여기에…… 해골 무늬를 수놓은 부적 주머니와 함께 내게 맡겨졌다는 기분도 들고…….

그런 심정을 뭐라고 할까요?

속세의 연정이라느니 그런 것은 아니에요. 그저 두 손을 모으고 우러르는 듯한 심경이었어요.

나는 초대 요시자와 호타루라는 사람에게 진심으로 심취했고, 지금도 그 마음은 변함없어요.

그렇기에 이 이름을 나 말고 더 어울리는 사람에게 넘겨 주는 것이 내 역할이라 믿고, 오늘에 이르기까지 이 극장의 한구석에서 버텨온 거예요.

초대 호타루 씨가 돌아가시고 20년쯤 지났을까…….

그때 나타난 것이 바로 기쿠노스케 씨였어요.

기쿠노스케 씨가 극장에 들어온 순간, 그쪽에 시선이 확 빨려들었지요. 화사한 매력이 있다고 할까요. 아무 품위도 없이 얼굴만 곱상한 사람이 아니었어요. 태도에서 의연함이 엿보였답니다.

지금까지 뛰어난 여장 배우라고 불린 사람을 수많이 봐왔지만, 그들과는 조금 달랐어요. 어쩐지 그늘 있는 풍취가 느껴지는 것이 또 좋더라고요.

물어보니 원수를 찾는다고 하는 것 아니겠어요? 그러니 그늘이 있는 것도 무리는 아니고, 각오를 다진 의연함도 느껴졌던 것이겠지요.

호타루 씨는 아카히메가 어울리는 사람은 그 자리에 있는 것만으로도 주변을 밝게 비춘다고 했어요. 그 말은 그저 천성이 밝다는 뜻이 아니지요. 어둠이 무엇인지 알기에 빛의 존귀함도 아는 사람이 아니고서는, 서 있는 것만으로 빛날 수 없는 법이거든요.

기쿠노스케 씨는 그렇듯 진귀한 소질을 갖추고 있는 것 아닐까 싶었지요.

그렇잖아요. 그 경박하고 남에게 깊이 관여하기 싫어하는 문전 게이샤 잇파치도 기쿠노스케 씨를 보자마자 극장에 맞아들였어요. 성격이 완고하고 까다로운 요사부로도 기쿠노스케 씨에게 검술을 지도했고요. 그 사람들을 끌어당기다니, 평범한 젊은 배우는 그렇게 못 해요.

그러는 나도 아주 괴팍한 성격이지만요. 그래도 기쿠노스케 씨에게는 뭔가 해주고 싶은 마음이 들더군요.

처음으로 제대로 이야기를 나눈 것은, 기쿠노스케 씨가 요사부로와 검술 연습을 하다가 소매가 찢어졌을 때였나. 의상방에 와서,

"바늘을 빌릴 수 있겠습니까?"

그러더라고요.

"됐어, 꿰매어줄게."

하고 말하자,

"송구스럽네요."

하고 풀 죽은 표정을 짓더군요. 남에게 부탁하거나 기대는 것이 어색해서 그랬겠지요. 무가 사람들은 그렇게 자라나는 것일까.

기쿠노스케 씨는 이 좁은 의상방에 아무 말도 없이 앉아 있었어요. 나는 침묵이 어색해서 뭐라고 자꾸 말을 꺼냈고요.

대부분 초대 호타루 씨의 이야기였어요. 좋은 배우였다. 어여뺐다……

"그 이름을 받아 마땅한 사람에게 물려주기 위해 나는 여기 있는 거야."

진지한 표정으로 내 이야기를 조용히 듣던 기쿠노스케 씨가 꿰매어진 소매를 확인하며 불쑥 이렇게 말하더군요.

"분명 초대 호타루 님은 지금의 호타루 님께 그 이름이 어울린다고 생각하셨겠지요. 뭐라고 말은 잘 못 하겠지만, 저도 지금 여기 있으니 마음이 편안하니까."

그러면서 살며시 미소 지었지요. 그 말이 가슴을 쿵 때리더군요.

호타루 씨도 여기 있으면 마음이 편안해진다며 구석진 이 방에 자주 왔거든요. 몸 상태가 시원치 않을 때, 남의 눈을 피해서 몸을 눕히기에 딱 좋아서 그런 줄 알았어요.

하지만 만약 내가 있는 이곳이 호타루 씨에게 편안한 곳이었다면, 그렇게 기쁜 일이 또 어디 있겠어요? 그리고 그런 까닭에 이름을 물려주었다면……. 나도 모르게 눈시울이 뜨거워지더군요.

기쿠노스케 씨는 그런 나를 보고 깜짝 놀란 표정이었어요. 본인 입장에서는 무슨 대단한 소리를 한 것이 아니었겠지요. 하지만 나로서는 맡아뒀다고 여겼던 '요시자와 호타루'라는 이름을, 정말 내게 물려주었다는 깨달음이 펑펑 솟아올라 가슴에 밝은 불빛이 켜진 것만 같았거든요.

그때까지는 무가의 자제가 복수를 행하기 전에 심심풀이로 재미 삼아 극장에 발을 들여놓은 것이라고 기쿠노스케 씨를 삐딱하게 보았어요. 하지만 그 후로는 기쿠노스케 씨에게 관심이 생겼답니다. 오늘은 어디서 뭘 하나 싶어 살펴보고는 했지요.

그렇게 보고 있으니 이해가 안 되는 점이 많더라고요.

복수를 행하러 왔다고 들었건만, 원수를 찾는 낌새가 없었어요. 매일매일 아침 일찍부터 요사부로와 검술 연습을 하고, 연극을 상연하는 동안에는 보조 배우를 하거나, 대도구를 옮기거나, 무대 밑까지 가서 일을 돕고는 했지요. 올라와서 배우들에게 차를 우려주기까지 하는 것을 보고는 나리타야의 어르신이,

"차라리 우리 문하생이 되시게."

하고 제안했을 정도로 눈치와 재치가 있었어요.

그런 모습에 아무래도 걱정이 되더라고요. 그래서 기쿠노스케 씨가 또 의상방에 왔을 때 물어보았어요.

"저기, 복수를 행하고자 해도 원수를 못 찾으면 어쩔 수가 없잖아. 원수가 어디 있는지는 알아?"

그러자 기쿠노스케 씨는 약간 난처한 표정으로 네, 하고

고개를 끄덕였어요.

"그렇다면 얼른 없애버려. 그래야 고향으로 돌아가지. 원수가 달아나기라도 하면 큰일이잖아."

복수를 맹세했지만 원수가 달아나거나 죽는 바람에 유랑자가 된 사람이 에도에는 널렸거든요.

"뭐, 복수는 그만두고 배우가 되는 것도 댁한테는 어울릴 것 같지만."

그때까지 여러 번 했던 말을 또 꺼내보았지요. 기쿠노스케 씨는 잠시 아무 말도 없다가 무거운 입을 열었어요.

"실은 그 사람도 내가 자신을 찾아냈다는 것을 압니다."

"그렇다면 더더욱 도망칠 위험성이 크겠네."

"압니다."

더는 쓸데없는 소리를 하지 말라는 듯한 투로 말하고, 눈썹에 힘을 주며 허공을 노려보더군요. 사나우면서도 사내다운 표정이었어요.

과연, 이 아이는 '사내'라는 족쇄를 차고 있는 것이로구나. 그렇게 생각했지요.

나도 호타루 씨도 걸인이며, 화장터지기며, 남창 같은 다양한 족쇄를 차고 걸어왔어요. 그러다 극장이라는 악처에서 머무를 곳을 찾아냈지요. 그때 '사내'나 '여인' 같은 족쇄도 벗어던지고 여장 배우가 된 것이고요.

무가의 자제인 기쿠노스케 씨는 호타루 씨가 말했던 계단의 꼭대기에 있는 사람이에요. 우리같이 미천한 자와는 격이 다르지요. 하지만 그 높은 곳에서 하사받은 칼이라는 강력한 힘이, 도리어 족쇄가 되기도 한답니다. 복수를 맹세하고 고향을 떠난 것도 무가의 사내이기에 짊어져야 했던 무거운 짐이에요.

난 지금까지 살면서 남을 부러워하거나 애처로워한 적이 한 번도 없어요. 애초에 가진 것이 전혀 없었기 때문이겠지요. 탐내봤자 허무할 뿐이고, 배신당하면 괴롭기만 하잖아요. 하지만 만약 유복한 집에 태어났다면, 하고 생각해본 적이 없지는 않답니다. 그래서 나와 전혀 다른 세상에서 살아가는 무사나 귀인의 따님이 나오는 연극을 재미있어하는 것이고요. 그러나 어여쁘게 생긴 기쿠노스케 씨와 함께 지내는 동안, 어디에 태어나든 괴로운 일은 있는 법이라는 당연한 사실을 깨달았어요. 그런 의미에서 사람은 다들 동등한 법이지요.

"나를 키워준 화장터지기 할아버지가 그랬어. 누구나 결국은 불타서 뼈만 남는 법이라고. 무사니까 어찌해야 한다, 사내니까 어찌해야 한다, 그런 쓸데없는 의무감은 버려도 돼. 어차피 결국은 뼈만 남는다고 생각하면 마음이 편해지지."

기쿠노스케 씨는 놀란 것 같더군요. 그야 뼈만 남을 것을 생각하며 살아가는 사람이 얼마나 있겠어요? 그런 말에 불길하다고 미간을 찌푸리는 사람도 있을걸요. 하지만 기쿠노스케 씨는 그러지 않더군요. 내 말을 곱씹는 것처럼,

"뼈만 남는다……."

하고 중얼거렸지요. 그리고 생각난 것처럼 더듬더듬 이야기해주었답니다.

"아버지의 유골을 담으며, 너무나 하얗고 멀끔해서…… 그래서 더 한스러웠습니다."

입술을 떠는 모습을 보고 이 아이는 그 누구보다도 아버지를 사모했구나 싶었지요. 나는 품속에 넣고 다니던 해골 무늬 부적 주머니를 움켜쥐었어요. 호타루 씨의 유언과 약간의 뼛가루가 담긴 부적 주머니를요.

"그렇구나……. 정말로 소중한 사람의 뼈는 해골이 되어도 빛나는 법이라는 것을, 호타루 씨를 보내고 나서 알았어."

기쿠노스케 씨는 눈물을 참으며 내 이야기를 들어주었어요. 그 얼굴을 보자 어쩐지 나까지 서글퍼지더라고요. 그리고 어떻게든 이 아이가 밝은 얼굴로 웃으며 살게 해주고 싶

어졌지요.

"겉가죽도, 지위도, 태생도 불타버리면 아무것도 남지 않아. 사로잡히면 사로잡힐수록 고통스럽게 조여드는 족쇄일 뿐이지. 하지만 뼈만 남아도 후회 없는 삶이 있는지도 몰라. 나 같은 사람이야 그것이 무엇인지 모르지만, 뼛속까지 소신을 세워서 살아가면 되지 않을까."

나는 품에서 부적 주머니를 꺼내서 보여주었어요. 기쿠노스케 씨는 금실로 수놓은 해골을 가만히 바라보며,

"뼈만 남아도……."

하고 주문을 외듯 중얼거렸지요.

지금 생각해보면 가혹한 이야기지요. 설교하듯 떠들어댔지만, 아버지가 살해당해 복수하려는 사람에게 건방진 소리를 한 셈이에요.

하지만 그렇게 고뇌할 만큼 괴롭다면 복수를 내팽개쳐도 된다, 무가의 자제라는 지위를 버리고 악처로 굴러들어 와도 된다고 생각했어요. 그저 '요시자와 호타루'라는 이름을 물려주기 위해서가 아니었어요. 굴러들 곳이 있다는 사실이 조금쯤은 버팀목이 되지 않을까 싶었거든요. 이렇게 보잘것없는 나 같은 자도 살아갈 수 있는 곳이 세상에 존재한다는 사실이 마음을 위로해주지 않을까…….

기쿠노스케 씨는 그 후로도 극장에서 보조 배우로 일하면서, 이따금 몹시 고뇌하는 낌새였어요. 그러다 마침내 각오를 다졌는지 홀가분한 얼굴로 내게 말하더군요.

"드디어 뼛속까지 소신이 선 것 같습니다. 감사합니다."

눈썹을 힘 있게 치켜세운 늠름한 모습을 보고서 이 아이는 극장을 떠나겠구나, 제대로 배웅을 해주어야겠구나, 하고 멍하니 생각했지요.

그 후로 가끔 극장에서 훌쩍 모습을 감추길래 어딘가 나간 줄 알았는데 아니더라고요. 아무래도 무대 밑에 간 것 같다지 뭐예요? 거긴 무대 위의 장치를 움직이는 중노동을 하는 사람들이 있는 곳이에요. 연극이 끝나면 거기에서는 인기척이 사라지지요. 성격이 별난 직인들은 거기서 도시락을 먹는다고도 하지만, 볕이 들지 않아 습한 흙내가 풍기는 곳이에요. 거기에 갔다가 잠시 후에 돌아오더군요. 아마 조용히 자기 자신과 마주할 시간이 필요했던 것이겠지요.

그러다 정월 말일을 맞이했답니다. 기쿠노스케 씨는 눈이 내리는 가운데 복수를 마치고 그대로 떠나버렸어요.

덕분에 나는 후계자를 잃었고, 여전히 2대 요시자와 호타루로 지내고 있지요. 극장의 구석진 방에서 의상을 수선하거나 여장 배우로 무대 한구석에 서면서, 3대를 찾아야 하는 형편이에요.

이것이 일의 자초지종이지요.

나는 원수의 머리를 쳐든 기쿠노스케 씨의 모습을 두 눈으로 똑똑히 봤어요. 아카히메는 아니지만 흰옷이 빨갛게 물들어서…… 정말이지 연극 속의 젊은 무사를 그림으로 그린 것만 같았어요. 뼛속까지 무사로서 살아가기로 결심한 기쿠노스케 씨에게 진심으로 감복했어요.

그런데 고향으로 돌아간 기쿠노스케 씨는 잘 지내고 있나요?

아아, 그래요. 관례도 치르고 혼담까지 나오고 있다니 잘됐네요…….

아주 잠깐 함께 지냈을 뿐이지만, 마음에 남는 사람이에요. 호타루 씨에게는 당해낼 수 없지만, 내가 두 번째로 심취했다고 해도 되겠지요. 앞으로 평생 행복하기를 바랄게요.

어, 고비키초의 복수에 대해 더 자세히 알고 싶다니…….
무엇이 더 있겠어요?

자, 기왕 이리된 거 수선을 마친 이 검은색 예복을 걸쳐봐요. 오오, 역시 진짜 무사 나리가 입으니까 헌 옷 같지 않고 상등품으로 보이네요. 댁에게는 빨간색 후리소데를 입히고 싶은 마음이 안 들어요. 기쿠노스케 씨에게도 이제는 안 어울리려나. 하긴 그 무렵에는 아직 앞머리가 남아 있는 소년이었으니.

아무래도 댁은 복수의 진위보다 그 시절의 기쿠노스케 씨에 대해 알고 싶은 것 같은데요? 그렇다면 소도구를 담당하는 규조 아저씨의 집에 가봐요. 기쿠노스케 씨는 극장에 드나드는 동안 규조 씨의 집에 기거했으니까. 하기야 규조 씨에게 이야기를 들으려 해봤자 소용없겠지만. 그 사람은 과묵한 수준을 넘어서 "아아, 응"이라는 대꾸밖에 안 해요. '단답의 규조'라는 별명까지 붙었을 정도라고요.

그 대신이라기엔 무엇하지만, 규조 씨의 부인인 오요네 씨는 입부터 먼저 태어난 것 같은 사람이니까, 오요네 씨가 있을 때를 노려서 찾아가봐요. 남을 잘 챙기는 성격이라 끼니때에 맞춰 가면 밥도 차려줄 거예요. 음식 솜씨가 아주 좋아요.

뭐, 몇 명에게 물어봐도 마찬가지일걸요. 훌륭한 복수였다. 그것이 전부예요.

제4막

쪽방

아이고, 여보. 손님이 오셨는데도 일만 하면 어떻게 해?

죄송해요, 무사 나리. 높으신 분이 이렇게 누추한 곳까지 걸음 하시다니. 제 남편 규조는 보시다시피 과묵해요. 누가 무엇을 물어도 "아아, 응"이라는 말밖에 하지 않아서 '단답의 규조'라는 별명이 붙었답니다. 그래도 제가 있을 때라 다행이어요. 의상방에 있는 여장 배우 호타루 씨에게도 이야기 들었어요.

"오요네 씨, 내일은 손님이 찾아갈 테니까 규조 씨를 혼자 놓아두면 안 돼."

라고 하더군요. 참 친절도 하다니까요.

어머나, 저 혼자 떠들고 있었네요. 얼른 들어오셔요. 보시다시피 살짝만 고개를 들이밀면 툇마루 너머가 보이는 좁은 방인 데다, 톱이며 대패 같은 연장 때문에 저희조차 불편한 지경인지라 죄송하지만 마룻귀틀 귀퉁이에 앉으셔야겠어요. 아 참, 내 정신 좀 봐, 방석, 방석. 아이고, 얄팍한 데다가 톱밥도 묻었네. 잠깐만 기다리셔요. 밖에서 털어 올게요.

자자, 앉으셔요. 여기저기 어질러놓아서 죄송하네요.

연극에 쓸 소도구를 만드는 것이 제 남편의 일이랍니다.

무대 위에는 도구가 참 많잖아요. 예를 들어 무대에 보이는 저택이며 바위터 같은 것은 대도구 담당이 만들어요. 상연되는 극마다 도구첩이라는 것이 있는데요. 그 설명에 맞춰서 건물을 만들거나 맹장지에 그림을 그리지요.

소도구는 배우가 무대 위에서 들고 다니는 물건이에요. 촛대며 화살통, 서책, 칼 하면 감이 오시려나요. 그 외에 새나 원숭이 같은 동물도 있답니다. 자자, 이것을 보셔요. 〈스기와라의 필법 전수, 배움의 귀감(菅原伝授手習鑑)〉에 나오는 닭이어요. 어머나, 살아 있기는요. 제 남편이 만든 인형인데요. 착각할 만큼 잘 만들었지요? '도묘지 절(道明寺)' 막에 효에가 닭을 울게 해서 아침이 온 것처럼 꾸미는 장면이 있잖아요. 거기서 우는 닭을 이렇게 만드는 것이랍니다.

이 돌도 한번 들어보셔요. 가볍지요? 뭉친 천과 종이 표면에 먹과 안료를 칠해서 만든 돌이어요.

에도에는 소도구를 담당하는 직인이 몇 명 있지만, 지금 고비키초에서는 제 남편이 고참 아닐까 싶네요. 이이가 무뚝뚝하고 과묵하지만 실력은 좋거든요. 덕분에 모리타 극장뿐만 아니라 나카무라와 이치무라에서도 데려가려고 안달이지요. 상연할 연극의 목록을 누설할 걱정도 없으니까요.

가끔은 저한테도 비밀로 하고 뭔가 만든답니다. 한번은 〈헤이케 게(平家蟹)〉의 내용에 맞추어 게를 만들었는데요. 저는 그런 줄 전혀 몰라서,

"이런 것을 대체 어디서 구했어?"

하며 하마터면 냄비에 집어넣을 뻔했답니다.

"잠깐."

하고 이이가 난생처음 들어본다 싶을 만큼 큰 목소리로 말리더라고요.

아 참, 그런 이야기를 할 때가 아니지.

무사 나리는 '고비키초의 복수'로 유명해진 기쿠노스케 씨의 친구라고 들었어요. 기쿠노스케 씨는 잘 지내시나요? 그런가요. 그것참 잘되었네요.

아무튼, 어느 날 느닷없이 이이가 기쿠노스케 씨를 집에 데려온 것 아니겠어요?

"왔어."

하고 평소처럼 돌아왔길래 문간을 내다보니 남편 뒤에 소설 삽화에서 빠져나온 듯한 소년이 서 있더라고요.

"누구셔요?"

하고 물어보자,

"기쿠노스케라고 합니다."

하고 아주 정중하게 인사를 하시더라고요. 깜짝 놀라서 이이를 붙잡고,

"어떻게 된 거야?"

하고 캐묻자,

"재워줘."

하고 딱 한마디 하더군요. 제가 당황하자 기쿠노스케 씨가,

"폐가 될는지요?"

하고 가느다란 목소리로 물어봤어요.

폐이기도 하고, 과분하기도 하고, 놀라기도 하고……. 그래서 아무 말도 못 하자,

"그렇다면 밖에서 자겠습니다."

하고 말씀하시길래 일단 팔을 붙잡고 들어가서 식사부터 챙겨드리기로 했어요. 손님이 오실 줄 몰라서 두부 된장국과 채소 절임에 밥뿐인, 변변치 못한 식사였지만요. 그래도 맛있게 드시는 것을 보니 어쩐지 기쁘더군요.

제 남편만 제대로 이야기를 하지 않은 게 아니라, 기쿠노스케 씨도 낯가림이 심한 것인지 체면을 차리는 것인지 모르겠지만 무슨 이유로 여기에 왔는지 말씀을 안 하시더라고요.

어쩔 수 없이 다음 날, 인사한다는 핑계로 극장에 갔어요. 이럴 때는 제일 수다쟁이에게 묻는 것이 빠르니까, 문전 게이샤 잇파치 씨에게 물어보았지요.

"떠돌이처럼 불쑥 나타난 소년이 여기서 일하고 싶다는 것 아니겠습니까. 그런데 기거할 곳이 없다길래 요 며칠은 불침번 대신 극장에 재웠지만, 누구 집에 신세를 지는 것이 어떠냐는 이야기가 나왔어요. 나는 홀가분한 홀몸이라 어르신의 분부를 받잡고 악처를 여기저기 돌아다니잖아요. 요사부로네는 아기가 있는 데다 마누라도 왈가닥이고요. 호타루는 요즘 돌봐주고 있는 요시초 출신과 같이 산다는 이야기가 들리고, 그렇다고 야마토야(가부키 배우 반도 산파치의 가문에서 사용하는 칭호)나 오토와야의 어르신 밑에 수습으로 보내는 것은 너무 과해요. 각본가 긴지 씨는 주머니 사정이 좋아보이지만, 남을 잘 챙길 사람이 아니라 밥을 제대로 먹여줄지…… 의문이지요. 그러고 보니 언젠가 오요네 씨가 만들어준 유부 초밥이 참 맛있었거든요. 그래서 맛있는 음식을 먹고 싶으면 규조 씨네로 가라고 그랬습니다. 그러자 극장

구석에서 요사부로와 칼 세공에 대해 이야기하던 규조 씨가 기쿠노스케 씨를 힐끗 보더니 올 텐가, 하고 묻더라고요. 그러저러하여 모두 함께 보낸 겁니다."

그렇게 변함없이 빠른 말투로 떠들더라고요.

형편상 그렇게 되었다는 말이었겠지요.

그때는 설마 복수를 하러 에도에 온 줄 전혀 몰랐어요. 극장 마을 같은 악처에 흘러들었으니 무슨 사연이 있을 것이라고는 생각했지만요. 하지만 옷차림도 그렇고 인품도 그렇고, 여기에 오래 머무를 사람 같지는 않더라고요.

아아…… 복수하는 광경을 보았느냐고요?

네, 마침 그날 남편에게 전해줄 물건이 있어서, 해 질 무렵에 극장에 갔었어요.

"마지막 막만 보고 가면 되겠네. 겸사겸사 옷 수선도 좀 도와줘."

호타루 씨가 그러기에 간만에 수다를 떨다가 돌아갈까 싶었지요. 그런데 극장 뒷문에서 기쿠노스케 씨를 보았어요.

말을 걸까 했지요. 하지만 처음 보는 험악한 표정이 옆얼굴에 서려 있길래 그만 숨을 삼키며 멈춰 섰어요. 기쿠노스케 씨는 그대로 나갔고요.

어쩐지 신경이 쓰여서 잠시 후에 저도 극장을 나섰어요.

눈이 조용히 내리고 몹시 추운 날이었지요.

그 하얀 눈 속에 기쿠노스케 씨가 빨간 후리소데를 덮어 쓰고 서 있는 것 아니겠어요?

극장 안에서 샤미센 반주에 맞추어 노래하는 소리가 들렸어요. 연극의 막이 열렸을 때처럼 가슴이 두근거렸지요. 무슨 연습인가 싶어 보고 있으니, 사쿠베에가 나타나더라고요. 평판이 좋지 못한 도박꾼이랍니다.

마치 연극의 한 장면처럼 잽싸게 흰옷 차림을 드러낸 기쿠노스케 씨가 칼을 번쩍이며 사쿠베에와 싸움을 벌였어요. 보고 있으려니 어찌나 무섭던지……. 덩치도 많이 차이 나는 데다, 사쿠베에가 기쿠노스케 씨의 머리를 쪼갤 것처럼 칼을 내리쳤거든요.

저도 모르게 기쿠노스케 씨를 도우러 달려갈 뻔했어요. 그런데 누가 팔을 잡아당기길래 쳐다보니 이이가 말없이 서 있더라고요.

"왜 말리는 거야. 저러다 기쿠노스케 씨가 죽겠어."

내 말에 이이는,

"가지 마."

하고 딱 한마디 하더니, 손가락 자국이 남을 만큼 제 팔을 꽉 잡고서 칼싸움을 가만히 바라보았지요. 저는 눈물 때문에 앞이 잘 보이지 않을 지경이었고요.

그때 피 보라가 확 튀었어요.

기쿠노스케 씨의 피인가 싶어 저도 모르게 비명을 질렀답니다. 주변에 있던 구경꾼들도 다들 소리를 질렀고요. 그런데 그 커다란 사쿠베에가 쿵 쓰러지더라고요.

기쿠노스케 씨의 흰옷은 피가 튀어서 새빨갰어요. 게다가 사쿠베에의 머리까지 쳐들었으니, 또 여기저기서 비명이 들렸지요.

저는 기쿠노스케 씨가 온화하고 다정한 도련님이라고 생각했어요. 하지만 과연 무사는 무사더군요. 저 같은 사람은 절대로 못 그래요. 아무리 미워도 그렇게 목을 자르는 것은, 너무 무섭잖아요.

하지만 그만큼 굳은 뜻을 품은 것이겠지요. 극장 뒷문에서 보았던 옆얼굴이 그렇게 험악했던 것도 보통 아닌 각오를 했기 때문이었음을 나중에 깨달았답니다.

잠깐이나마 함께 생활하면서 완전히 가까워진 기분이 들었는데, 이 사람은 우리랑 다르구나 싶어 조금 서운하기도 했어요.

그렇다면 이이도 보았느냐고요? 물론 눈을 부릅뜨고 처음부터 끝까지 다 보았지요. 그렇지, 여보?

아아……라니, 늘 이렇다니까.

이이에게 물어본들 아무 이야기도 안 나와요. 아무튼 저희 부부는 함께 눈 속에 서서 기쿠노스케 씨가 복수하는 광경을 보았어요. 사쿠베에의 머리를 쳐든 모습은 무섭기도 하고, 든든하기도 하고, 구슬프기도 하고…….

무사 나리는 왜 이제 와서 그 복수에 대해 조사하시는 것인가요? 저희는 무엇 하나 감추지 않았어요. 기쿠노스케 씨는 훌륭하게 복수를 해내시고 고향으로 돌아가셨지요. 그렇지요?

이야기는 여기까지여요. 저는 한번 말을 꺼내면 그칠 줄 모르거든요. 이쯤에서 막을 닫지 않으면 무사 나리가 밤새 제 말 상대를 하셔야 할걸요. 남편이 이렇게 과묵한 사람이다 보니, 말 상대를 안 해주거든요.

뭐든지 듣겠다고 하셔도 이제 할 이야기가 없는데요.

저희 부부의 이야기요? 하나도 재미 없어요. 저희 같은 평민이 무사 나리께 들려드릴 만한 이야기가 어디 있겠어요? 꼭 부탁하신다니, 어머나, 이상한 분이시네.

재미없으면 빨리 말씀해주셔요.

저랑 규조가 부부의 연을 맺은 지 20년…… 아니, 25년쯤 되었네요.

저희 아버지는 솜씨 좋은 목각 직인이었어요. 나뭇조각 하나로 용이니 새니 만들어냈지요. 그중에서도 특기는 문위 교창에 새기는 투각이었답니다. 큰 상점 주인의 저택이나 별저는 물론, 지방 영주님이 에도에 마련한 저택이나 별저에도 납품했을 정도였지요.

이이는 그런 아버지의 제자로 들어왔답니다.

그때 이이는 열일곱 살이었고, 저는 열 살 먹은 어린아이였어요. 원래는 저희 아버지가 가르침을 받았던 직인의 제자였다고 해요. 그런데 그 직인이 갑자기 세상을 떠나는 바람에 저희 아버지 밑으로 들어온 것이지요.

어머니는 남을 잘 돌봐주는 성격이라 규조, 규조 하며 이이를 어여삐 여겼어요.

이이가 조에쓰(현재 일본의 군마현과 니가타현에 해당하는 지역) 출신이라는 것 정도는 들었는데, 말주변이 없어서 처음에는 부모 형제에 대해서도 몇 번을 물어봐야 대답해줄 정도였지요. 뭐, 자식이 많은 소작농의 막내라 돌아갈 곳도 없다는 이야기를 듣고 어머니가,

"그럼 우리 집 아들이 되면 되겠네."

그랬지요. 그래서 저는 이이를 오라버니처럼 여기고 살았

어요.

세월이 흘러 혼기가 되자 이런 제게도 몇 군데에서 혼담이 들어왔답니다. 어떻게 해야 할까 생각하는데 어머니가,

"규조랑 부부가 될 마음은 없니?"

하고 묻더군요. 그런 생각은 한 번도 해본 적이 없었어요. 뭘 물어봐도 "아아, 응"뿐인 재미없는 사람이니까요. 하지만 돌이켜보니 제가 다치면 묵묵히 치료해주었고, 아버지가 쓰러졌을 때는 의사를 업고 뛰어왔어요. 말수는 적지만 정이 두텁고 살뜰한 구석이 있는 것만큼은 확실했죠. 잘 알지도 못하는 남의 집에 가서 고생하기는 싫었고, 아버지와 어머니가 권한다면 틀림없이 괜찮을 것 같더라고요. 그 정도 기분으로 부부가 된 것이어요. 제가 열일곱, 이이가 스물네 살 때였지요.

마침 근처 쪽방이 하나 비었다기에 둘이서 이사했어요. 그 무렵에는 청과상에게 '규조댁'이라고 불리면 몸 둘 바를 몰랐답니다. 그런데 역시 단둘이 살아보니 과묵한 것이 아쉽더라고요. 밥을 차려도 아무 말 없이 먹고, 말을 걸어도 "아아, 응"이라는 대답만 돌아오고요. 참 재미없는 사람과 부부가 되었구나 싶었지만, 매일 자세히 보자 기분이 좋은지 나쁜지도 구분이 됐고, 소리 없이 웃는 것도 알겠더군요.

화났을 때는 눈을 마주치지 않고 벽을 가만히 노려본다는
것도요. 그럴 때는 저도 딴청을 부리며 넘어갔지요.

1년이 지나 드디어 부부다워졌을 무렵에 사내아이를 얻
었어요. 이름은 마사키치라고 지었고 마아보(보(坊)는 남자아
이 이름 뒤에 친근하게 붙이는 말이다)라는 애칭으로 불렀지요.
'아아'와 '응'밖에 모르는 규조가 '마아'라는 말을 배웠다며
직인 동료들에게 놀림을 받았을 정도로 과묵한 이이가 귀여
워했답니다.

그러는 사이에 저희 부모님이 돌아가시고, 아버지 일도
이이가 맡게 되었어요. 가족 셋이서 먹고살기에는 벌이가
충분해서 씀씀이도 괜찮았어요. 유일한 걱정은 마아보였어
요. 몸이 약했거든요. 장마철에는 한밤중까지 기침을 하다
가 축 늘어지고는 했답니다. 이이가 몇 번이나 의사에게 달
려갔는지 몰라요.

이이는 가끔 부탁을 받아 극장에서 쓸 소도구를 만들기도
했어요. 그 인연으로 극장장에게 초청받아 연극을 구경하러
가기도 했고요. 마아보가 다섯 살쯤 되어 천지 분간을 할 무
렵에 이치무라의 예비 극장이었던 기리에서 일을 맡겼어요.

"규조 씨에게 도움을 받았으니 부인과 아드님도 한 막 보
고 가시게."

라고 하길래 극장에 갔답니다. 마침 〈스가와라의 필법 전수〉를 상연 중이었지요. 아셔요? 마쓰오마루, 우메오마루, 사쿠라마루라는 삼형제가 나오는 연극이어요.

그 연극의 한 막인 '차부(車引)'를 보았지요. 우메오마루와 사쿠라마루는 각자가 모시는 주군의 적인 시헤이를 죽이고자 우차를 습격해요. 그러자 시헤이를 모시는 마쓰오마루가 나타나지요. 삼형제가 화려한 의상을 차려입고 멋진 자세를 취하는 모습이 어찌나 근사한지, 조금이라도 놓칠세라 열심히 바라보았지요. 마아보는 저보다 더 들떠서 발갛게 상기된 얼굴로 눈을 반짝였고요.

집에 돌아온 후에도,

"옳고 그름도 없는 세상의 꼴을 보아라."

하고 대사를 흉내 내는데……. 무슨 뜻인지도 모르면서 푹 빠졌답니다.

그러던 어느 날, 이이가 어떤 큰 번(에도시대 영주의 영지를 가리키는 말)의 영주님 저택을 장식할 교창을 조각하게 되었어요. 영주님의 가신께서 직접 이이를 데리러 왔지요. 이 누추한 쪽방 앞에 서서,

"목각 직인 규조, 나오시게."

하고 부르길래 이야기를 들어보니 대를 이어 영주님이 되

신 분의 취향에 맞추어 창호부터 교창까지 죄다 새롭게 바꾸기로 했다더군요. 착수금이라며 주신 비단보에는 반짝반짝 빛나는 금자가 들어 있었어요. 저는 그것을 소중히 보관하고서,

"이것 참 경사가 났네."

하고 진심으로 기뻐하며 말했지요. 그때도 이이는 응, 이라고만 대꾸했던 것 같아요.

그리하여 이이는 에도 중심지에 있는 영주님의 저택으로 갔어요. 하지만 저는 정확히 어디인지는 몰랐지요.

"미안하지만 우리 주군을 위한 일이니 자세한 내용은 밝힐 수 없다."

가신께서는 그렇게만 말했어요. 게다가,

"일이 다 끝날 때까지는 돌아올 수 없느니라."

그런 조건까지 달더라고요. 언제쯤 끝나느냐고 물어보아도 모른다며 대답해주지 않고요.

하지만 높으신 분께 일감을 받는 것은 이이에게나 제게나 자랑스럽고 기쁜 일이었기에,

"조심해서 다녀와요."

하고 배웅했답니다. 마아보는 그렇게 과묵한 아버지도 아주 좋아했는지라 도리질을 치며 다리에 달라붙었지요. 간신

히 떼어놓자,

"아빠, 가면 싫어."

하고 울음을 터뜨렸어요. 하는 수 없이 이이가 안아 올렸어요.

"엄마 말 잘 듣고 착하게 기다리고 있어."

그러면서 나무로 만든 장난감 말을 주었지요. 마아보는 울음을 그치고,

"아빠, 빨리 와야 해."

하고 몇 번이나 부탁했는데…….

지금도 그 나무말은 저기 신단 위에 놓아두었어요.

남편이 일하러 간 뒤에도, 착수금 덕분에 살림살이는 힘들 것 없었지요. 다만 가끔 마아보가,

"아빠 보고 싶어."

하고 울어서 난감했어요. 그 무뚝뚝한 사람의 어디가 그렇게 좋은 것일까, 하고 쪽방에 사는 여자들과 함께 웃었더랬지요. 하지만 아이에게는 아버지의 따스한 면이 전해지는 것이겠지요. 말은 별로 의미가 없는지도 모르겠어요.

그렇게 한 달이 지나고, 석 달이 흘렀어요. 저택의 심부름꾼이라는 사람이 추가로 돈을 들고 찾아왔길래 쓸쓸한 기분을 참지 못하고,

"저희 남편은 어디 있나요. 잘 지내나요?"

하고 물어보았어요.

"잘 지내네. 조금만 더 기다리게."

그런 대답이 전부였다니까요. 말을 전해달라고 해봤자 제대로 전해주지 않을 테고, 남편은 그림과 도면은 그릴 줄 알지만 글을 모르니까 서찰 한 통 없었지요.

어쩐지 겁이 나더군요…….

장마가 가까워지면 마아보는 몸이 안 좋아지는데, 그때 이이가 옆에 없으면 어쩌나 불안하더라고요.

아니나 다를까 마아보는 밤이 되면 기침이 심해졌고, 저는 몇 번이나 울면서 의사에게 달려갔어요.

"늘 그랬잖아. 걱정할 것 없어."

의사는 그렇게 말하고 늘 먹던 약만 주더라고요. 저는 불안한 마음에 이 약은 정말로 잘 들을까, 그 의사는 돌팔이 아닐까, 하고 푸념을 늘어놓곤 했었지요. 그럴 때마다 곁에 있던 이이가 덤덤히 마아보에게 약을 먹여준 덕분에 조금씩 진정됐었고요. 하지만 지금은 이이가 없다고 생각하니 너무 불안해서 마아보를 끌어안고 혼자 우는 것이 고작이었답니다.

이제껏 괜찮지 않았냐고 스스로를 달래는데, 이번에는 마아보의 몸이 뜨끈뜨끈해지더라고요. 열이 좀처럼 내려가지 않아서 쪽방 사람들도 걱정해주었는데…….

고열에 시달리던 마아보가,

"엄마, 엄마."

하고 잠꼬대하듯 불렀어요. 저는,

"여기 있어."

하고 손을 잡아주었지요. 그러자,

"아빠는 언제 와?"

하고 눈물을 글썽거리며 저를 보더라고요.

그 모습을 보자 가슴이 찢어지는 것 같더군요. 혹시 마아보가 이대로 목숨줄을 놓으면 미안해서 무슨 낯으로 이이를 대하겠어요? 어떻게든 이이에게 알리고 싶었지만, 마아보 곁을 떠날 수도 없는 노릇이라…….

그때 가깝게 지내던 도편수의 아내 오센 씨가 병문안을 와주었어요.

"우리 남편이라면 뭔가 알지도 몰라. 있어봐."

오센 씨는 얼른 자기 남편과 상의했지요. 도편수가 곳곳에 물어봐준 덕분에 드디어 이이가 일하는 저택을 찾아낼 수 있었답니다.

제대로 먹지도 못해 순식간에 비쩍 마른 마아보를 보고

얼마 못 살지도 모른다는 생각에 꽉 끌어안은 채 울고 있자니, 이이가 집으로 달려왔어요.

"마아보는 어때?"

그러자 마아보가 눈을 살짝 뜨고,

"아빠다……, 다녀오셨어요."

하며 이이의 목에 매달렸지요. 이이는 마아보를 끌어안고,

"그래, 아빠다, 아빠 왔어."

하고 몇 번이고 되풀이해 말했어요. 손에는 나뭇조각으로 만든 작은 장난감 새를 들고서요. 마아보는 나무 새를 받아 들고 빤히 들여다보았어요.

"참새네."

"그래."

"귀엽다."

"응. 다음에는 더 큰 새를 만들어주마."

마아보는 응응, 하고 몇 번이고 고개를 끄덕였지요.

그리고, 그것이 마지막이었어요.

마아보는 그날 아침에 숨을 스읍 들이마시더니 다시는 내뱉지 않았어요. 안 그래도 작은 몸이 더 작아진 것처럼 보이더군요.

저는 제정신이 아니었어요. 꺼이꺼이 울었고, 이이에게도

208

미안하다고 계속 사과했지요.

어떻게 했으면 좋았을까 수없이 생각했어요. 좀 더 일찍 의사에게 보여주었으면 됐을까, 다른 약을 먹였으면 됐을까, 이이가 곁에 있었으면 살았을까, 같은 생각으로 머릿속이 뒤죽박죽이었지요. 이이는 제대로 자지도 먹지도 않고, 아무 말 없이 그저 마아보의 뺨만 쓰다듬었고요. 울지는 않았지만 숨이 멈춘 것 아닐까 싶었을 정도였어요.

그날 밤, 화장터로 옮기려고 작은 관에 마아보를 넣었어요. 나무로 만든 참새도 같이요. 둘이 나란히 서서 마아보가 불타며 피어오르는 연기를 빤히 바라보았지요.

"미안해. 당신 아이를 죽게 해서……."

그러자 이이는 고개를 젓고 제 등을 가만히 쓸어주더군요.

"혼자서 힘들었지? 나야말로 미안해……."

그 말을 듣자 더는 참을 수가 없어서 큰 소리로 엉엉 울었어요. 이이 몫까지 제가 우는 바람에 이이는 울지 못하는 것 아닐까 싶을 만큼요.

다음 날, 영주님의 저택에서 또 사람이 왔어요.

"아직 할 일이 남았다."

하고 이이를 데려가버렸지요. 저는 쪽방에 혼자 남겨졌답니다. 이렇게 좁은 집인데 조그마한 마아보가 없는 것만으로도 어쩐지 큰 절처럼 넓게 느껴지더라고요. 이부자리를 깔 기운도 없고, 자려 해도 잠이 오지 않아 온종일 멍하니 앉아 있었답니다. 저 혼자 배를 채우겠답시고 밥을 짓는 것도 어처구니가 없어서 곡기조차 끊어버렸지요. 그런 꼴을 본 오센 씨가 죽을 쑤어 주었지만, 그조차 목구멍을 제대로 넘어가지 않더군요.

"이보게, 뒤따라가면 못써. 알겠지?"

뒤따라가려는 생각은 아니었어요. 하지만 그럴 수 있으면 좋겠구나 싶기는 했지요.

"어휴, 어디의 대단하신 영주님인지는 모르겠지만 이럴 때 가장을 끌고 가다니 해도 해도 너무하네."

오센 씨가 화를 내주었지만, 저는 그런 일로 화낼 기력조차 남아 있지 않았어요.

잠을 잘 생각은 없었지만 일곱 날이나 그런 식으로 지내다 보니, 저도 모르게 선잠에 빠지기도 했답니다. 툇마루에 쓰러져 잠들었는데 문득 귓가에서 짹짹짹짹, 하고 소리가 나더라고요. 희미하게 눈을 뜨니, 통통한 참새 한 마리가 툇마루에 내려앉아 저를 빤히 보고 있지 않겠어요?

대체 무슨 조화인가 싶더군요.

그런데 그 참새를 보니, 마아보가 왔다는 생각이 들었어요. 몸을 벌떡 일으키자 참새는 하늘로 날아가버렸지요.

"마아보."

걱정했구나. 엄마가 하도 맥없는 꼴을 보여서 안타까운 눈으로 쳐다보았구나.

그렇게 생각하자 이러고 있어서는 안 되겠다는 기분이 들었어요.

오랜만에 봉당에 나가서 묽은 죽을 쑤어서 먹었지요.

그날 밤, 이이가 드디어 일을 마치고 돌아왔답니다.

"죽밖에 없어서……."

제 말에 이이는 응, 하고 고개를 끄덕였어요. 한동안 묵묵히 죽을 먹는 소리만 들렸어요.

"참새가…… 왔었어."

이이는 무슨 소리인지 모르겠다는 듯 저를 보고 고개를 갸우뚱했어요.

"당신이 만든 참새 장난감과 아주 흡사했어. 마아보와도 닮았고."

"……응."

그럴 때도 단답의 규조였지만요.

그래도 응, 이라는 그 목소리가 나지막하고 따뜻해서 조금은 위안이 되더라고요.

그 후로 어떻게든 기운을 내서 밥을 짓고, 빨래도 하며 하루하루 생활해나가기 시작했는데, 이번에는 이이가 완전히 침울해졌답니다. 한 달쯤 아무 데도 나가지 않고 좁은 집에서 멍하니 지냈지요.

안 그래도 과묵한 사람인데 말수가 더 줄어들었어요. 그뿐만 아니라 시들시들하니 기운을 잃어서 꼼짝도 하지 않고요.

영주님 저택에서 일하고 받은 품삯 덕분에 한동안 이이가 일을 하지 않아도 둘이서 먹고살기에 부족함은 없었어요. 하지만 이대로 이이가 일어서지 못하면 어쩌나 싶었지요.

오센 씨의 남편이 작은 일감을 맡겨주어서 다행히 조금씩 밖에 나가게 되기는 했지만, 돌아오면 또 멍하니 있고는 했어요.

"연극이라도 보러 갈까."

보다 못해 제가 제안해서 오랜만에 모리타 극장에 갔지요.

마침 11월의 소개 행사로 〈태평기 공물선의 뱃노래(太平記御貢船謳)〉라는 태평기(마흔 권으로 이루어진 일본의 고전 역사 문학) 작품을 상연하고 있더라고요. 연극 내용은 기억이 잘 안 나네요. 그저 샤미센 음색과 딱따기 소리, 배우에게 보내는 성원을 들으며, 마아보와 함께 기리 극장에서 보았던 '차부'

에 대해 멍하니 생각했지요. 그런데 미카와야(가부키 배우 이치카와 단조의 가문에서 사용하는 칭호)의 문하생이 높은 관람석(사지키(桟敷), 판자를 깔아서 높게 만든 관람석)으로 다가오더라고요.

"규조 씨, 저희 어르신께서 드릴 말씀이 있으시답니다."

당시 미카와야의 어르신은 이치카와 단조 장이었어요. 쉰 줄 중반으로, 생활 연기에 뛰어난 최고 간판 배우였답니다. 무예와 용맹을 표현하는 무협 연기나 우아함과 아름다움을 표현하는 애정 연기와 달리, 생활 연기는 인물의 마음속을 표현하는 연기를 가리켜요. 겉모양만으로는 할 수 없는 연기지요. 예를 들어 〈충신의 무리(忠臣蔵)〉의 오보시 유라노스케는 생활 연기에 능한 배우가 아니면 맡을 수가 없는데, 단조 장은 그 인물을 멋지게 연기하는 것으로 평판이 자자한 사람이었어요. 그런 단조 장이 무언가 부탁한다면, 이이에게도 좋은 일일 것이라 생각했지요.

"호타루 씨라도 도우면서 기다릴 테니 천천히 이야기하고 와."

그 무렵부터 모리타 극장의 의상방에는 앞서 무사 나리께서 이야기를 들으신 호타루 씨가 늘 있었거든요. 저도 가끔 짬이 날 때면 재봉 일을 도와주고는 했어요. 호타루 씨는 몇 년 전에 선대 호타루 씨를 잃고 울적해할 때가 많아서 저 같은 사람이 가도 기분 전환이 된다며 반겨주었지요.

호타루 씨를 찾아가자 제 손을 잡고,

"오요네 씨, 왔구나. 이쪽으로 와. 좀 괜찮아?"

하며 마아보를 잃은 저를 걱정해주더군요.

"미카와야의 어르신이 우리 남편한테 할 말이 있대."

"아아, 분명 5월에 상연할 〈스가와라의 필법 전수〉 소도구 이야기일 터이지."

〈스가와라의 필법 전수〉라는 말에 어쩐지 가슴이 꽉 메더군요. 마아보가 '차부' 막을 보고 상기된 얼굴로 그렇게나 좋아했던 연극이니까요.

저는 남편과 함께 극장을 나서서 집으로 향했어요. 이이는 변함없이 아무 말도 하지 않더군요.

"〈스가와라의 필법 전수〉 소도구 이야기가 아니겠느냐고 호타루 씨가 그러던데. 맞아?"

제가 물어보자 놀란 듯이 입을 꾹 다물었다가 겨우 쥐어짠 것 같은 목소리로,

"응."

하고 대답했어요. 마아보가 '차부'를 좋아했다는 것은 이이도 알아요. 그런데도 떨떠름한 표정으로 아무 말도 하지

않는 것이 어쩐지 화나더라고요.

그로부터 며칠간 이이는 이것저것 부지런히 만들어서 고리짝에 담았어요. 아까 보여드린 닭도 그중 하나였고요. 완성됐을 때는 참 대단하다고 놀랐을 정도였다니까요. 하지만 해가 지나 2월에 들어선 무렵에 손이 딱 멈추고 말았어요. 일이 다 끝났나 싶었지만 아무래도 아닌가 보더라고요.

"왜 그래?"

물어봐도 여전히,

"아아, 응."

그런 대답뿐이었고요. 뭐, 그러다 다시 일하겠거니 싶었지만 보름이 지나도 손을 놀릴 기미가 없더라고요. 다른 곳에서 맡기겠다는 일도 거절한 모양이라 아무래도 걱정이 됐어요.

그런데 속내를 말해줄 사람이 아니잖아요. 분명 모리타 극장에서 맡긴 일 때문에 고민하는 것일 테니 가서 물어보는 수밖에요. 하지만 저 같은 것이 어찌 최고 간판 배우인 미카와야의 어르신에게 직접 이야기를 듣겠어요? 그래서 일단은 호타루 씨에게 갔답니다.

"우리 남편이 좀 이상해. 미카와야의 어르신은 대체 무슨 일을 부탁하신 걸까?"

그러자 호타루 씨는,

"지금 어르신이 입을 의상의 옷자락을 고치는 중이니까, 다 고치고 입어볼 때 넌지시 물어볼게."

하고 약속해주었어요. 다음 날, 호타루 씨가 심부름꾼을 보내서 당장 모리타 극장으로 오라고 하더군요. 모리타로 가자 호타루 씨가 문 앞에서 기다리고 있다가 얼른 안으로 데려갔어요. 함께 안쪽 대기실로 가서 포렴을 젖히고 들어가자 단조 장이 무명 홑옷 차림으로 공연을 준비하고 있더군요.

"자네가 규조의 부인인가."

굵으면서도 나지막한, 좋은 목소리였어요. 저는 깜짝 놀라서 무릎을 꿇고 고개를 숙였어요. 저는 소도구를 만드는 직인의 안사람이라 최고 간판 배우와 직접 이야기를 나눠본 적이 없거든요.

"규조의 상태가 이상하다고 호타루에게 들었는데."

"네."

"미안하네."

그러면서 단조 장이 제게 머리를 숙이는 것 아니겠어요? 너무 얼떨떨한 나머지, 그 커다란 몸을 구부려서 훤히 드러난 정수리를 가만히 바라보다가…… 퍼뜩 정신을 차리고 말했지요.

"그만하셔요. 왜 이러시는 것인가요? 일감을 주셔놓고 사과를 하시다니 송구스러워서 몸 둘 바를 모르겠네요."

그러자 어르신은 고개를 들어 저를 보셨어요.

"남편에게 아무 말도 못 들었나?"

"네, 아시다시피 그런 사람이니까요."

"단답의 규조라더니 정말이었군."

하하하 웃으시더군요. 하지만 저로서는 무슨 이야기인지 전혀 감이 오지 않았고요. 어르신은 웃음을 거두고 숨을 크게 한 번 내쉬었어요.

"규조에게 잘린 머리를 만들어달라고 부탁했어."

잘린 머리란 연극에서 사용하는 머리 모형을 뜻해요. 예를 들어 〈충신의 무리〉에 나오는 고노모로노의 머리도 세공품이지요. 오동나무로 조각하거나 골조에 천을 발라서 만든답니다. 보기 드문 소도구는 아니어요. 지금까지도 저희 남편은 잘린 머리를 몇 번이나 만들었어요. 제가 의아한 표정으로 고개를 끄덕이자 어르신은 고개를 갸웃한 채 저를 보았지요.

"〈스가와라의 필법 전수〉를 통으로 본 적은 있는가?"

"아니요. 저희 아이를 데리고 '차부'만 본 적 있어요. 마쓰오마루, 우메오마루, 사쿠라마루가 화려하니 멋지더라고요. 어르신은 이번에 마쓰오마루를 맡으시지요?"

"맞아. 그런데 그 연극에는 '서당(寺子屋)'이라는 막이 있어. 마쓰오마루는 스가와라노 미치자네와 적대 관계인 시헤이를 모시지만, 실은 미치자네에게 충심을 품고 있어서 그의 아들 간슈사이를 지키기 위해 자기 아들을 희생하는 책략을 쓴다는 내용이야."

거기까지 말하고 어르신은 숨을 내쉬었어요.

"즉, 간슈사이의 머리를 가져오라는 시헤이의 재촉에, 마쓰오마루는 자기 아들 고타로의 머리를 내놓는 것이지."

아무리 충의를 위해서라고는 해도 자기 자식의 목을 베는 부모가 어디 있겠어요? 거기까지 생각하다 문득 깨달았지요.

"설마 마쓰오마루가 베어낸 아들의 머리를 만들라고 하신 것입니까?"

어르신은 고개를 깊이 끄덕였지요. 저는 할 말을 잃었어요. 그렇잖아요. 얼마 전에 아이를 잃은 부모에게 연극을 위해서라고는 하나, 잘린 아이 머리를 만들라고 했으니까요.

"어찌 그런……."

심한 짓을, 하고 말하고 싶었지만 목소리가 나오지 않더군요. 그저 눈앞의 어르신을 존경하는 마음이 산산이 흩어져 사라지는 기분이라, 분명 귀신 같은 얼굴로 노려보고 있었겠지요. 어르신은 그런 제 시선을 받으면서도 흔들림 없이 저를 똑바로 바라보았어요.

"나를 연극밖에 모르는 괴물이라고 여겨도 상관없어. 난 규조가 혼을 담아 만든 잘린 머리로, 애통함을 넘어 충의를 다하는 마쓰오마루를 연기할 것이야. 그래서 규조에게 자네가 제일 귀엽고 어여삐 여기는 아이의 잘린 머리를 만들어달라고 부탁했네. 내 규조의 안사람에게 원망과 저주를 받아도 무어라 할 수 없지. 하지만 규조는 숨을 꿀꺽 삼키고 네, 하며 받아들였어. 그것만큼은 알아두게."

모리타 극장에서 어떻게 집에 돌아왔는지 모를 지경이었어요. 걸어가면서 엉엉 우는 모습은 그야말로 으스스해 보였겠지요. 집에 와서도 문을 열 수가 없더라고요.

네, 하며 받아들였어…….

어르신은 그렇게 말했지만 우리 남편은 단답의 규조다. 하고 싶은 말도 제대로 못 했을 것이다. 그래서 네, 하고 대답했으리라. 내가 대신 싫다고 거절해야겠다. 반드시 그러겠다.

그렇게 생각하며 쪽방 문을 열었지요.

그러자 홀로 툇마루에 앉아 아직 칼 한 번 대지 않은 나무 덩어리를 끌어안고 있는 이이가 보이더군요. 말을 걸려고 했는데, 어째선지 입이 떨어지지 않더라고요. 이이는 다만 다정한 표정으로 작은 아이를 쓰다듬듯 나무 덩어리를 쓰다듬고 있었어요. 어쩐지 보면 안 되는 것을 본 것 같은 기분이 들어서 문을 다시 닫았지요. 제 집이지만 들어가려야 들어갈 수가 없어서 밖에 주저앉았답니다.

어르신은 자신을 연극밖에 모르는 괴물이라고 말했어요. 이이 역시 그럴지도 모르겠구나 싶었지요. 제가 어미로서 마아보를 아끼는 심정으로 아무리 부닥쳐도 닿지 않는 남편의 마음속 깊은 곳에, 미카와야의 어르신 목소리는 닿았을지도요.

그때 집 안에서 딱, 하고 망치를 내리치는 소리가 났어요. 그 소리를 듣자 어찌나 가슴이 울렁거리던지, 저는 가슴을 꼭 누른 채 한동안 그 자리에 웅크리고 있었어요……

그로부터 한 달 남짓, 이이는 집에 틀어박혀 조각만 했어요. 마지막에 하얀 안료로 색을 칠하고 연지를 발랐지요. 저는 그동안 한 번도 보지 않았고요. 마아보가 죽었다는 사실조차 겨우 받아들인 참인데, 잘린 머리를 보고 싶지 않았어요. 하지만 목각 직인 규조가 혼을 담아 만든 물건을 보고 싶다는 생각도 마음속 어딘가에 있었지요.

"오요네."

이이가 오랜만에 이름으로 불렀어요. 돌아보자 들고 있던 잘린 머리를 제게 살짝 내밀더군요.

눈을 감고 있는 그것은…… 정말로 귀엽고 온화하고 편안하게 잠든 듯한 마아보의 모습 그 자체였어요. 그때까지는 병으로 괴로워하며 신음하던 마아보의 모습이 뇌리에 박혀서, 그 모습이 떠오를 때마다 쓰라린 가슴을 부여잡고 밤중에 남몰래 울었답니다. 하지만 남편이 만든 마아보 조각품은 제일 귀엽고 행복해 보이는 생전의 잠든 얼굴 그 자체였어요.

저는 조각품을 끌어안고 소리 내어 울었어요.

확실히 이이는 연극밖에 모르는 괴물이지요. 하지만 그 연극이 이런 식으로 제게 위안을 주는구나 싶더군요.

5월에 〈스가와라의 필법 전수, 배움의 귀감〉 막이 열렸어요.

저는 처음으로 '서당'을 보았어요.

단조 장이 연기하는 마쓰오마루는 자기 아들 고타로의 머리를 간슈사이의 머리로 위장한 뒤, 사람들 앞에서 확인하며,

"간슈사이의 목을 베었노라."

하고 환희에 찬 소리를 질러요. 하지만 실상은 자기 아들의 머리지요. 그 장면을 처음으로 보는 저조차 비통함을 억누른 연기에 가슴이 뭉클하더군요. 다음 장면에서는 그 아이가 자기 아들임을 밝히고 아내 오치요와 함께 아들의 명복을 빌러 길을 떠나요.

극장 여기저기서 소리 죽여 우는 소리가 들렸지요. 저는 잘린 머리를 봤을 때부터 펑펑 울어서인지 눈물도 다 말라서, 그저 그 머리만 바라보고 있었답니다.

그러다 문득 옆을 보니 아무 말도 없던 남편이 입술을 꽉 깨문 채 조용히 눈물을 흘리고 있었지요.

저는 이이가 우는 모습을 그때 처음 보았어요.

내내 가슴속에 담아두었던 비통함을 드디어 겉으로 드러낸 것인지도요. 저는 이이가 우는 모습을 못 본 척, 무대로 눈을 돌렸어요.

연극 상연이 끝난 날, 저는 다시 모리타 극장으로 갔어요. 남편에게는 호타루 씨의 일을 도우러 간다고 하고 집을 나섰지요. 그리고 호타루 씨를 돕는다는 핑계로 단조 장의 대기실로 향했답니다.

그런데 일전에 잘린 머리 이야기를 들었을 때, 어떻게 대기실을 나섰는지 기억이 안 나더라고요. 욕을 퍼붓지는 않았겠지만 무례를 범하지는 않았을까 생각하니 갑자기 겁이 났지요. 그래서 살그머니 돌아가려고 했어요.

"어허, 규조의 안사람 아닌가."

목소리가 들리고 포렴 너머에서 어르신이 나왔어요. 저는 당황해서 고개를 숙였을 뿐, 무슨 말을 해야 좋을지 모르겠더군요.

"와주었군. 고맙네. 들어오게."

어르신의 손짓에 대기실로 들어갔어요. 분과 머릿기름의 좋은 냄새가 풍기고, 후원자들에게 선물받은 듯한 물품이 구석에 쌓여 있었어요. 그리고 제일 안쪽 선반에는 오동나무 상자가 놓여 있었고요. 어르신은 그 상자를 정중하게 받쳐 들고 제게 내밀었어요.

"자네 집에 보관하게."

상자 뚜껑에 '잘린 머리, 고타로, 규조'라고 적혀 있더군요. 틀림없이 그 머리였어요.

"마음에 안 드셨다는 뜻인가요?"

"아니, 그런 것이 아닐세. 혹시나 내가 또 마쓰오마루를 연기할 때는 꼭 이것을 사용하고 싶어. 하지만 도구 보관실에 아무렇게나 놓아둘 수는 없잖은가. 그렇지?"

아무도 없는 극장의 도구 보관실에 이것이 덜렁 남겨진 모습을 머릿속에 그려보고, 저도 모르게 상자를 끌어안았어요. 어르신은 그 모습을 보고 웃었어요.

"자네 남편이 만든 그것은 나조차 잡아먹을 만큼 배우로서 힘을 발휘했어. 이 소도구에 휘둘려 무대 위에서 지켜야 할 연기의 양식을 잊어버릴 뻔했지. 이것은 규조와 나의 기예 대결이었어. 역시 아들은 아버지 편이더군."

마치 마아보가 살아 있는 것처럼 말씀하셔서 저는 울면서 웃었답니다.

"막이 열린 날, 처음으로 이 연극을 보았을 때 저희 남편은 눈물을 흘렸어요. 지금까지 한 번도 울지 못했던 그 사람을 울리다니 어르신의 연기는 과연 대단하다고 생각했는데……. 저희 아들이야말로 천 냥 배우(1년에 금화 천 냥을 버는 특급 배우. 그만큼 격식 있고 기예에 뛰어난 배우를 가리킨다)고, 그 덕분이라는 말씀이시군요."

제 말에 단조 장은 무대에서도 이러랴 싶을 만큼 크게 껄껄껄 웃으셨어요.

단조 장은 이미 세상을 떠나셨지만, 그 후로도 미카와야가 나오는 연극에서는 마아보의 잘린 머리를 사용하곤 한답니다. 소도구로 쓰이지 않을 때에는 저기, 저희 집 신단에 놓아둔 오동나무 상자에 넣어놓아요.

저희 남편은 이제 연극 관련 일만 하고 있어요. 변함없이 말수는 적지만, 딱 한 번 이렇게 말한 적이 있지요.

"그렇게 심혈을 기울여 만든 영주님 저택의 부속물은 결국 무가 사람 중에서도 몇 안 되는 사람밖에 못 봐. 난 아들 놈에게 내가 한 일을 보여주고 싶어서 열심히 해왔어. 그래서 그 일 때문에 곁에 있어주지 못한 것이 더더욱 원통하더군."

반면에 극장에서 주는 일감은 연극이 상연되는 내내 사람들 눈에 띄지요. 제 생각에도 마아보가 살아 있었다면 기쁘게 바라다봤을 것 같으니, 이제 높으신 분이 일감을 주든 말든 상관없어요.

그 후로 소도구만 만들며 지내왔지요. 아까 이이가 열심히 조각하던 것도 잘린 머리예요. 대개는 무대에서 연기하는 배우와 흡사하게 만들다 보니, 야마토야의 잘린 머리가 방에 나뒹굴기도 한답니다. 모르고 보면 정말 무섭다니까요.

과묵한 이이와 그렇듯 조용히 살아가고 있는데, 갑자기 기쿠노스케 씨가 나타났어요.

저희 아들이 살아 있었어도 분명 그렇게 고상한 도련님으로 자라지는 않았겠지요. 하지만 상냥한 눈매와 어쩌다 웃는 얼굴이 왠지 모르게 마아보와 닮아 보이더라고요. 살아 있으면 지금쯤 이런 느낌일까 싶어 가슴이 찡했지요. 돌봐준다고 해도 밥을 차려주는 재주밖에 없는 쪽방의 여인네지만, 어떻게든 힘이 되어주고 싶었답니다.

그런데 이야기를 듣자 하니 아버님의 복수를 맹세했다는 것 아니겠어요? 게다가 고향에는 어머님도 기다리고 계시고요. 어떻게 해서든지 복수를 마치고 한시라도 빨리 어머님 곁으로 돌아가서 안심시켜드리고 싶었을 거예요. 남의 일이지만 이렇게 어여쁜 아들을 복수 때문에 떠나보낸 어머님의 심정을 생각하자 마음이 아프더라고요.

한편으로는 기쿠노스케 씨가 저희 집에 있는 것이 기쁘기도 했어요.

무술 연기 담당 요사부로씨와 연습을 해야 한다며 아침 일찍 나가기는 하지만, 그때 들려 보낼 주먹밥을 만드는 것조차 즐거웠답니다.

"저는 신경 쓰지 마세요."

기쿠노스케 씨는 예의 바르게 그렇게 말했으니, 어쩌면 오히려 성가셨을지도 모르겠네요. 그래도 그런 사소한 일들이 행복했어요.

남편은 여전히 과묵했지만, 정어리를 굽고 있으면 제일 큰 것을 보고,

"이것을 주도록 해."

하고 시켰지요.

"알아요."

하고 대답하면 응, 하고 고개를 끄덕였고요. 정어리가 다소 크다 한들 기쿠노스케 씨의 배가 얼마나 더 차겠냐마는, 어쩌면 저희 남편도 기쿠노스케 씨를 마아보와 겹쳐서 보고자 하는 마음이 있었는지도 모르겠다 싶네요.

그러던 어느 날 밤이었어요.

2층의 기쿠노스케 씨가 밤중에 살며시 내려왔지요. 무슨 일인가 싶어 눈을 살짝 뜨고 지켜보자, 봉당에서 물을 한 바가지 마시고 밖으로 나가더군요.

추운 겨울날인데 짧은 겉옷도 걸치지 않은 것이 걱정돼서 겉옷을 들고 쫓아가니, 근처에 있는 농경신 이나리 신상에 참배를 드리더라고요. 옆얼굴이 심란해 보였어요. 마음 한구석으로 계속 이렇게 지내는 것도 나쁘지 않겠다고 생각한 것이 창피해졌지요. 복수라는 큰일을 앞두고 있으니 불안하기 그지없으리라는 것을 새삼 느꼈답니다.

그런데 저와 마찬가지로 신경이 쓰였는지 이이가 뒤에 우

두커니 서 있더라고요.

"당신까지."

제가 놀라는 것에는 아랑곳없이 이이는 기쿠노스케 씨에게 성큼성큼 다가갔어요.

"여보, 잠깐만."

목소리를 낮춰서 불렀지만 이이는 들은 체도 하지 않고 어둠 속에서 작은 이나리 신상 앞에 두 손을 모으고 있는 기쿠노스케 씨 옆에 서서 자기도 두 손을 모았어요. 기쿠노스케 씨는 옆을 보고,

"규조 씨……."

하더니 말문을 닫았어요.

그러자 이이가 기쿠노스케 씨를 빤히 바라보면서 말하더군요.

"이야기를 들어줄 터이니, 혼자 끌어안고 있지 마시게."

기쿠노스케 씨는 뒤편에 제가 숨어 있는 것도 눈치챈 것 같았어요. 저희는 함께 집으로 돌아가서 화로에 불을 피우고 둘러앉았지요. 이이는 아무 말도 없이 기쿠노스케 씨가 이야기해주기를 기다렸어요. 그것을 아니까 말 많은 저도 잠자코 있었고요. 입술을 꽉 깨물고 있던 기쿠노스케 씨가 드디어 입을 열었답니다.

"예전에 잘린 머리를 보여주셨지요."

제가 기쿠노스케 씨에게 마아보의 이야기를 한 적이 한 번 있었어요. 그때 잘린 머리도 보여주었고요.

"〈스가와라의 필법 전수〉라는 연극의 소도구라는 말씀에, 각본을 빌려서 읽고 감복했습니다."

기쿠노스케 씨는 깊은 한숨을 내쉬었어요.

"충의가 무엇인지, 효행이 무엇인지 새삼 생각해보게 되었지요."

갑작스러운 그 말에 저도 모르게 남편을 보았어요. 이이는 묵묵히 기쿠노스케 씨를 바라보았고요. 기쿠노스케 씨는 그런 이이를 상대로 말을 이었어요.

"제가 죽어야 했던 것이 아닐까……."

그 말을 듣고 온몸에서 핏기가 가시는 기분이었답니다.

"무슨 말씀이어요? 기쿠노스케 씨처럼 젊은 사람이 어째서 그런."

엉겁결에 목소리를 높인 저를 만류하듯 이이가 어깨를 두드리고 무거운 입을 열었지요.

"돌아가신 아버님 대신에 그랬어야 한다고 생각하는 것이오?"

기쿠노스케 씨는 꾹 누르듯 가슴께에 손을 대고 고개를

깊이 끄덕였어요. 이이는 씁쓸한 표정으로 고개를 갸웃했고요.

"우리 같은 평민에게 자식을 잃는 것만큼 큰 불행은 없소. 무사 나리는 대놓고 그렇게 말할 수 없을지도 모르나, 진심은 똑같을 거요. 그런 의미에서 그대가 아버님 대신 죽는다면, 그것은 불효라고 생각하오만."

저는 맞아요, 맞아요, 하고 몇 번이고 고개를 끄덕였지요.

기쿠노스케 씨는 자기 손바닥을 가만히 들여다보다 주먹을 꽉 움켜쥐더군요.

"아버지는…… 저를 베려고 하셨습니다."

꽉 잠긴 목소리였지요.

대체 무슨 말을 들은 것인지 파악이 되지 않아서, 답을 찾듯 이이를 보았어요. 눈을 크게 뜬 이이를 보고서야 기쿠노스케 씨의 말이 무슨 뜻인지 알았답니다. 그 순간 속에서부터 온몸이 떨리는 기분이었지요.

'서당'을 처음으로 보았을 때, 연극 속 장면이니까 단조 장의 소름 끼치는 연기에 공감한 것이고, 이이가 만든 잘린 머리에서도 의의를 찾을 수 있었던 것이지요. 하지만 그런 일이 실제로 벌어진다면 얼마나 잔혹하겠어요? 자기 자식을 해하는 아버지, 그것을 한탄하는 어머니. 전부 불행하게 느

꺼졌답니다.

"대체 어째서……."

저는 목소리를 쥐어짜서 물었어요. 그러자 기쿠노스케 씨는 더듬더듬 대답했지요.

"아버지가 가신단 중에서 가로(에도시대 무가의 가신들 중 최고위 직책에 해당하며 영지의 정무를 총괄했다)의 노여움을 산 것이 일의 발단이었지 싶습니다만."

아무래도 에도성에서 온 사자를 맞이할 때 기쿠노스케 씨의 아버님이 실수를 한 모양이에요. 가로가 그것을 엄하게 질책했다고 하더군요. 그 일이 있은 뒤로 아버님은 날마다 수척해졌고요. 밤에 잠을 이루지 못하는 날이 계속되자 어머니도,

"성에 가셨다가 돌아오셨는데, 얼굴이 안 좋으시다."

하고 한탄하셨대요.

그날도 성에서 돌아오신 아버님은 험악한 표정으로 안방에 계셨어요. 잠시 후 사쿠베에와 말다툼하는 소리가 나길래 기쿠노스케 씨가 상황을 살피러 가니 갑자기 맹장지 문이 열렸지요. 거기에 아버님이 칼을 빼 들고 서 계셨다는 것이어요.

"기쿠노스케를 베겠다."

그러면서 기쿠노스케 씨에게 칼을 쳐들었지요.

"기다시피 도망친 저는 겨우 칼을 들고 아버지께 맞섰습니다. 아버지를 베려던 것이 아니라, 일단 칼을 거두시길 바랐지요."

하지만 아버님은 사정없이 칼을 휘둘렀고, 기쿠노스케 씨는 떨리는 손으로 칼을 받아냈어요. 몇 번이나 칼을 부딪치다 문득 아버님과 눈이 마주쳤지요.

"그때 아버지가 우시는 것처럼 보여서……."

어찌 된 일일까 생각하는 것과 동시에 다리가 꼬여서 복도에 쓰러졌다더군요. 이제 베이겠구나 싶어 기쿠노스케 씨가 눈을 감은 순간.

"나리, 그만하십시오."

사쿠베에가 아버님 앞을 막아섰어요.

"닥쳐라. 비켜."

그래도 칼을 휘두르려 하는 아버님의 손을 사쿠베에가 붙들었지요. 엎치락뒤치락하는 사이에 두 사람은 툇마루에서 정원으로 굴러떨어졌고, 다음 순간 피 보라가 확 튀었어요.

"사쿠베에."

기쿠노스케 씨는 순간적으로 사쿠베에의 이름을 불렀대요. 아버님은 칼을 들고 있었지만 사쿠베에는 맨손이라 틀림없이 사쿠베에가 베인 줄 알고서요.

하지만 사쿠베에는 몸을 일으켰고, 아버님은 꼼짝도 하지 않았어요. 살펴보니 아버님의 목이 시뻘겋게 물들었고, 정원에는 핏물이 고였더래요. 들고 있던 칼에 아버님 본인의 목이 베였다고……

"사쿠베에는 잘못 없습니다."

기쿠노스케 씨는 눈물을 뚝뚝 흘렸어요.

그렇다면 차라리 아버님이 자진하신 것처럼 꾸미지 그랬나 싶더군요. 그렇게 말씀드리자 기쿠노스케 씨는 말없이 고개를 저었어요.

"하필이면 가로가 보낸 사자가 찾아왔습니다. 다툰 흔적과 피를 뒤집어쓴 사쿠베에, 그리고 쓰러지신 아버지를 다 보았지요."

라더군요. 가로의 사자가 사쿠베에를 붙잡으려 하는 것을 보고 기쿠노스케 씨는,

"도망쳐, 사쿠베에."

하고 소리쳤어요.

"아버지를 죽인 자를 놓아주다니 불효막심한 짓이라고 가로의 사자에게 질책당했지만, 저를 구해준 사쿠베에가 붙잡히는 모습을 보고만 있는 것은 너무나 큰 불의가 아닌가 싶

었습니다."

다음 날 아침, 사쿠베에가 악심에 휩싸여 섬기던 가문의 주인을 죽이고 그 자리에서 달아났다는 이야기가 만들어져 있었지요.

가로와 기쿠노스케 씨의 숙부님은 "복수를 해야 한다"라고 말했대요. 주인을 죽인 사쿠베에를 놓아준 기쿠노스케 씨를 위해서도 그 방법밖에 없다고요.

"허가장을 받을 때 상세한 내용은 덮어두도록 하자꾸나. 원수 사쿠베에는 아랫것이기는 하지만 네 아버지가 칼을 소지하게 할 때도 있었으니 무사 신분이라고 치면 된다. 복수를 해내면 이름을 떨칠 터이고, 불효자라고 비방당하는 일은 없을 것이다."

숙부님이 그렇게 말했다나요. 복수를 해내면 무사의 귀감이라고 세상 사람들이 칭송하기는 하지요. 저도 그 전까지는 연극에서 복수 장면을 보면서 그런 법이라고 생각했고요. 하지만 의기소침해진 기쿠노스케 씨를 보니 참으로 가혹한 짐을 짊어지게 했구나 싶어 그분의 숙부님이 원망스럽더라고요.

"복수를 행하기로 결정된 후에도 대체 이것이 어찌 된 일인지 알 수 없어 괴로웠습니다. 아버지는 왜 실성하신 것일까. 평생토록 아주 차분하고 온화한 성격이셨고, 무사의 긍지를 품고 계신 분이었습니다. 결단코 안이하게 칼을 뽑으실 분이 아니에요. 뭔가 깊은 이유가 있었던 것 아닐까. 가문을 지키기 위해서였을까, 불명예를 씻기 위해서였을까. 이유를 알아내야 하지 않을까 생각하면서도 내몰리다시피 길을 떠나게 되었습니다."

기쿠노스케 씨는 깊은 한숨을 내쉬고 무릎 위에 얹은 주먹을 가만히 바라보았어요.

"아버지의 속뜻을 믿는다면 저도 '서당'의 고타로처럼 가만히 눈을 감고 죽었어야 했던 것 아닐까. 그것이야말로 효행이자 충의가 아니었을까……."

눈물을 감추려고도 하지 않고 조용히 말하는 그 모습에 어찌나 가슴이 아프고 쓰라리던지.

주제넘은 짓인 줄 알면서도 기쿠노스케 씨를 끌어안고 등을 쓰다듬었답니다.

"아니어요…… 아니어요……. 기쿠노스케 씨가 살아 있어서 정말로 다행이어요."

서투른 말로나마 계속 위로했지요. 이이도 저와 함께 기쿠노스케 씨를 가만히 끌어안았고요.

이제 복수는 아무려면 어떤가 하고 생각했지요. 하지만

기쿠노스케 씨가 원수 사쿠베에를 발견하고 말았답니다.

그런데 생명의 은인인 사쿠베에는 에도에 와서 변해버렸어요. 어떤 경위인지는 모르지만 의리 넘쳤던 사내가 돼먹지 못한 도박꾼으로 전락해버린 것이지요. 저도 사쿠베에를 본 적 있는데요. 기쿠노스케 씨에게 들었던 다정한 일꾼 사쿠베에와는 완전히 다른 사람처럼 느껴지더라고요. 그토록 못된 사람이 되었다면 애꿎은 사람에게 복수했다는 가책에 시달리지 않아도 될 터이니, 기쿠노스케 씨의 마음도 가벼워지지 않을까 싶었을 정도였지요. 그 복수는 더 이상 단순한 복수가 아니었어요. 악당을 해치우는 의협심에서 비롯된 복수였답니다.

눈이 내리는 가운데 복수를 해낸 기쿠노스케 씨의 모습을 보고, 맹세한 바를 이루어서 다행이다 싶었어요. 어렵사리 고향의 어머님 곁으로 돌아갈 수 있게 되었으니까요. 아들의 무탈한 얼굴을 보면 어머님이 얼마나 기쁘시겠어요. 한편 눈에 반사된 불빛 속에 희미하게 드러난 기쿠노스케 씨의 얼굴이 서글프게 울 것 같은 표정이라 딱하더라고요…….

하지만 이제는 훌륭히 관례를 치르고 혼담까지 들어왔다는 말씀이시잖아요.

그간 많이 힘들었으니 앞으로는 행복하게 사셔야지요.

그런데 그 가로님은 지금도 계신가요? 어머나, 칩거 형을 받았다니. 그것 잘되었네요. 제가 보기에 원수는 오히려 그 가로님이 아닐까…… 아차차. 영주님의 가신에 대해 여염집 여인네가 평하다니 난감하시겠군요. 정말이지 이놈의 입에서는 쓸데없는 소리만 나온다니까요.

아무튼 고비키초의 복수는 정말로 훌륭했어요. 그날 아침까지 기쿠노스케 씨와 함께 살았던 저희 부부가 증인이어요. 그렇지, 여보?

아아, 응, 이라니.

어휴, 이렇게까지 이야기했는데도 끝까지 단답의 규조라서 죄송해요.

아 참, 기왕이면 각본 담당 긴지 씨도 만나고 가셔요. 게사쿠(에도시대의 통속 소설을 가리키는 말)를 쓰는 사람이라 말을 잘하거든요. 거짓말도 잘하지만. 원래 남을 잘 돌봐주는 성격이 아닌데, 기쿠노스케 씨는 잘 챙겨주더라고요. 별일이 다 있다고 호타루 씨도 웃을 정도였답니다. 분명 기쿠노스케 씨가 어떻게 지내는지 궁금해할 터이니 금방 만나줄 것이어요.

아, 이것 받으셔요. 이이가 만든 용 모양 네쓰케(담배쌈지나

돈주머니 등을 허리에 찰 때 허리띠에서 빠지지 않도록 고정하는 용도의 작은 세공품)예요. 기쿠노스케 씨에게도 드렸답니다. 본 적 있으셔요? 여보, 그 아이가 늘 돈주머니에 달고 다닌대, 기뻐라. 아차차, 그 아이라니…….

자, 고향에 돌아가시면 부디 건강하게 잘 지내라고 기쿠노스케 씨에게 말씀 전해주셔요.

제5막

관람석

아하, 최근 극장을 여기저기 돌아다니며 여러 사람에게 '고비키초의 복수'에 대해 물어본다는 사람이 자네인가. 무대 구석까지 찾아와서,

"말씀 좀 묻겠소이다."

라니, 도리어 내가 묻고 싶군. 왜 2년이나 지난 이야기를 묻고 돌아다니는 것이지? 칼을 두 자루 차고 다니는 자들은 정말 당돌해서 못쓰겠다니까.

어이쿠, 아주 얼떨떨한 표정이로군. 무사 나리를 상대로 실례라 그건가. 나도 원래 무가 출신이라 그런지 무사 나리를 각별히 공경해야 한다는 마음이 없어서 말일세. 말투가 무례한 듯하나 천성이겠거니 하고 관대히 넘어가주시면 감사하겠사옵니다.

난 게사쿠 작가로서는 시노다 긴지라는 이름을 쓰고, 극평가로서는 시치몬샤 기초라는 이름을 쓰지. 만담 공연(라쿠고(落語), 부채나 손수건을 든 화자가 몸짓과 입담만으로 이야기를 풀어나가는 일본의 전통 예능)도 즐겨서 이리후네 센조라는 예명을 얻었어. 그 인물의 정체는 바로, 라고 할 만큼 대단한 인물은 아니지만, 원래는 하타모토(쇼군의 직속 가신인 상급 무사로, 쇼군을 배알할 자격이 있다) 집안의 차남 노노야마 쇼지였지. 올해로 쉰 살. 한창 물이 올랐다고 할 수 있으려나. 어허, 젊어 보인다고? 뭐, 속 편하게 부평초 같은 생활을 하다 보니, 아무리 세월이 흘러도 젊은 기분이 사라지지 않아서 말이야. 중후한 구석이 없는 것이 아쉬울 따름이지. 그래도 세월 앞에는 장사 없다고, 최근에 흰머리가 늘었어. 그 때문에 더욱 풍치 있는 사내로 보인다는 평판도 들리지만. 뭐, 내 이야기야 뭐라 하든 상관없어.

자, 그런 곳에 서 있지 말고 이쪽으로 오게. 무대를 더럽혀서는 안 된다니, 자네도 기쿠노스케처럼 고지식한 성격이로군. 깨끗한 버선을 신었으니 가로질러 와도 상관없어. 대도구 담당은 흙 묻은 버선이며 맨발로 발자국을 찍어대서 모리타의 극장장에게 호되게 야단맞고는 하지. 그에 비하면 아무것도 아니야.

무대에 오르는 것은 처음인가. 손님이 물러간 뒤 무대는 참으로 좋지. 한복판에 앉아 객석을 바라만 봐도 방금까지 들끓었던 손님들의 모습이 눈앞에 떠올라. 난 각본 담당이라 연극을 상연하는 동안에는 자네가 아까 서 있던 무대 구석에서 객석을 가만히 바라보지. 배우가 결정적인 장면에서 멋진 자세를 취했을 때, 죽 늘어앉은 손님들은 눈이 휘둥그레지고 입도 떡 벌려. 마치 활짝 핀 꽃 같은 모습이야. 그 모습을 보고 싶어서 극장이라는 악처에 눌러앉은 것이겠지.

각본 담당이 무엇이냐고? 그야 명칭 그대로 연극의 내용을 쓰는 일이지. 연극과 인연이 없어 보이는 무가의 자제도 배우가 대뜸 무대에 올라가 연기하는 것이 아니라는 것쯤은 알 터이지. 이른바 세상인심을 그린 인정물도 있고, 전통 가면극을 바탕으로 각본을 쓰는 마쓰바메물(松羽目物, 일본의 전통 가면극 '노'와 전통 희극 '교겐'을 원작으로 만든 가부키로, 무대 배경에 소나무(松)가 들어간다)도 있다네.

그리고 난 악곡에도 능해서 말이야. 샤미센을 곁들인 낭창극(조루리(浄瑠璃), 샤미센 반주에 맞추어 독특한 가락으로 이야기를 낭독하는 일본의 전통 예능)도 써. 낭창극의 본고장은 뭐니 뭐니 해도 가미가타(에도시대에 간사이 지방을 이르던 말. 교토, 오사카, 고베 등이 포함된다)지. 한때 가미가타에서 수학해서 평판은 나쁘지 않아. 낭창극의 가락에도 여러 가지가 있는데 말이야. 도키와즈는 아는가? 샤미센에 맞추어 낭창자가 노래하듯 이야기를 하고, 그것에 맞추어 춤을 추는 건데. 재주 있는 게이샤가 가끔 연회석에서 선보일 때도 있지만, 이런 큰 무대에서 보여주려면 나름의 내용이 있어야 재미도 나고 손님도 많이 들어. 내 실력을 발휘해서 쓴 이야기가 샤미센과 잘 어우러졌을 때는 가슴이 상쾌해지지.

최근에는 에도에도 평판이 좋은 낭창자가 있어. 기요모토 엔주라는 인물이야. 도미모토 이쓰키의 제자였는데, 3년 전에 독립했어. 목소리도 샤미센도 스승에게 뒤떨어지지 않을 뿐더러, 지금은 스승보다 더 많이 불려 다니지. 그런 목소리를 두고 미성이라고 하지 싶어. 이제 기요모토 하면 도키와즈 낭창극. 도미모토와 어깨를 나란히 할 정도라네. 내가 쓴 낭창극도 몇 편 해주었어. 조만간 신작을 선보이자고 제안하는 중이지.

연극을 보지 않는 자네에게 이런 이야기를 해본들 소용없나.

아 참, 그리고 배우에 관한 평도 써서 팔고 있어. 어느 배우는 무엇이 장기고, 이 역할이 딱 들어맞는다 등등의 내용이지. 사람들은 그것을 보고,

"과연, 이 연극이라면 이 배우를 보러 가야겠군."

하는 식으로 극장을 결정해. 벌이가 꽤 짭짤해.

그나저나 자네는 기쿠노스케의 친우라면서? 잇파치에게 이야기를 들었고, 기쿠노스케에게 서찰도 받았어.

'그 복수에 대해 알아보러 오는 자가 있을 터인데, 숨김없이 이야기해주시기 바랍니다.'

라고 적혀 있더군. 그래서 숨김없이 이야기해주려고 기다리고 있었건만, 내가 다섯 번째라니. 그렇다면 그날 무슨 일이 있었는지 대강은 알겠군.

이것을 보게. 복수를 행한 다음 날에 나온 요미우리야. 아아, 요미우리를 모르는가. 에도에서는 시중에서 화제가 된 일을 목판으로 찍어서 팔고 다닌다네. 사람이 참살당하는 흉흉한 일부터 인기 있는 찻집 여급의 연정담까지 뭐든 다 실리지. 여기 '귀소항담첩'이라고 적혀 있지? 귀소는 내 호야. 즉, 내가 쓴 글이지. 덕분에 이날 요미우리는 날개 돋친 듯이 팔렸고, 잇파치의 입담과 내 글을 통해 고비키초의 복수는 완전히 화제에 올랐다네.

"나는 이노 세이자에몬의 아들 기쿠노스케. 그대 사쿠베에는 내 아버지의 원수. 여기서 정정당당하게 승부를 겨루자."

하고 당시에는 외우고 다니는 사람이 있었을 정도였다

니까.

눈이 내리는 가운데 빨간 후리소데 차림으로 기다리는 기쿠노스케. 극장에서는 샤미센 반주와 노랫소리가 새어 나왔지.

누가 보기에도 악당이 되어버린 사쿠베에에게 미소년 기쿠노스케가 싸움을 청했어. 이름을 밝히고 칼을 맞댄 끝에 사쿠베에의 머리를 높이 쳐들었지. 눈 속에서 하늘하늘 춤추듯 칼을 휘두르는 기쿠노스케와 육중하게 쓰러지는 거한 사쿠베에의 모습은 어설픈 연극보다 훨씬 볼만했다네. 고라이야(가부키 배우 마쓰모토 고시로의 가문을 일컫는 칭호)나 오토와야의 대단한 연기를 보았을 때처럼 나도 모르게 성원을 보낼 뻔했다니까.

기쿠노스케는 좋은 배우가 될 것이라 생각했는데, 아무 운치도 없는 무가로 돌아가고 말았지.

그나저나 여기까지 들어본 감상은 어떤가? 뭐가 그리 궁금해서 여러 사람을 만나고 돌아다니는 것이야?

음, 복수가 행해진 것은 인정한다고? 그렇다면 그것으로 됐지 않나. 하지만 기쿠노스케의 심정을 모르겠다니, 그야 나도 모르지. 그것은 기쿠노스케에게 직접 물어보는 수밖에.

아차, 관례도 치른 무가의 자제를 경칭 없이 이름으로 부르면 안 되는 것인가. 실례, 실례.

그리고 나에 대해서도 궁금하다고? 대체 왜 무가 출신이 극장에서 각본을 쓰고 있느냐, 그 말인가? 이보게, 여기까지 오는 동안에도 극장 사람들의 과거를 물어보고 다녔다면서? 흐음, 기쿠노스케가 꼭 물어보고 오라고 당부했다고? 즐거운 듯이 말하길래 궁금했다라. 어허, 듣던 중 반가운 소리로군. 기쿠노스케도 그리워한다면, 여기서 함께 보낸 한때가 나쁘지 않았다는 뜻이겠지.

일단 무대에서 내려갈까. 거기 중앙 격자 관람석에 앉도록 해. 남은 과자가 안쪽에 있으니 잠깐만 기다리게.

……자, 만주와 멀건 차밖에 없지만 먹어봐. 이 가게 만주는 피가 얇고 소가 아주 맛있지. 고라이야 사람들이 좋아하는지 후원자들이 잔뜩 가져온다네. 평소에는 말단 배우들이 소매 속에 넣어서 가져가지만 오늘은 남았어.

그나저나 내 이야기라. 남에게 들려줄 만큼 대단치는 않지만 숨길 것도 없겠지. 뭐, 나는 글쟁이지만 입담도 나쁘지 않거든. 내 과거는 가족에게는 수치스럽겠으나 내게는 자랑거리이니 극장 사람들은 대부분 다 알아. 어쨌거나 하타모토 가문을 버리고 극장으로 굴러든 괴짜니까 말이야.

그래, 난 상급 무사 계급인 하타모토 가문에서 태어났어. 아버지는 노노야마 다이젠이라고, 이름이 거창하신 무사 나리시지. 어머니는 평민이었지만, 구라마에(에도 막부가 직접 관할하는 땅에서 거둔 쌀을 보관하던 곳. 쌀은 쇼군의 직속 가신에게 녹봉으로 주었다)에 커다란 창고가 있는 녹봉미 관리 상인의 딸이었어. 일부러 무가에 양녀로 보내서 혼인시킨 것이야. 덕분에 우리 집에 돈 걱정은 없었지.

쇼지(正二)라는 이름 그대로 난 두 번째 아들이야. 위에는 건실하고 야무진 형님이 있었지. 가문을 이을 아들이 아닌 만큼, 형님에 비해 학문에 별로 힘쓰지 않아도 칭찬받았고, 죽도를 쥐는 방법조차 제대로 모른다네. 고생이 뭔지도 모르고 무엇 하나 부족함 없이 살았어. 분명 나 같은 사람을 보고 '하타모토의 철부지 아들'이라고 하는 것이겠지.

이어받을 가문이 없다는 것이 유일한 고민이었지만, 내가 열 살 무렵에 유복한 하타모토인 사토다 가문에 외동딸이 태어났어.

"이야기를 매듭짓고 왔다."

아버지가 그렇게 말씀하시더군. 아직 이름도 짓지 않은 젖먹이가 그날 내 정혼자로 정해졌고, 이어받을 가문도 생겼지. 게다가 정혼 예물까지 녹봉미 상인인 외숙부가 준비해주었고.

"이것으로 너도 안심이로구나."

기뻐하는 아버지의 얼굴을 보면서도 그것이 얼마나 경사스러운 일인지 잘 모르겠더군. 나중에 알고 보니 오히려 그 젖먹이에게는 엄청난 재난이었지.

이어받을 가문이 생긴 차남은 아주 속 편한 신세일세. 일단 사서오경은 뗐고, 주판도 좀 배우고, 도장에서 수련도 했지만 스스로 뭔가 생각할 필요는 없지. 그저 죽지 않고 매일매일 살아가면 그만이야. 어릴 적에는 그것으로 족했지만, 머리가 굵어지자 무언가 미흡한 기분이더군.

"좋은 곳에 놀러 가지 않겠느냐."

열일곱 살 때 나보다 나이가 많고 씀씀이도 좋은 사촌 형님 기혜에를 따라 신바시, 후카가와, 요시와라에 가서 게이샤들과 유흥을 즐겼지. 기혜에는 돈이 많은 데다 쓰기도 잘 썼어. 연회석에서 질펀하게 놀다가 뱃놀이도 가고, 오이란을 불러 밤새 술판을 벌이기도 했지. 세상 사람들이 부러워하는 부호의 유흥을 젊었을 때 실컷 즐겨본 것이야.

"어머나, 호남답게 잘 드시네요."

하고 누님뻘의 아리따운 게이샤에게 칭찬받으면 우쭐해져서 술이 더 잘 넘어가지. 그렇게 취한 꼴로 돌아와 널찍한 저택에서 곯아떨어져. 자다 깨면 머리맡에는 깨끗한 옷이 놓여 있고, 봉당으로 나가면 "도련님, 드세요" 하고 하녀가 해장하라고 된장국을 줬다네.

가문을 이을 장남이 그런 짓을 했다가는 아버지가 불호령을 내렸겠지만, 차남은 속 편한 처지인지라,

"노는 것도 적당히 하거라."

하고 잔소리를 조금 듣는 정도였지.

하지만 그런 유흥이 정말로 즐거웠느냐 하면, 잘 모르겠군. 술도, 여인도, 가무음곡도 물론 좋아해. 전부 가슴이 설레지만, 술기운이 가시고 나면 구멍이 뻥 뚫린 것 같은 공허함만 남더라고. 이 속절없는 공허함은 대체 무엇일까······ 계속 고심했다네.

그러던 어느 날, 상쾌한 바람이 부는 5월이었던가. 눈부신 신록에 어울리지 않게 평소처럼 거나하게 취한 나는 아침 댓바람부터 큰 강 옆을 휘청휘청 걷고 있었어. 그때 염불하는 소리와 방울 소리와 함께 맞은편에서 장례 행렬이 천천히 다가오더라고. 하얀 상복을 입은 할머니와 계집아이가 고개를 숙인 채 관을 멘 남자들을 뒤따랐지. 어느 무가에서 초상이 났구나 싶었다네.

장례 행렬이 다가오자 지나가던 사람들은 눈을 돌리고 길

을 터주었어. 하지만 나는 어쩐지 장례 행렬에 시선이 못 박혔어. 향 냄새가 바람을 타고 코끝을 스치더군. 절이 모여 있는 곳으로 향하는 아무개의 관을 바라보고 있노라니, 나를 괴롭히는 공허함의 정체가 무엇인지 알 것 같았네.

난 태어난 후로 아무 고생도 없이 살았고, 데릴사위로 들어갈 곳까지 정해졌어. 그저 얌전하게 살기만 하면 된다고 다들 말했지.

"도련님은 정말 복 받으신 것입니다."

그런 소리를 허다하게 들었고, 나 또한 그렇게 여기려 했어. 하지만 그것은 내가 바란 바가 아닐세. 내 생각과는 상관없이 물려받은 것이지. 그저 살다가 후사를 얻어서 가문을 잇게 하면 만만세. 아무 생각 없이, 아무것도 하지 않고 살다가 죽으면 돼.

구부러진 곳 하나 없이 쭉 곧은 길 끝에 묫자리가 입을 벌리고 있지. 그 구덩이 속까지 보일 듯한 인생이야. 관에 담겨서 옮겨지는 송장과 무엇 하나 다를 바 없어.

"따분한 인생이로군."

나뭇잎 사이로 비치는 햇빛 아래, 지나가는 장례 행렬을 바라보며 그 한마디를 내뱉었다네.

그 후로도 어떻게든 따분함을 달래고자 늘 그렇듯 술을

마셨지만 그다지 흥겹지 않더군. 이래도 의복과 음식과 집이 부족하지 않은 인생이 보장되어 있다고 생각하자, 묘하게도 세상 사람들에게 창피해서 마음이 편치 않더라고.

"누가 무가 사람 아니랄까 봐, 별 시시한 걱정을 다 하는구나."

하고 사촌 형님 기헤에는 웃었어. 그러나 시시한 걱정이라고 핀잔을 들어도 변함없이 마음이 편치 않았다네.

"그야 도련님이 지금 계시는 곳이, 도련님과 맞지 않기 때문 아닐까요?"

한편 그 무렵 자주 드나들었던 요시와라의 상급 기루에 있던 오이란은 내 이야기에 귀 기울여주었어. 나랑 동갑에 이름은 구즈하였지. 소위 제일 잘나가는 오이란이 아니라 인기로 치면 세 번째 정도. 귀엽게 생겼지만 눈이 휘둥그레질 만한 미녀는 아니었다네. 하지만 연회 자리에서 흥을 잘 돋우었고, 술도 잘 마셨고, 춤과 샤미센 솜씨도 빼어났지. 시조도 읊을 줄 아는 재주 많은 여인이었어.

"시나노(현재의 나가노현에 해당한다) 태생입니다."

일곱 살 때 뚜쟁이에게 팔려 요시와라로 왔다더군. 살빛이 희고 용모도 나쁘지 않아서 상급 기루에서 샀고, 유녀들 시중을 드는 가무로 시절부터 가무음곡에 그림까지 배우면서 오이란으로 키워졌어.

"덕분에 이곳에 오고부터는 도련님과 마찬가지로 고생을
한 적이 없습니다. 여기가 제가 있을 곳인 거지요."

그러면서 활짝 웃었어.

유곽에는 세상의 불행을 죄다 짊어진 듯한 여인도 있어.
그에 비하면 구즈하는 밝아서 좋더군. 취하도록 술을 마시
고, 취해서 춤추고, 같이 잤지.

"도련님은 구즈하의 정인(情人)이니까요."

기루의 안주인까지 그런 소리를 하길래, 어느덧 내가 완
전히 구즈하의 사내가 된 것 같은 기분이었다네. 하지만 상
대는 어디까지나 장사꾼이야. 반년쯤 드나들었을 때 기루의
안주인이 나를 찾기에 가서 화로 앞에 앉았지.

"니혼바시혼고쿠초에 있는 기름집의 은퇴하신 노인장이
구즈하를 낙적시켜주시겠다는군요. 도련님이 구즈하를 아
끼시는 것은 알지만, 아무래도 낙적시켜주실 생각은 없으시
겠지요."

담뱃대를 뻑뻑 피우며 떠보듯이 묻더군. 난 구즈하와 즐
겁게 술을 마시면 그만이었어. 낙적은 생각해본 적도 없었
다네. 내가 아무 말도 없자 안주인은 쓴웃음을 지었어.

"젊으신 분께 물어보는 것 자체가 실례였네요. 구즈하는

도련님께 홀딱 반한 것 같지만, 이것만큼은 어쩔 수가 없지요."

반했다느니 어쨌다느니, 구즈하와 그런 이야기를 한 적은 없었어. 유녀와 손님이니 할 일은 하지만, 거기에 성가신 정을 섞지 않는 것이 구즈하의 좋은 점이자 멋진 점이었지. 안주인은 그런 풍류를 모르는구나 싶었어.

그길로 구즈하의 처소에 놀러 갔다네.

"큰 상점의 은퇴한 노인장이 낙적시켜준다면서? 경사로군. 이럴 때는 축의금을 내는 것이 도리겠지."

내 말에 구즈하는 하하하, 하고 밝게 웃었어.

"도련님과 마찬가지로 저도 의복과 음식과 집이 따라다니는 팔자인 게지요."

아무 미련도 없이 예사로운 말투라서 마음이 편하더군. 그날은 평소처럼 술을 마시고, 샤미센을 타면서 노래하고, 그대로 구즈하의 방에서 잤지.

밤에 문득 깼는데, 곁에서 자고 있어야 할 구즈하가 없더군. 눈을 돌리니 구즈하는 베갯머리에 앉아 내 얼굴을 들여다보고 있었어. 내가 깨어난 것을 보고 눈을 가늘게 뜨고 웃었지.

"축의금은 필요 없으니 가끔 놀러 오세요."

그렇게 잠긴 목소리는 처음 들었다네. 무슨 소리를 하는 것인지 모르겠더군. 정부가 되라는 것인가. 나는 그저 눈을 크게 뜨고,

"……뭐?"

하고 되물었지. 그러자 구즈하는 내 손을 잡고 자기 뺨에 댔어. 구즈하의 하얀 뺨은 젖은 것처럼 차가웠지. 어둠 속에 보이는 검고 깊은 눈에는 빛이 깃들어 있었고. 그 속에 컴컴하고 조용한 늪이 끝 모르게 퍼져나가는 듯하여 덜컥 겁이 나서 손을 빼내고 몸을 일으켰어.

나는 구즈하와 아무 말도 없이 마주 앉았어. 구즈하의 덧없는 표정에서는 매달리는 듯한 낌새가 느껴졌지.

안아주면 된다.

아니, 내게 매달려도 곤란해.

무엇보다 눈앞에 있는 이 여인은 내가 아는 구즈하가 아니었다네. 구즈하라면 이럴 때 깔깔 웃고서 놀려봤을 뿐이라고 말할 테니, 이렇듯 거북한 침묵은 생기지 않아.

내 이마에 식은땀이 맺혔을 즈음, 구즈하가 눈을 휙 돌리더군. 그리고 하하하, 하고 건조한 웃음을 흘렸어.

"술이 독했던 모양이에요. 물을 가지고 올게요."

그러더니 옷을 몸에 걸치고 방을 나섰지. 그리고 그대로

돌아오지 않았다네.

그로부터 한동안 유곽에 갈 기분이 들지 않았어. 가면 구즈하는 밝게 맞아줄지도 모르지. 하지만 구즈하의 마음속에 어두운 늪이 출렁이고 있다고 생각하니, 예전처럼 마시고 노래하고 춤추고 잘 수는 없을 것 같더군.

그저 멍하니 집에 있으니 기혜에가 초밥을 들고 찾아왔어.

"네가 통 안 보인다고 호칸 다이치가 그러더군. 구즈하가 낙적된다는 소식에 침울해진 것 아니냐고 걱정하던데, 넌 그런 성격이 아니잖아."

기혜에의 말에 말문이 막혔다네.

차라리 구즈하가 낙적된다는 소식에 침울해하는 것이 사람으로서 온당한 반응이겠지. 실상은 전혀 달랐지만.

"구즈하가 내게 반했다는 것을 알고 겁이 났어⋯⋯."

기혜에라면 웃어넘기지 않을까 싶었지만, 의외로 흐음, 하며 복잡한 표정을 짓더군.

"그야 어쩔 수 없지."

기혜에의 대답에 짜증이 치미는 것을 스스로도 느꼈어.

"유쾌하고 흥겹게 유흥을 즐기던 사이였어."

거기는 돈을 치르고 유흥을 즐기는 곳이었으니까. 그런데 왜 이런 괴로움과 고통을 맛보아야 한다는 말인가. 어디까

지나 내 위주였지만, 그때는 그렇게 생각했다네.

그러자 기헤에는 쓴웃음을 짓더군.

"유홍이라고 선을 딱 긋더라도 정이 불쑥 고개를 내밀 때도 있지. 세상에 밝고 즐겁기만 한 사람은 없어. 그 누구든 마음속의 짙은 어둠이며 수렁과 타협해가며 지내고 있을 뿐이야. 그런 속내를 드러낼 상대가 필요하다고 느끼는 것도 정이고 말이야. 구즈하에게는 그 상대가 너였지만, 네게는 구즈하가 아니었던 것이지. 그것이야 어쩔 수 없는 일이지만, 정은 정으로 알아주도록 해."

평소 쾌활한 형님 노릇을 하던 기헤에의 목소리가 조용하고 차분하게 들렸지.

"형님에게는 그런 상대가 있소?"

그러자 기헤에는 고개를 갸웃했어.

"글쎄……, 있기도 하고 없기도 하고. 이것만큼은 옷을 벗느냐 벗지 않느냐의 문제가 아니거든. 서로 속내를 보여주는 상대가 꼭 여인이라는 법은 없어. 사내일 수도 있고, 나무나 돌, 부처님 같은 것일 수도 있겠지. 문득 이자에게 마음을 맡기고 싶다는 생각이 들었을 때, 기분이 조금 편해져. 한때나마 네가 구즈하에게 그런 사내였다는 것은 나쁜 일이 아니야."

낙적이 결정된 구즈하는 기루에서 노인장이 기다리는 찻집까지 마지막 행차를 했지.

나는 그날 오랜만에 요시와라에 갔다네. 쾌청한 봄날. 앞장선 가무로가 꽃가루를 뿌리는 가운데, 호화로운 모란이 그려진 비단 덧옷과 거북 껍데기로 만든 비녀로 보란 듯이 꾸민 구즈하가 천천히 걸어왔지. 행렬이 지나감을 알리고자 잡부가 쇠막대를 맞부딪치는 소리와, 오이란의 굽 높은 나막신 소리가 울려 퍼져서 그야말로 연극의 한 장면을 보는 것 같더군.

열 살도 되기 전에 뚜쟁이에게 팔려 온 구즈하에게 고뇌가 없을 리 만무했지.

'고생을 모르고, 의복과 음식과 집이 따라다니는 팔자.'

라고 말했던 것은 내게 맞추어주었을 뿐이야. 언젠가 호칸이 했던 말이 떠올랐다네.

"구즈하 씨의 고향은 일전에 아사마야마산이 불을 내뿜었을 때 완전히 사라졌다고 하더군요. 가엾어라."

나도 궁금해서 물어보았지만 구즈하는 웃었어.

"원래 부모에게 버려진 신세라, 여태까지 아무 기별도 받은 적이 없습니다. 잘 지내는지 걱정해봤자 무슨 소용이겠어요?"

그것도 그렇다고 곧이곧대로 받아들인 나는 바보였다고 새삼 뉘우쳤어.

행차하는 구즈하를 보며, 이렇게 아름다웠나 싶었지. 마치 처음 보는 사람 같았어. 그 여인은 자기 마음속의 어둠도 수렁도 삼키고서, 빛이 비치는 쪽을 향해 나아갔어.

행차하던 구즈하의 시야 한구석에 내 모습이 들어온 모양이야. 이쪽을 힐끗 보더니, 표정 변화 없이 눈꺼풀만 살짝 내리깔며 알은척을 하더군. 그리고 고개를 돌려 앞을 똑바로 보았어. 짤그랑, 짤그랑 쇠막대를 부딪치는 소리가 지나갔고, 구즈하가 남긴 향기가 코끝을 스쳤지.

구즈하는 어디까지나 의연하게, 나 같은 것을 돌아보지 않았어.

한심한 것은 나뿐이었지. 나 자신이 점점 더 싫어졌다네.

그런데도 내 삶을 바꿀 장한 마음을 먹지 않은 것은 타고난 천성이 비뚤어진 탓일까. 방탕한 삶을 그만둘 수가 없었어. 그래도 하다못해 기예라도 배워보고자 가무음곡에 만담까지, 스승을 찾아서 왕래했다네. 어렸을 때부터 노래를 배우기도 해서인지 제법 소질이 보였던 모양이야.

"도련님의 재주가 이리도 뛰어나다니, 저희 밥줄이 다 끊어지겠군요."

호칸 다이치가 그렇게 말할 정도였지. 연회석에 있던 게 이샤들도,

"정말이에요."

하며 웃었고.

그저 도락으로 즐기는 일을 칭찬받아도 민망할 뿐, 별 보람이 느껴지지 않더군. 변함없이 공허한 마음을 주체하지 못하고, 더욱 따분해진 채로 어느새 스물여섯 살이 되었어.

그 무렵 로주 마쓰다이라 사다노부 공이 비속한 기예와 글을 단속하겠노라고 공언한 뒤로, 딱딱한 소리만 해대는 유학자들이 위세를 떨치고 있었지. 방탕아인 내게 무가 저택은 점점 지내기 불편한 곳이 되어버렸어. 결국 답답한 집을 떠나 기혜에 형님이 에도에 소유한 쪽방 한 칸에 들어갔다네. 하녀고 하인이고 없는 삶은 의외로 편하더군. 거리에 나가면 노점도 있으니까. 의복과 음식과 집이 따라다니는 팔자인 만큼 며칠에 한 번은 문간에 쌀, 된장국, 서찰이 놓여 있었고. 서찰에는 '아무튼 한 번은 돌아오너라' 하고 어머니의 글씨로 적혀 있더군.

어느 여름날 밤, 더위도 식힐 겸 오랜만에 요시와라에 갔어. 구경하며 걷고 있자니 씀씀이가 좋아 보였는지, 가무로 며 호칸이며 시로쿠비(길거리에서 호객하는 최하급 유녀)가 다

가오더군. 점점 넌더리가 나던 중에 상급 기루 앞에서 소란을 피우는 자가 눈에 들어왔지.

"그러니까 사는 것이 아니라 이야기를 듣고 싶을 뿐이라잖나."

나이는 마흔네댓 살쯤 되었을까. 가미가타 사투리로 떠들어대는 그 사내는 몸집은 작았지만 움직임이 기민했고, 직인이나 상인으로는 보이지 않았어. 허름한 기모노 차림에 목 언저리에도 때가 묻었더군. 아무래도 상급 기루의 손님으로는 보이지 않건만, 기루 앞에서 잡부와 나이 든 여급을 상대로 다투더라고.

"무슨 일인가."

내가 말을 걸자,

"도련님 오셨습니까."

하고 잡부가 인사를 했지. 기혜에와 자주 놀러 왔던 덕분인지, 한동안 유곽을 찾지 않았어도 얼굴이 기억났던 모양이야.

"이자가 아까부터 오이란에게 이야기를 듣고 싶다고 억지를 쓰지 무엇입니까."

사내는 나를 보자마자 쓱 다가왔지.

"그대는 이 기루의 단골이오? 마침 잘 왔군요. 오이란의 이야기가 듣고 싶은데, 힘을 좀 빌려주지 않겠습니까?"

그렇게 묘한 소리를 하더군. 주변에 사람들이 모여들자 잡부와 여급은 난처한 표정을 지었어. 나야 어차피 따분해서 나왔을 뿐이니까, 그 기묘한 사내에게 술 한잔쯤 사주기로 마음먹었다네. 오랫동안 오지 않았던 탓에 의리상 찾아가야 할 오이란도 없었거든.

"그럼 내가 술을 사지. 오이란은 그쪽에서 골라도 상관없네."

그러자 사내는 등잔만 해진 눈으로 격자 안쪽을 들여다보았지. 그리고 화려한 오이란 야쿠모와 인기가 없어 구석에 처박혀 있던, 코가 조금 낮고 얼굴에 주근깨가 긴 유녀 소메노를 골랐어.

"이 두 사람으로."

소메노는 깜짝 놀랐고, 야쿠모는 소메노와 함께 선택당한 것이 불만스러운 듯했어.

사내의 이름은 고헤이였어. 가미가타에서 왔다더군.

연회실에 자리를 마련하자, 고헤이는 술이고 요리고 전부 제쳐놓고 느닷없이 야쿠모에게 다가갔지. 처음 만난 자리에서 오이란에게 손을 대면 기루 사람들에게 쫓겨난다고 충고하려 했지만, 고헤이는 야쿠모의 손을 잡는 것이 아니라, 품에서 필기첩을 꺼내더니 씩 웃었어.

"이보시게, 얼굴이 참 곱군. 어디 태생인가? 어떤 기예에
자신이 있나? 좋아하는 것은 무엇이고?"

여색에 관한 이야기를 하는 것이 아니라, 오히려 자기가
오이란에게 술을 따라주며 잇달아 그런 것을 묻더군. 그리
고 야쿠모가 한마디라도 대답하면 고개를 일부러 크게 끄덕
이며 몸을 내밀고 이야기를 들었어. 처음에는 의아하게 바
라보던 야쿠모도 띄엄띄엄 이야기하는 동안 점차 표정이 풀
어졌고, 가끔 가볍게 웃기도 했지.

"야쿠모 님, 다음 연회석으로 가셔야 합니다."

가무로가 와서 불러도,

"잠깐만 기다리렴."

하며 고헤이에게서 떨어지지 않으려 했을 정도야.

야쿠모가 가무로에게 끌려가다시피 연회실을 나서자, 이
번에는 소메노에게도 다가가서 술을 따라주며 이야기를 듣
더군.

"그것참 큰일이었군. 정말 고생이 많았어."

그 말에 소메노가 낮은 코를 문지르며 으읍, 하고 오열을
참듯이 눈물을 흘렸지. 고헤이는 그 옆에 앉아 등을 문질러
주며,

"잘 견뎠어, 참으로 잘 견뎠어."

하고 위로했어. 나는 술잔을 든 채 얼떨떨한 기분으로 그 모습을 바라만 보았지.

지금까지 유흥에 일가견이 있다는 사내들을 수없이 보아 왔네. 그들은 모두,

"대단하세요, 손님. 반하겠어요."

하고 게이샤들에게 격찬을 받았어. 지금 생각해보면 그 칭찬은 전부 돈을 주고 산 웃음과 함께 나온 말이었지.

하지만 고헤이는 달랐어. 느닷없이 바싹 다가가서 미모로 이름을 떨치는 오이란도, 주근깨투성이인 인기 없는 유녀도 잠깐 사이에 민낯을 드러내게 만들었지.

술과 안주는 내버려둔 채 이야기를 한바탕 들은 후 돌아 가는 길.

"그대는 누구인가?"

요시와라의 대문을 둘이서 나란히 빠져나가며 물어보았 어. 내가 듣기에도 엄한 목소리라, 마치 죄인을 추궁하는 것 처럼 느껴질 정도였어. 고헤이는 춤추듯이 몸을 빙글 돌리 더니 만면에 쾌활한 웃음을 지었지.

"말했을 텐데요. 고헤이입니다. 나미키 고헤이. 오사카의 나카자에서 각본을 쓰는 일을 하고 있지요."

생업으로 연극 각본을 쓰는 사람이 있다는 것은 물론 알고 있었어. 하지만 직접 본 것은 처음이었다네.

"왜 오이란과 이야기를 하고 싶었던 것인가. 오늘 보아하니 오이란과 정을 통하고 싶었던 것은 아닌 듯한데. 그러나 유곽에 익숙지 않은 기색도 아니야."

"연극 때문입니다."

들어보니 고헤이는 가미가타에서 일어난 사건을 바탕으로 각본을 쓰는 중이라고 하더군.

"50년쯤 전에 사쓰마번(현재의 가고시마현 서부 일대)의 명청한 무사가 격분하여 소네자키 신개지(新開地) 유곽에서 유녀를 다섯 명 죽였습니다. 끔찍한 이야기지요……. 하지만 죽은 게 화류계 여인들이라는 이유로 항간에서는 싸늘하게 백안시하기도 합니다. 그것이 아무래도 마음에 안 들어서요."

"마음에 안 든다니, 무엇이?"

"가미가타 신개지 유곽이나 시마바라 유곽에서도 오이란들에게 이야기를 들었으니, 기왕이면 에도의 요시와라에 있는 유녀들에게도 이야기를 듣고 싶었습니다. 그리하여 들어보니 어디든 똑같더군요. 평범한 여인도, 유곽의 여인도 마음속은 똑같이 아프고 괴롭습니다. 유곽의 여인만 화류계 사람이라고 멸시해서 보이지 않게 되는 것도 있지요."

그 말이 내 가슴에 바늘처럼 푹 꽂히더군. 나도 마음 한구석에서는 구즈하를 유곽의 여인이나 화류계 사람이라고 선을 그으려 했던 것이겠지. 그렇듯 한심한 심성을 그자가 꿰뚫어 본 것 같은 기분이었어.

하지만 고헤이는 그러한 내 못난 성격에는 아랑곳없이 말을 이었지.

"저는 제 붓으로 다섯 여인을 성불시키고 싶습니다."

그렇게 말하는 고헤이의 눈은 어린아이처럼 반짝반짝 빛나 보였어. 겉보기에는 궁상맞은 중년 사내였지만, 온몸에서 풍기는 발랄한 분위기는 눈부실 정도였다네.

"흥겨워 보이는군, 그대는."

"그야 흥겹지요. 도련님은 흥겹지 않습니까?"

"글쎄…… 흥겨운 것이 무엇인지 모르겠군. 돈도 있고, 보드라운 비단옷도 입고 다니지만, 속이 텅 비었기 때문일까."

그러자 고헤이는 하하하, 하고 소리 높여 웃더군. 인기척이 얼마 없는 요시와라 논밭에서 개구리가 시끄럽게 우는 소리조차 지워버릴 만큼 웃음소리가 크게 울려 퍼졌지.

"사람은 누구나 텅 비어 있습니다. 하지만 대부분은 내일 먹을 밥이며 오늘 누울 잠자리를 마련하기 위해 죽을 둥 살 둥 애쓰느라 알아차리지 못하지요. 그 사실을 알아차렸다는 것은 그만큼 도련님이 복 받았다는 뜻입니다."

"아아, 고맙게 여기고 있어."

"조금도 고마워하지 않는 것처럼 들립니다만."

그리고 내 얼굴을 유심히 바라보더군. 뜯어보는 것처럼 날카로운 눈빛이 아니라, 어쩐지 감싸듯이 따스한 눈빛이었다네. 왜인지 모르게 안심된다고 할까……. 그러한 느낌에 깜짝 놀라서 쓴웃음을 지었지. 처음 만난 사내에게 그런 느낌을 받다니 참 희한한 일이었어. 그러고 있자니 고헤이가 고개를 갸우뚱하더군.

"가슴에 맺힌 응어리가 있다면 제게 토해내보는 것이 어떻겠소이까?"

응어리라고 할 만한 것은 아니라고 말하려 했지만, 어쩐지 이 사내가 상대라면 흉금을 털어놓아도 괜찮을 것만 같았지.

"복 받았다는 것은 나 스스로 아무것도 하지 않아도 괜찮다는 뜻일세. 하지만 그래서는 살아 있는 기분이 들지 않아. 하릴없이 공허해지지. 복에 겨운 소리라는 것은 알지만, 더는 못 견딜 것 같은 때가 있어. 그리고 그런 식으로 느끼는 나 자신이 누구보다도 싫어. 대체 어찌하면 좋을지 늘 생각한다네."

고헤이는 흐음, 하고 소리를 내며 고개를 갸웃하더니, 공들여서 찬찬히 말을 자아내듯 입을 열었어.

"재미있어하면 되지 않겠습니까."

그 입에서 튀어나온 대답을 듣고 나는 쓸쓸한 웃음을 지었지.

"아주 쉽게 말하는군."

이쪽은 점차 심해지는 공허함과 따분함을 끌어안고 10년 남짓 끙끙대고 있는데, 재미있어하라는 한마디로 어떻게 싹 정리가 되겠는가?

그러자 고헤이는 이를 내보이며 자랑스럽게 웃었어.

"재미있어하는 것은 쉬운 일이 아닙니다. 그것이야말로 재주예요. 저는 극장 문지기의 아들로 태어나, 화젯거리가 될 만한 인생은 살아오지 않았습니다. 그래도 연극만큼은 잔뜩 보았어요. 여인에게 냉대를 당해도 세와쿄겐(에도시대 서민이나 상인의 사회상을 소재로 한 연극)의 미남 배우라도 된 양 재미있어하지요. 현세에서 명쾌하게 결론을 낼 수 없는 일이 생기면 도깨비, 여우, 귀신을 조합해 이야기로 이어나갑니다. 제 머릿속은 그러한 등장인물들이 뱉어낸 명대사로 가득하답니다."

"어수선하겠군."

"그렇지요. 하지만 따분할 틈도 없습니다. 도련님, 기다리다 보면 누군가가 재미를 어디서 가져다주겠거니 생각한다면 큰 오산이에요. 재미있어하는 것에는 각오가 필요한 법입니다."

"재미있어할 각오인가?"

"그렇습니다. 재미있게 해달라니, 토라진 어린아이도 아니고 말이지요. 구슬 달린 장난감 북을 가지고 놀 수 있게 되면, 그다음부터 따분한 것은 전부 자기 탓입니다."

"내 탓이라……."

예상치도 못한 말이었지. 따분함에 지친 나는 아무도 나를 재미있게 해주지 않는 것에 토라져 있었을 뿐이었단 말인가.

"그리고 그대는 그 재주가 뛰어나다는 것이로군. 그것참 흥겹겠어……."

"그렇고말고요."

고헤이는 전혀 뽐내는 기색 없이 그렇게 말했지.

그때까지 예인들에게 '부럽다', '흥겨워 보인다' 하고 칭찬한 적은 얼마든지 있었다네. 그때마다 예인들은,

"과찬이십니다, 도련님."

하고 겸손을 떨면서 칭찬을 물리쳤지. 하지만 고헤이는

내 말을 있는 그대로 순수하게 받아들이고서 만면에 웃음을
지었어.

"나도 그대처럼 되고 싶군."

"제자가 되고 싶다면 언제든지 가미가타로 오시지요."

그러더니 고헤이는 가미가타 지방의 노래를 흥얼거리며
한가로이 걸음을 옮겼다네. 자그마한 그 뒷모습을 따라가고
싶다는 기분에 휩싸여 부랴부랴 고헤이를 뒤쫓아 갔어.

그로부터 며칠간, 에도의 유흥을 알고 싶다는 고헤이를
데리고 다니며 함께 술을 마시고 이야기를 나누었지. 값싸
고 너저분한 주점에서 나보다 연상인 궁상맞은 사내와 술을
마시는 것이 그 어떤 호사로운 연회보다도 흥겹다는 것을
깨달았다네.

하지만 정작 고헤이는 그 후에,

"그럼 안녕히 계십시오."

라는 한마디를 남긴 채 작은 보따리를 들고 가미가타로
돌아가버렸지.

뭐라 형언할 수 없는 쓸쓸함과 함께 쪽방으로 돌아오니
본가에서 보낸 서찰이 있더군. 변함없이 돌아오라고 적혀
있었어. 이번에 돌아가면 기어이 혼담이 진행될 것이라 생
각하자 다리가 무거워졌지. 정혼자인 사토다 가문의 오타에

가 열일곱 살이 되는 해였어. 오타에가 여덟 살이 됐을 무렵에 만난 것이 마지막이었고, 그 후로는 놀러 다니느라 바빠서 제대로 보러 가지도 않았다네. 오타에가 대여섯 살 무렵에는 오라버니, 오라버니 하며 따르는 것이 귀여워서 같이 소꿉놀이를 하며 놀아준 적도 있었지. 하지만 그 아이가 내게 채워진 족쇄같이 느껴진 뒤로는, 천진난만하게 다가오는 것이 괴롭기도 했어.

가을이 깊어지던 어느 날, 머리를 다듬고 집으로 돌아오는데, 골목 입구에서 동네 목수의 안사람이 불러 세우더군.

"도련님, 큰일 났어요."

그러면서 팔을 잡아당기길래 함께 쪽방으로 가니, 문 앞에 연홍색 후리소데 차림의 아가씨가 하녀를 데리고 서 있는 것 아니겠는가. 퇴락한 골목에 계절을 착각한 꽃이 만개한 것 같더군. 그 아가씨는 나를 보자마자 환하게 웃었어.

"오라버니, 오랜만이에요. 사토다의 타에입니다."

"오타에……."

오라버니라는 말을 듣고서야 내 정혼자임을 알아차렸어. 어떤 표정으로 뭐라고 대답해야 할지 몰라서 눈을 돌렸다네.

"일단 안으로."

구경하러 나온 쪽방 사람들을 돌려보내고 좁은 방으로 들어가, 후줄근한 방석을 한 장 깔고 오타에를 앉혔지. 중년의 하녀는 마룻귀틀에 어정쩡하게 앉았고. 나는 편치 않은 마음으로 오타에 앞에 앉아 새삼 그 모습을 확인했어. 이 방에는 몹시 어울리지 않는, 큼지막한 모란을 장식해놓은 것 같더군. 워낙 밝은 분위기라 좁고 꾀죄죄한 쪽방에 있다는 사실을 잊어버릴 뻔했어. 후리소데가 바닥의 먼지로 더러워지지는 않을까, 그런 것만 걱정됐지.

"좀처럼 집에 돌아오지 않으신다기에 한번 뵈러 왔어요."

검은자위가 커다란 눈으로 나를 빤히 보더군. 망설임도 흔들림도 없는 눈빛이었어. 범부채 열매 같은 그 눈에 내가 어떻게 비칠지 생각하자 창피해서 견딜 수가 없었지.

"심술궂은 하녀들은 분명 쪽방에 여인이 있을 것이라고 하더군요. 그렇지 않더라도 사이좋은 사람이 있어서 저와 함께할 수 없는 것이라고도요. 하지만 여기에 여인이 있는 것 같지는 않네요. 오라버니, 왜 돌아오지 않으시는 것인가요?"

오지랖 넓은 하녀들에게 부추김을 당한 모양이야. 그나저나 너무나 직설적인 질문이라 대답이 궁하더군.

사이좋은 여인은 없었네. 정확하게 말하자면 여인은 있다 없다 했지만, 여인 탓에 데릴사위로 들어가지 못하는 것은 아니었어. 혼례를 올리는 순간, 못자리까지 옮겨지는 관에 들어가는 기분이 들 것 같았기 때문이지……. 그런 말을 해 본들 무슨 소리인지 오타에가 알겠나.

잠시 침묵이 흐르자 오타에가 고개를 갸웃하더군.

"제가 싫으신 것인가요?"

"아니, 그렇지는 않아. 그, 과연 내가 사토다 가문에 걸맞은 인물일까 고민돼서 말이야."

오타에의 집도 우리 집처럼 격 있는 하타모토 가문이지. 그 가문을 이어받는다면 방탕한 생활은 더 이상 용납되지 않아. 무엇보다 장인어른의 눈도 있으니까.

"그런 걱정은 하지 않으셔도 됩니다. 오라버니께서 무탈하게 지내실 수 있도록 저도 애쓰겠습니다."

그윽하게 웃는 그 모습이 실로 아름다워서 넋을 잃고 바라볼 정도였어. 하지만 그렇기에 손대기조차 망설여지는 기분이었다네. 이 아가씨를 손에 넣는 순간, 나는 이 아가씨를 위해 살고 싶어질 터였지. 설마 어릴 적에 침을 흘리며 걷는 모습을 보았던 오타에에게 이런 마음을 품는 날이 올 줄은 생각지도 못했어.

아무래도 도망만 칠 수는 없을 듯했기에 마지못해 본가에 들렀지.

"드디어 돌아왔구나."

어머니는 금방이라도 울 듯했지만, 쪽방에 물건을 전하러 오셨을 때 뵙고 고작 한 달밖에 지나지 않았었다네.

"못 봤다고 이러는 게 아니야. 집에 돌아온 것이 기뻐서 그렇지."

변함없이 아들에게는 물러터진 분이셨어. 한편 아버지는 껄끄러운 표정이시더군.

"사토다 가문의 오타에와 혼인하기로 한 것에 대해 할 이야기가 있다."

결국 일이 진행되는 것인가 싶어 어금니를 꽉 깨물었다네. 하지만,

"네가 방탕하게 지내는 사이에 상황이 좀 달라졌어."

예상치 못한 말을 꺼내셨지.

알고 보니 오타에에게 혼담이 빗발치듯 들어온다더군. 정혼자가 있다고는 하나 소문난 방탕아고, 본가에도 돌아오지 않으니까. 한편 오타에는 아름답고 총명해서 젊은 무가 자제들 사이에서 평판이 좋았어.

"또한 사토다 님에게 첩의 소생도 있고 말이야."

사토다 가문에 하녀에게서 얻은 다섯 살짜리 아들이 한 명 있다더라고. 장모님은 어딘가 양자로 내보낼 생각이었지

만, 장인어른은 방탕 삼매경에 빠진 사위보다, 첩의 자식이라고는 하나 친아들에게 가문을 물려주고 싶은 것이 본심이었겠지.

"덧붙여 지방의 영주를 섬기는 어떤 젊은 무사가 오타에에게 구혼하였다."

들자 하니 요닌(지방 영주 밑에서 서무, 회계 등을 맡아 보던 직책)이고 녹봉도 300석이 넘는 모양으로, 안정적인 혼사처라 할 수 있었지. 첩의 아들에게 가문을 물려주고 싶은 장인어른 입장에서는 딱 좋은 상황이었어.

"방탕아를 사위로 맞아 고생을 시키느니, 성실한 무사와 혼인시키는 편이 오타에에게도 좋을 것이야."

장인어른은 그렇게 말하기 시작했지. 참근 교대가 끝나면 딸도 같이 먼 곳으로 가야 하니까 싫다고 장모님은 불평했지만, 그 젊은 무사를 직접 만나보니 의외로 번듯한 청년이라 마음이 점점 기우는 모양이었고.

"오직 오타에만이 널 남편으로 맞고 싶다고 한다. 하지만 당사자인 네가 도망치려는 태도여서는 아무 도움도 안 돼. 어떻게 할 생각이냐."

계속 도망 다녔던 주제에 막상 일이 그렇게 되자 갑자기 오타에가 아까워지더군. 구차한 인간의 본성은 그런 것인가

봐. 결국 내 방탕함은 각오고 나발이고 없이, 그저 앞길이 정해져 있기에 부릴 수 있었던 응석에 지나지 않았다는 것을 깨달았다네.

일단 쪽방으로 돌아와서 방을 멍하니 바라보고 있자니, 그날 이 작고 꾀죄죄한 방에 모란이 핀 것처럼 앉아 있던 오타에가 떠올랐어.

기분 전환 삼아 술이라도 마시려고 가을의 긴 밤에 홀로 주점에 가서 토란 조림과 푸성귀 무침을 안주로 술잔을 기울이고 있자니,

"잠깐 괜찮겠소이까."

하고 웬 젊은 무사가 앞자리에 앉더군.

"오, 상관없소."

살펴보니 아직 열여덟아홉쯤 되었을까. 정수리까지 민 머리는 파르스름하고 얼굴은 갸름하고 하얘 단아한 사내로 보였지만, 검술을 수련하느라 손에 굳은살이 박였고 손목에도 힘줄이 불거졌더군. 키가 훤칠하고 눈에도 힘이 넘쳤지. 연극에 나오는 선한 무사를 그림으로 표현하면 이렇겠구나 싶더라고.

"노노야마 쇼지 님인 줄로 아오만."

그 말을 들은 순간 아아, 이 녀석이구나, 하고 감이 딱 왔다

네. 오타에에게 구혼했다는 젊은 무사 말이야. 장모님은 장인어른에게 설복당한 것이 아니야. 이 젊은 무사에게야말로 딸을 맡기고 싶다는 마음이 생긴 것이겠지. 그럴 만도 하겠더군. 이 젊은 무사와 오타에가 나란히 서면 다이리비나(일왕 내외의 모습을 본떠서 만든 한 쌍의 인형)처럼 보이겠다 싶더라고. 이 사내는 무사도가 못자리까지 똑바로 이어지는 길일지언정, 허리를 쭉 펴고 꽃길을 걷는 것처럼 나아갈 듯하더군. 나처럼 망설이며 갈팡질팡하지 않고 말이야.

난 주점 주인에게 술을 한 병 더 청하고, 젊은 무사의 잔에도 술을 남실남실 따라주었지.

"그대는 사토다의 오타에 님에게 반했나?"

"그렇소."

즉답이었다네.

"눈부시군……."

그것이 본심이었지. 나는 여전히 내 마음속조차 모르는데 말이야.

"난 그 아가씨가 태어났을 때 정혼한 사이야. 일단 물어보고 싶군. 그 아가씨의 무엇을 알기에 아무 망설임도 없이 반했다고 말할 수 있는 것인가. 용모를 보고 그러는 것인가?"

"설마. 그뿐만은 아니오. 그분은 다정하고, 정숙하고, 올곧은 분이외다."

어느 날, 오타에가 옷이 더러워지는 것도 개의치 않고 길가에 넘어진 노파를 일으켜 세워주는 모습을 보았다더군. 같이 도와준 것을 계기로 어느 집 아가씨인지 궁금해졌다고해. 그 후, 이야기를 나누어보고 더더욱 끌렸고.

성격이 비뚤어진 나로서는 너무나 아름다운 그 연정담이 거짓말같이 느껴졌지만, 오타에는 생색 하나 내지 않고 그런 일을 할 법한 사람이기는 했어.

"그런데, 그대는 반했다 치고 오타에는 뭐라 하던가."

"그분은 정혼자가 있으니 우리의 연분은 없는 것으로 알아달라고 말씀하셨소. 태어나자마자 혼인하기로 정해진 분이고, 몇 년이나 만나지 못했지만 기다리고 있다고……. 대체 어떤 분일지 궁금했소만."

"실망했겠지."

젊은 무사는 입술을 꽉 깨물고 말을 삼켰어. 얼굴에 '실망했다'라고 똑똑히 쓰여 있더군.

"부모끼리 맺은 약조는 내버리면 되지 않느냐는 생각이겠지. 나도 동감일세."

젊은 무사는 내 말에 놀란 눈치였다네. 난 토란 조림을 입에 넣고 술과 함께 삼켰지.

"그 아가씨는 성실하기에 나를 쳐낼 수가 없어. 그대에게 반했는지는 모르겠군. 다만 내게 반한 것이 아니라는 사실은 내가 제일 잘 알아. 기껏해야 친해서 잘 따를 뿐이야. 내가 오타에라면 그대를 고르겠지."

진심에서 우러난 생각이었어. 젊은 무사는 마음을 단단히 먹고 왔다가 맥이 풀린 탓인지, 갑자기 소년같이 순진한 얼굴로 날 바라보더군. 난 더 이상 젊은 무사의 얼굴을 똑바로 볼 수 없었다네. 비참한 심정이 점점 커졌거든. 그래도 허세를 부려 돈만 놓고 젊은 무사를 남겨둔 채 주점을 나섰지.

술에 취해 걸음을 옮기자 가을바람이 몸에 스미면서 문득 쓸쓸한 마음만 솟아올랐어. 더할 나위 없는 아가씨와 혼인해 하타모토 집안을 이어받는다는, 아무 난관도 없이 평탄한 인생을 스스로 걷어찬 주제에, 어쩐지 억울하고 참담한 기분이었다네.

'재미있어하면 되지 않겠습니까.'

갑자기 머릿속에 고헤이의 목소리가 되살아났어.

걸음을 멈추고 올려다보자 물기 하나 없이 쾌청한 가을 밤하늘에 둥그런 달이 은빛을 발하고 있더군.

내 눈앞에 못자리까지 이어지는 길이 똑바로 뻗어 있다고 생각했었어. 그것이 무서워서 샛길로 달아나자 벼랑에 다다랐지. 참으로 한심하지만, 정신없이 우왕좌왕하는 그 꼴이 희극 속 젊은 하인처럼 우스꽝스럽더라고.

"재미있군그래."

나도 모르게 뱃속에서 웃음이 솟아오르길래 하하하 소리 내어 웃었네. 이런 식으로 웃는 것이 얼마만인가 싶더군.

나는 그길로 본가에 돌아갔어.

"아버지, 사토다 가문의 오타에 님과 정혼한 것을 파혼해 주십시오."

만취한 아들의 말을 아버지가 어떻게 받아들이셨는지는 몰라. 어머니는 우셨지만, 아버지는 일이 이렇게 될 것을 짐작하고 계셨던 것 같기도 해.

"아주 후련한 표정이로구나."

아버지는 쓸쓸한 표정으로 그렇게 말씀하셨지.

다음 날, 나는 단정한 몸차림으로 사토다 가문을 방문하였다네.

"참으로 유감이로군."

장인어른이 될 뻔했던 분은 그렇게 말씀하셨지만, 어쩐지 기뻐 보이기도 했어.

돌아가려고 저택을 나서는데,

"오라버니."

하고 부르는 소리에 돌아보니 오타에였어. 저택 담장 위로 뻗어 나온 단풍나무 가지에서 붉게 물든 잎사귀가 연노란색 후리소데 위로 하늘하늘 떨어졌지. 그 모습은 청초해 보이면서도 심지가 굳은 아카히메 같았고, 오타에가 서 있는 자리만 더욱 빛나는 것처럼 느껴졌다네.

"어떻게 생각해도 내가 물러나는 것이 도리겠지. 네게는 좋은 혼사처가 있으니까."

"세이 님은 그런 분이 아니에요."

세이 님이 그 젊은 무사라는 것은 금방 알겠더군. 오타에는 정혼자인 내 체면을 세워주려 했지만, 한편으로 그 젊은 무사의 한결같은 마음에 끌린다는 것도 이름을 말한 목소리에서 짐작이 갔어. 내가 없으면 순조롭게 혼인할 수 있을 터였지.

"오타에. 나는 틀에 박힌 삶이 아무래도 성미에 맞지 않는구나. 그 말을 하고 싶어도 할 수가 없어서 오늘까지 길을 헤맸단다. 나 같은 놈을 남편으로 맞으면 너까지 길을 헤맬 것이야. 그것은 나도 바라는 바가 아니다. 그러니 차라리 너와 인연을 끊는 편이 낫겠구나. 다른 사람과 행복하게 살거라. 그것이 나를 위한 일이다."

거짓 하나 없는 본심이었지.

말없이 듣고 있던 오타에는 눈물 가득한 눈으로 내 얼굴을 빤히 쳐다보다가 네, 하고 깊이 고개를 끄덕였어.

"처음으로 오라버니의 속마음을 들은 것 같네요. 말씀해주셔서 감사합니다."

생각해보면 태어났을 때부터 정혼한 사이인데 본심이고 뭐고 어떻게 서로 나누겠는가. 그때까지 내 마음속의 어둠과 수렁을 오타에게 보여준 적은 없었네. 정혼자라는 명목으로 느슨하게 매어놓은 속박의 끈이 풀리고 나서야 겨우 서로의 본모습이 보인 것이야.

아아, 오타에가 누구보다도 행복하기를 바라지만 그 옆에 있는 것은 내가 아니다. 그 사실을 받아들이고서 진심으로 안도했다네.

어머니는 아들의 됨됨이가 못난 것은 제쳐두고서,

"사토다는 너무 박정해."

하고 한탄한 끝에 다른 무사 집안 신분을 사서 후계자로 넣어주겠노라고 말씀하셨어. 아버지는 데릴사위로 들어갈 곳을 다시 찾아보겠다고 하셨지만 내가 말렸지.

"가미가타로 가서 게사쿠 작가의 제자로 들어가고 싶습니다."

처음으로 내 앞길을 나 스스로 명확히 결정한 기분이었다네. 어떤 길을 나아가도 결국은 묫자리에 들어가. 그래도 산 채로 관에 담겨서 어느덧 묫자리로 옮겨지는 인생을 살기보다는, 이리저리 구부러졌어도 내가 택한 길을 나아가보고 싶었어.

어머니는 울면서 말리셨어.

"광대나 되라고 지금까지 키운 것이 아니야."

아주 모멸적인 언사였어. 극장을 악처라고 부르며 얼씬도 하지 않으셨던 어머니가 보기에 예인은 그런 존재겠지. 아버지는,

"도락을 금할 생각은 없다. 무가라고 해서 꼭 딱딱한 격식에 얽매여 살아야 한다는 법도 없으니까."

하고 말씀하셨어. 무사라는 신분을 짊어진 채 기예를 즐기면 된다는 뜻이셨겠지. 나는 어쨌거나 그 '무(武)'라는 글자가 보이지 않는 곳으로 도망치고 싶었던 것인데 말이야.

말을 나누어봤자 통하지 않을 것은 알고 있었기에, 더는 아무 말도 하지 않고 짐을 꾸려 가미가타로 내뺐다네.

"그대의 제자로 받아주었으면 하오."

오사카 도톤보리 근처 나카자에 살던 나미키 고헤이는 나를 보고 놀란 눈치였지만, 쫓아내지는 않더군.

"잘 왔소. 좋아. 여기 있으면 따분할 틈은 없을 거요."

변함없이 시원시원하게 나를 받아주었지.

스승이니 제자니 해봤자 특별히 뭔가 지도해주는 것은 아니었어. 나는 그저 고헤이 사부에게 찰싹 붙어 다니는 수밖에 없었지.

"써보게."

그렇게만 말하더군. 뭘 쓰면 좋을지 모르겠다고 하자 사부는 웃었어.

"뭘 쓰든 상관없어. 재미는 사람의 수만큼 있으니까. 남을 위해서 써도 되고, 자기 자신을 위해서 써도 돼. 그저 재미있다고 생각하는 바를 늘어놓아도 괜찮아. 그것이 누군가의 마음에 탁 전해지면 만만세야. 재미있으면 그만이라고."

그 후 고헤이 사부는 유녀들이 참살당한 일을 바탕으로 〈오대력으로 맹세한 연심(五大力恋緘)〉이라는 게사쿠를 써내서 가미가타에서 화제가 됐지. 그 평판을 들은 에도의 극장에서 사부를 초청했고, 나도 따라서 에도로 돌아왔다네. 똑같은 이야기를 에도풍으로 고쳐서 상연하자 손님들이 구름같이 모여들었어.

비속하다는 이유로 관에서 연극을 단속해 손님의 발길이 멀어진 적도 있지만, 관에서 아무리 단속해도 '재미있으려는' 사람의 욕심은 그리 쉽게 쇠하지 않는 법이라네. 덕분에 사부와 함께 이치무라, 나카무라, 모리타 극장을 돌아다니며 지냈지.

"오랜만에 가미가타의 물맛을 보러 가야겠군."

사부는 오사카에 가겠다고 했어. 나도 따라가려고 했지만,

"뭐, 금방 돌아올 것이야."

하길래 나는 에도에 남기로 했지. 그 무렵에는 내 생활도 안정됐다네. 그러나 각본가로서 잘 풀렸다기보다 위세 당당한 녹봉미 관리 상인이 된 사촌 형님 기헤에의 조력 덕분이었어. 얼마 후 가미가타에서 일을 마치고 에도로 돌아온 고헤이 사부는,

"또 쓰고 싶은 것을 찾아냈어."

하며 신명을 냈어. 〈오대력〉을 〈다시 보니 산고 소중해(略三五大切)〉(연심을 맹세하는 오대력(五大力)이라는 글씨가 나중에 보니 '산고 소중해(山五大切)'로 바뀐 것을 알고 변심으로 오해해 여자를 죽이지만, 계략에 빠졌음을 알고 훗날 복수하는 내용이다)로 개작해서 상연한 지 얼마 되지도 않았는데 말이야. 변함없이 재미있으려는 방면에서는 타의 추종을 불허하는 사람이었지. 연극 상연이 끝나고 오랜만에 같이 술을 마시며 이것저것 이야기를 나누었어. 무슨 이야기를 했는지 이제는 잘 기억나지 않지만, 역시 흥겹더라고. 이 사람을 따라오길 잘했다 싶

었다네.

그다음 날, 사부가 좀처럼 일어나지를 않길래 말단 배우가 찾아가보니 서궤에 푹 엎드린 채 저세상으로 가버린 것이 아닌가. 고헤이 사부의 성격상 후회는 한 점도 남기지 않았겠지만, 남겨진 나는 어찌나 서글펐는지 몰라. 어울리지 않게도 훌쩍훌쩍 울었더랬지.

그 후로도 나는 각본을 쓰고, 극평으로 배우들과 만나고, 때로는 연예장에서 만담 공연을 했지. 따분하다고 푸념할 틈도 없었어. 다만 스스로도 놀랄 만큼 알맹이는 하타모토의 철부지 아들 그대로야. 고생을 모른다는 것은 고마운 일이지만, 그런 탓에 성장할 계기를 잃는 모양이야. 하지만 겉으로 보기에는 흰머리가 늘고, 어깨는 결리고, 과음하면 다음 날 숙취가 남지. 이것이 나이를 먹는다는 것이려나.

2년 반쯤 전, 그렇게 지내던 내게 반가운 서찰이 도착했어. 본가에서 전해준 그것은 20년 만에 보는 오타에의 필적이었네.

오타에는 내가 가미가타로 떠난 지 얼마 되지 않아 남편 세이 님, 즉 세이자에몬과 함께 그의 고향으로 돌아갔지. 그후, 아이를 얻었다는 이야기를 풍문으로 들었고. 그 이후로

286

는 더 이상 오타에를 걱정하지 않았다네. 이따금 잘 지내는 지 궁금하기는 했지만, 그 정도로 먼 관계가 된 것이야.

그런데 느닷없이 서찰을 보내다니. 오랜만에 에도에 온다 는 것일까, 아니면 내가 각본을 쓴 연극을 보았다는 것일까 생각하며 서찰을 펼쳤어. 하지만 둘 중 어느 것도 아니었지.

남편 세이자에몬이 죽었다는 것.

아들 기쿠노스케가 복수를 맹세하고 길을 떠났다는 것.

……아아, 그래. 기쿠노스케의 어머니가 오타에야.

서찰의 흐트러진 글씨로 진실을 썼다는 것을 알 수 있었지.

서찰에 따르면 세이자에몬은 가문을 섬기던 일꾼 사쿠베 에에게 죽임을 당했다고 하더군. 실성한 세이자에몬이 기쿠 노스케를 베려 한 것이 계기였지. 사쿠베에는 기쿠노스케를 지키려고 세이자에몬과 몸싸움을 벌이다 세이자에몬을 찔 렀고, 그 자리에서 달아났어. 그리하여 기쿠노스케가 복수 를 맹세하고 에도로 향했다……, 그런 내용이었다네.

내 머릿속의 세이자에몬은 선선하면서도 기백 넘치는 젊 은 무사의 모습이야. 그런 사람이 실성해서 자기 아들을 공 격하던 끝에 죽었다는 것이 당장은 믿기지 않더군.

나는 부랴부랴 답서를 썼어. 서찰을 받아서 읽어보았으 니, 일의 자초지종을 알려달라고 말일세. 어디로 보내야 할지도 몰라서 본가에 들렀을 정도라네. 자세한 내용이 아무 것도 적혀 있지 않아서 답답했어.

얼마 후 이번에는 내가 사는 곳으로 서찰이 왔어. 지난번 서찰보다 훨씬 두껍더군. 발송인의 이름은 '아시다시피'라고만 적혀 있었고 필적으로 오타에임을 알았다네.

서찰에는 자세한 사정이 적혀 있었어.

복수를 맹세한 기쿠노스케를 떠나보낸 후, 오타에는 세이자에몬의 죽마고우였던 가세 겐지로에게 부탁해서 사정을 조금씩 알아냈다더군.

세이자에몬은 주군의 분부를 받아, 에도에서 온 사자에게 향응을 제공하기로 했어. 그런데 준비하기 위해 장부를 살펴보니, 향응을 위한 준비금이 몇 년에 걸쳐 일부 사라진 것이 아니겠는가. 세이자에몬은 겐지로에게 이상하다고 푸념했다더군. 이윽고 가로와 그 일족이 준비금을 착복했다는 의혹이 부각됐지.

"증거를 모아야 해."

세이자에몬이 분주하게 움직이는 동안, 성안에는 오히려 세이자에몬이 돈을 착복했다는 소문이 퍼지기 시작했다네.

"이대로 가다가는 자네가 곤경에 처할 것이야."

겐지로는 이쯤에서 손을 떼라고 타일렀지만, 세이자에몬

은 고개를 저었지. 그렇다면 서로 힘을 합치자며 자세한 사정을 물어보아도,

"자네까지 끌어들일 수는 없어."

하고 혼자 문제를 끌어안았다더군. 그러다 결국 일의 진상에 도달한 모양이야.

"주군을 직접 뵙고 말씀드려야 해."

하지만 그럴 기회는 얻지 못했고, 얼마 지나지 않아 세이자에몬은 실성한 끝에 아들 기쿠노스케를 베려다 사쿠베에에게 죽임을 당했지.

"세이자에몬은 실성한 것이 아닐지도 모르오. 뭔가 의도가 있었던 것이 아니겠소?"

겐지로는 그렇게 말했지만 세이자에몬 본인은 이미 세상을 떠났고, 사쿠베에도 달아났지. 오타에는 그래도 어떻게든 더 파헤쳐보려 했지만 겐지로가 만류했어.

"오타에 님이 움직이면 오히려 기쿠노스케가 위험하게 될지도 모르오. 지금은 참으시는 것이 좋겠소."

확실히 이미 남편이 목숨을 잃었잖나. 일단은 참을 수밖에. 그러나 아들이 고난의 길을 떠났는데 느긋하게 쉴 수도 없는 노릇이야. 그런 필사적인 마음이 서찰에서 배어나는 것 같았어.

'사쿠베에는 서방님이 어렸을 때부터 서방님을 모셔온 충의 있는 사람입니다. 이번 일에는 무언가 숨겨진 바가 있지 않을까 싶습니다. 서방님이 목숨을 걸면서까지 이루려 하신 일이건만, 아무것도 아는 바가 없으니 억울하고 원통합니다. 이대로는 저도 기쿠노스케도 앞으로 나아갈 수가 없습니다.'

오타에는 흐트러진 글씨로 그렇게 적었네. 말은 더 이어졌지.

'기쿠노스케는 복수를 맹세했으니 무사의 관습상 그 뜻을 이루어야 돌아올 수 있습니다. 하지만 만약 그 아이가 그 혹독한 소임을 견디지 못한다면, 무사의 길을 버려도 된다고 생각합니다. 무사라는 신분의 섭리에서 멀어지신 오라버니라면 그 아이를 구해주실 수 있지 않을까. 그렇게 생각했기에, 에도에 당도하면 오라버니에게 의지하라고 당부하고 그 아이를 보냈습니다. 아무쪼록 잘 부탁드립니다.'

아아…… 그 젊은 무사는 죽은 것인가. 올곧은 젊은 무사가 너무 올곧은 탓에 일찍 죽은 것 같았네. 그리고 그의 아들이 무사라는 신분의 섭리에 등 떠밀려 복수의 길을 떠난 게야.

어쩌면 그 섭리에서 멀어진 나이기에 해줄 수 있는 일이 있을지도 모른다고 생각했지.

나는 서찰에 담긴 오타에의 기대에 응해주고 싶었다네. 하지만 복수를 하고자 에도를 헤매고 있을 소년을 찾아내는 것도 그리 쉬운 일은 아닐세.

그러던 어느 날, 불쑥 찾아간 고비키초의 모리타 극장에서 한 보조 배우가 꼿꼿한 자세로 바쁘게 소도구를 옮기는 모습에 나도 모르게 시선을 빼앗겼지. 그 모습 자체로 그림이 되는 소년이었어.

"아, 긴지 선생님 아닙니까."

그렇게 말하며 내 뒤편에 선 것은 문전 게이샤 잇파치였어. 원래는 호칸이었던 만큼 싹싹하고 쾌활한 사내지.

"저것은 누구지?"

내가 그 보조를 가리키자 아아, 하고 잇파치는 웃었어.

"얼마 전에 극장 앞에 홀연히 나타난 무가의 자제인데요. 사연이 있어 보이더라고요. 요즘은 보조 배우로 일하고 있습니다. 어이, 기쿠노스케 씨."

이름을 부르자 고개를 돌린 소년을 보고 눈이 번쩍 뜨였지. 쪽방 골목에 느닷없이 나타난 오타에를 보았을 때와 똑같았다네. 온통 검은색 옷차림에 검은색 두건을 써서 얼굴밖에 드러나지 않았는데도, 빛이 거기에 집중된 것 같은 화사함이 느껴졌어. 잇파치의 부름에 달려온 소년은 나를 보자마자 고개를 깊이 숙였지.

"기쿠노스케라고 합니다."

"이쪽은 시노다 긴지 선생님. 곳곳의 극장에서 각본을 쓰지만, 원래는 하타모토의 도련님이었어."

잇파치가 의기양양한 얼굴로 설명했지. 기쿠노스케는 탐색하는 듯한 눈으로 나를 보더군.

"잇파치, 자네는 이만 문 앞에 나가봐야 하지 않나?"

"아아, 그렇지요."

나는 잇파치를 쫓아 보내고 기쿠노스케와 마주 섰다네.

"시노다 긴지…… 원래 이름은 노노야마 쇼지라고 하는데, 누군지 알겠느냐?"

그러자 검은자위가 큰 기쿠노스케의 눈이 휘둥그레졌지. 내 이름을 아는 눈치였어. 그 순간 굳세게 느껴지던 눈빛이 불안으로 흔들리더군. 나도 모르게 기쿠노스케의 등에 손을 댔어.

"난 너희 아버지와도 만난 적이 있어. 아주 호감 가는 무사였지. 너희 어머니도 알고. 난 네 편이야."

지금껏 이토록 주저 없이 말을 내뱉은 적이 있었을까. 그렇게 느껴질 만큼 자연스레 말이 흘러나오더군. 어울리지 않게도 어떻게든 기쿠노스케를 구해야 한다는 각오 비슷한 것이 생기고 말았다네.

그러자 기쿠노스케는 오타에가 내 앞으로 쓴 서찰을 주었지. 하지만 거기에는 인사말과 기쿠노스케의 신원이 적혀 있을 뿐이었어. 자칫 다른 사람에게 보여주어도 탈이 없도록 그랬을 게야. 기쿠노스케는 아버지 세이자에몬의 죽음에 얽힌 준비금 착복 문제를 전혀 모르는 것 같더군. 아버지의 장례식을 치르자마자 복수의 길을 떠났으니 무리도 아니지. 그래서 오타에가 보낸 서찰을 기쿠노스케에게 보여주었다네. 거기에 적힌 자초지종을 묵묵히 읽고서 기쿠노스케는 눈물을 글썽거렸어.

"아버지께는 부득이한 사정이 있었던 것이로군요. 그저 제가 미워서 칼을 휘두르신 것이 아니었어요……."

기쿠노스케는 내내 맺혀 있었던 가슴속의 응어리가 풀린 것처럼 깊은 한숨을 내쉬었어. 그럴 만도 해. 그 건실한 아버지가 느닷없이 실성해서 아들을 베려고 했으니까. 뭔가 심각한 이유라도 없으면 아버지의 칼에 베일 뻔한 아들로서는 괴로울 따름이었겠지.

"뭐, 너희 아버지가 진심으로 죽일 작정이었다면, 넌 이미 죽었을 터이지. 뭔가 사정이 있었을 것이야. 아무튼 사쿠베에를 찾아야 해. 한동안 여기 있어보거라. 의외로 마음이 편할 것이니."

"네……, 알겠습니다."

기쿠노스케는 여전히 의기소침했지만, 목소리에는 힘이 있었다네. 그 모습을 보고 이 녀석은 여기에 머물지 않겠구나 싶었지. 그 젊은 무사와 오타에의 아들이잖나. 나와 달리 구불구불한 길은 어울리지 않아. 설령 못자리까지 똑바로 이어지는 길일지라도 망설임 없이 나아갈 듯한 성격으로 보였어.

난 모리타 극장뿐만 아니라 나카무라와 이치무라 극장에도 드나들지. 하지만 그 무렵은 아무래도 기쿠노스케가 걱정돼서 모리타에 눌러앉다시피 했다네.

"극장에만 있지 말고, 서궤에 달라붙어서 얼른 좋은 각본을 써야 하지 않겠나."

하고 최고 간판 배우들에게 타박을 받기도 했지만, 그래도 극장에 머물렀지.

그렇게 기쿠노스케를 보고 있자니, 문전 게이샤 잇파치뿐만이 아니더군. 무술 연기 담당 요사부로며, 의상방의 호타루며, 소도구 담당 규조 부부까지도 기쿠노스케 씨, 기쿠노스케 씨, 하며 그 녀석을 아꼈어. 나도 포함해 이 악처에 모여드는 자들은 모두 세상의 섭리라는 놈에게 버림받아, 팅

겨 나가고 구르던 끝에 여기에 당도한 인간들이야. 그런데도 아직 무사의 섭리를 내려놓지 못하고 복수를 맹세한 녀석에게 어째선지 마음이 끌리더라 그 말일세.

그것은 녀석이 고뇌하고 있다는 것을 알기 때문이었다네.

삶이 고단하다는 것도, 맺고 끊기가 쉽지 않다는 것도 누구보다 잘 아는 사람들이라, 기쿠노스케를 도와주고 싶었던 것이지. 그 마음에는 무사고 평민이고 없어. 있는 것은 정뿐이야.

언젠가 연극이 끝난 후, 지금 자네와 앉아 있는 관람석에 기쿠노스케와 단둘이 앉아 텅 빈 무대를 바라보며 이야기를 나눈 적이 있었더랬지.

"다들 너를 좋아하는구나."

내 말에 기쿠노스케는 어금니를 꽉 깨물더니,

"참으로 황송한 일입니다."

하고 딱딱한 표현으로 대답하더군.

"네가 만약 복수를 그만두고 이 극장에 터를 잡고 싶다면, 방법은 얼마든지 있다. 내 제자로 들어와도 되겠지. 난 의복과 음식과 집이 따라다니는 팔자니까, 너 하나 정도는 먹여 살릴 수 있어."

한순간 주저한 후, 기쿠노스케는 고개를 저었어.

"어머니를 혼자 남겨두고 왔습니다. 돌아가야 합니다."

효행이란 그런 것이겠지. 진심으로 어머니를 염려하는 마음이 전해지더군. 무릎 위에 얹은 손을 꽉 움켜쥐는 모습을 보니 가슴이 아팠어.

아직 열다섯…… 곧 관례를 치를 나이라고는 하나, 내가 보기에는 완전히 어린아이였거든.

아버지가 얼마나 고매한 뜻을 지키기 위해 그랬는지는 모르겠지만, 기쿠노스케가 괴로운 것은 변함없었어. 아버지가 죽었을 뿐만 아니라, 그 직전에 칼로 베려는 듯한 연기에 휘말렸으니까. 게다가 어렸을 적부터 친근하게 지낸 집안 일꾼이 자신을 보호하던 끝에 아버지를 죽인 죄로 쫓기고 있었지. 그것도 괴로웠을 것이야. 그런데 그 일꾼을 죽이라는 명령을 받았고, 죽이지 못하면 고향에 돌아갈 수조차 없지 않았는가.

생각해보면 참으로 이상한 이야기야.

"같은 인간으로서 사쿠베에를 죽이기가 꺼려지는 것은 당연해. 그래도 베어야 하는 것이 무사의 도리라면, 난 무사를 때려치워도 상관없다고 생각하는데. 네 생각은 어떠냐?"

기쿠노스케는 입술을 깨문 채 잠시 침묵을 지켰지. 그리고 천천히 얼굴을 드는데 눈에 눈물이 고여 있었다네.

"그래도 저는 무사로 살고 싶습니다."

쥐어짠 듯한 목소리였어. 나로서는 납득이 가지 않더군. 조금 심술궂은 기분도 들기에 척 다가앉아서 물었어.

"네게 무사란 무엇이냐?"

기쿠노스케는 생각에 잠긴 듯 또 침묵했지만, 이윽고 확실한 어조로 말을 꺼냈네.

"인간으로서 그릇된 길을 걷지 않고, 아첨도 하지 않고, 의를 관철하는 것이 무사라고 생각합니다."

번지르르한 말을 늘어놓더군. 하지만 그것이 기쿠노스케의 본심이리라는 것도 알았어. 나 같으면 허울만 좋다고 코웃음 칠 만한 소리를 당당히 말하다니, 오히려 속이 시원할 정도였지.

"허어, 그러기 위해서 어떻게 하고 싶으냐?"

"아버지의 뜻을 이어받아 부정을 파헤쳐 주군께 도움을 드리고 싶습니다. 그리하여 가문의 명예와 어머니를 지키고 싶습니다."

아아, 자기 아버지와 묘하게 닮은 구석이 있더군. 무사같이 운치 없는 생업에는 아까운 인재였지만, 그래도 '무사'로 살아가는 것이 기쿠노스케의 인생이라면 나도 힘을 빌려주는 수밖에.

"좋아, 알았다. 네 도리를 밀고 나가서 복수를 완수하거라."

그렇게 말하자 기쿠노스케도 그때만큼은 씁쓸한 심정을 삼키고 각오를 다진 눈빛으로,

"네."

하고 대답했네.

복수라는 소임을 완수하려면, 복수했다는 것을 고향에도 명백히 알려야 해. 어떻게 입증하면 되는지 하타모토인 형에게 자세한 내용은 숨기고 물어보았지.

"옛날에는 머리를 가지고 돌아갔다지만, 이제는 상투를 잘라서 보내는 것이 관습이겠지. 그리고 복수하는 광경을 본 사람이 있으면, 복수한 인물의 고향에서 조사하러 나왔을 때도 빨리 판결이 날 것이야."

그렇다면 내가 증인이 되기로 마음먹었다네. 그런데,

"한두 명쯤은 얼마든지 가짜로 증인을 만들 수 있겠지. 그런 이유로 사람들이 오가는 거리에서 싸움을 벌이는 복수도 있다던가."

라고 하더군. 한마디로 복수라 해도, 그저 원수를 죽이기만 해서는 아니 된다는 것이지. 언제 어디서 어떻게 죽이느냐. 그것도 어려운 문제였어.

"차라리 연극의 막이 닫힌 후, 극장에서 빠져나오는 손님들이 보는 가운데 연극처럼 거창하게 한바탕 해보자꾸나. 빨간 후리소데라도 덮어쓰겠느냐?"

농담으로 한 말이었지만, 고지식한 기쿠노스케는 그런 말까지 품에서 꺼낸 필기첩에 받아 적었어.

돌아가신 아버지의 원수를 갚는 일이니 참된 자세로 임할만도 하지. 하지만 기쿠노스케가 진지하게 굴면 굴수록 어쩐지 우스꽝스럽게 느껴지기도 하더라고.

"재미있군."

나도 모르게 그렇게 중얼거렸어.

그런 태세로 그날 고비키초의 뒷골목에서 복수를 행하게 된 것이야. 붉고 화려한 후리소데가 시선을 끌어준 덕택에 지나가는 사람들도 걸음을 멈추고 바라보았지. 극장에서 불빛이 새어 나와 복수하는 모습이 잘 보인 덕택에 시중에도 소문이 쫙 퍼졌고.

더구나 상투만 잘라도 된다고 했거늘, 피를 덮어쓰며 잘린 머리를 쳐들었으니……. 하지만 듣자 하니 결국 머리를 가지고 돌아갈 수는 없었던 모양이야. 큰길 언저리의 관문을 넘을 때 썩어버려서 상투를 잘라내고, 머리는 어딘가에 묻은 후에 고향으로 돌아갔다고 전해 들었다네.

무사히 복수를 끝내고 고향으로 돌아간 것이야. 기쿠노스케가 믿는 무사의 도리를 관철했는지, 내가 도움이 됐는지는 모르겠지만.

그런데 작년이었던가, 그 지역 가로가 횡령 의혹으로 문책당했다더군. 그러나 죄인이 된 것은 아니고, 면직됐을 뿐이라나? 권력을 쥔 자를 내쫓는 것은 여간 어려운 일이 아니야.

기쿠노스케를 복수로 내몬 세이자에몬의 아우는 가로의 입김을 받아 가문을 이어받을 속셈이었겠지만, 그 계획도 좌절됐다고 해. 둘 다 무사도고 나발이고 없는 작자들이지. 너무나 진부한 계략이고, 연극 각본으로 쓰기에도 치졸한 이야기야. 무가 사람은 악역에 소질이 없다니까.

아무튼 기쿠노스케가 아버지의 오명을 씻고, 가문의 명예를 지키고, 효행을 다하고 싶다는 뜻을 이루어서 참 다행일세.

이것으로 듣고 싶은 이야기는 다 듣지 않았나?

음…… 아아, 그렇군. 극장을 구경하고 싶단 말이지? 기쿠노스케가 보고 오라고 시켰나? 그렇다면 어쩔 수 없지. 안내해줄 터이니 따라오게. 무대 밑을 보여주겠네.

재미있는 장치를 볼 수 있을 거야.

고향 저택

소이치로, 에도에서 돌아왔구나. 맡은 바 임무를 다하느라 고생 많았어. 자자, 이쪽으로. 아아, 아버지의 불단에 인사를 드리겠다고? 고맙다.

이번이 첫 참근 교대였지. 이 고장에서는 볼 수 없는 것도 많으니, 실컷 즐기고 왔겠구나. 음, 그렇지도 않다고? 바빴다면 어쩔 수 없지.

짬짬이 고비키초에도 들렀다면서? 일전에 긴지 씨에게 서찰이 왔어.

'그 복수에 대해 물어보고 다니는 사내가 있다. 네 친우라는데 진짜인가.'

라는 내용이었지. 수상한 녀석이라고 극장에서는 크게 화제가 되었던 모양이야. 변함없이 그 투박한 행색으로 돌아다녔다면, 고비키초에서는 상당히 눈에 띄었겠구나. 호타루 씨는 필시 그 고지식한 모습을 놀렸겠지.

다들 잘 지내던가? 그것 다행이로군.

사람들에게 그 복수에 대해 들었겠지.

원수 사쿠베에는 내가 어렸을 때부터 우리 집안 사람이었고, 나는 물론 너와 네 누이동생 오미치도 잘 돌보아주었지. 우락부락하게 생긴 데다 덩치도 커서 처음에는 오미치가 울었지만…… 어설프면서도 상냥하게 대해주었어. 결국은 오미치도 완전히 친숙해져서, 벚꽃이 피는 계절에는 사쿠베에의 어깨에 올라 떨어지는 꽃잎을 맞았던 것이 기억나는구나. 너와 내가 싸움 놀이를 할 때는 늘 적 역할을 맡았고, 우리가 죽도로 때려도 싫은 내색 하나 없이 요란하게 쓰러져주었지.

……그랬던 사쿠베에를 내가 베었다.

너도 오미치도 복수를 마치고 돌아온 내게 자세한 사정을 물어보려고는 하지 않았지. 원수라고는 하나 친했던 사쿠베에를 죽인 나를 배려했기 때문일 것이야. 나도 그때는 무엇을 물어본들 잘 설명할 수 없었을 거고. 그런 태도가 너희에게 불필요한 의혹을 안기는 바람에, 우리 가문으로부터 혼담이 들어왔는데도 덮어놓고 기뻐하지 못한다는 것도 안다.

오미치도 불안함을 느끼고 있겠지.

하지만 복수를 마치고 세월이 흐른 지금이라면, 이야기해도 괜찮을 것 같았다. 아니, 오히려 속으로는 줄곧 너희 남매가 들어주고, 알아주기를 바랐는지도 몰라. 그래도 나 스스로 입을 열 용기가 나지 않았어. 그래서 참근 교대를 하러 갈 때, 고비키초에 있는 사람들을 만나보라고 한 것이야.

사람들의 과거도 똑똑히 들었나. 요사부로 씨는 필시 떨떠름한 표정으로 말씀하셨겠지. 그렇지만 그 사람들의 기구한 인생은 내 좁은 소견을 크게 넓혀주었어. 그렇기에 너도 들어보라고 한 것이다.

극장도 구경했나? 허어, 긴지 씨가 안내해주었다고. 그분은 내 어머니와도 인연이 있으신 분이시다. 아아, 직접 이야기해주셨군. 그리고 무대 밑도 보여주셨다고. 재미있었겠구나. 장면이 빙그르르 바뀌는 회전 무대도, 거기서 사람의 힘으로 돌리는 것이다. 무대 한복판에서 사라졌나 싶었던 배우가 무대 밑을 지나 관람석을 가르는 통로의 구멍에서 튀어나오기도 하지.

음, 그렇다면 이야기는 거기까지다. 복수에 대해서 듣고, 극장의 요모조모도 보았다면 더 이상 할 말은…… 그렇게는 안 되겠지.

어쩔 수 없군. 자세한 사정을 숨김없이 들려주마.

지금도 아버지가 돌아가신 그날을 떠올리면 이렇게 손이 떨리는구나. 이것만큼은 어떻게 안 돼.

그날 칼을 빼 들고 방에서 나오신 아버지는,

"기쿠노스케를 베겠다."

하고 말씀하시자마자 칼을 쳐드셨지. 처음에는 무슨 농담인 줄 알았어. 하지만 아니더군. 진심으로 칼을 내리치셔서 몹시 무서웠지. 나는 기다시피 방에 있던 칼을 집었어. 바로 칼을 뽑아서 자세를 취했지만, 진심으로 맞붙을 생각은 없었지. 알다시피 난 너보다도 검술 실력이 떨어지니까 말이다. 아버지와 죽도로 대련했을 때조차 이긴 적이 한 번도 없어. 그저 아버지께서 칼을 거두시길 바랄 따름이었다.

하지만 아버지는 멈추시지 않았고, 나는 칼날을 간신히 받아냈어. 하지만 처음 맞부딪쳐보는 진검이 너무나 무거워서 팔이 저린 나머지 튕겨내지조차 못하겠더구나. 그래도 있는 힘을 다해 밀어내고 몇 합인가 겨루었어.

"아버지, 그만두십시오."

필사적으로 애원했지. 맞댄 칼날 너머로 보이는 아버지의 얼굴이 울고 계시는 것처럼 보이더군. 어째서…… 하고 망

설인 순간, 다리가 꼬여서 복도에 넘어졌어. 다 끝났다고 생각했을 때,

"나리."

하고 사쿠베에가 커다란 몸으로 내 앞을 막아섰어. 사쿠베에의 어깨 너머로 보인 아버지의 눈은 지금도 머릿속에 새겨져 있어. 깊은 암흑 같은 어두움과 자애로움. 그 두 가지가 뒤섞인 듯한 눈빛이더구나.

이윽고 사쿠베에와 아버지는 말다툼을 벌이며 엎치락뒤치락하다가 함께 툇마루에서 정원으로 떨어졌어. 살았구나 싶었지.

하지만 그 찰나에 피 보라가 확 튀었어.

"사쿠베에."

하고 나도 모르게 외쳤어. 무리도 아니지. 사쿠베에는 맨손이었으니까.

하지만 일어선 것은 사쿠베에였어. 손이 시뻘겋게 물들고 얼굴에도 피를 뒤집어쓴 사쿠베에는 망연히 나를 돌아보았지. 가서 살펴보니 정원에 쓰러지신 아버지는 목에서 피를 흘리고 계셨어. 사쿠베에가 손을 벌벌 떨고, 나도 무너지듯 툇마루에 주저앉았을 때,

"무슨 일인가."

라는 목소리가 울려 퍼졌지. 가로가 보낸 사자였어. 그는 이 소동을 목격한 것이 틀림없었어. 이대로 놓아두면 사쿠베에가 붙잡힐 터였지.

"도망쳐, 사쿠베에."

나도 모르게 그런 말이 입에서 튀어나오더군. 사쿠베에가 달려 나간 후에 남겨진 것은 복도에 주저앉아 우시는 어머니와 우두커니 서 있는 가로의 사자. 그리고 정원에 쓰러진 아버지뿐이었어. 방금까지 무시무시한 살기를 내뿜으며 다가들던 아버지가 꼼짝도 안 하시더군.

"아버지……."

떨리는 다리로 일어서서 툇마루를 내려와 아버지 곁에 앉아 손을 잡았지. 아직 따스했어. 마치 잠드신 것처럼 보였지만 숨을 쉬지 않으셨지.

"요닌님은 돌아가셨는가?"

가로의 사자가 물었지만, 고개를 끄덕일 수가 없어서 그저 매달리듯 올려다보았어. 가로의 사자는 나를 밀어젖히다시피 다가앉아 아버지의 맥을 짚었지.

"돌아가셨군."

그 말을 들었을 때, 비통함보다는 죄송함이 가슴속에 솟구치더구나.

아버지가 쓰러지셨을 때 나는 이제 살았다고 생각한 것도 모자라 사쿠베에에게 도망치라고 했으니까 말이다. 아버지에게 매달려 울었지. 슬프기도 했지만, 나 자신을 책망하는 마음도 있었어.

그 후로 어떻게 했느냐……. 나도 어머니도 혼란 속에서 하루하루를 보냈고, 주군께 보고하는 등등의 일들은 전부 아버지의 친우이신 가세 님과 숙부님이 맡아주셨어.

아버지의 장례식은 떠올리려고 해도 안개가 낀 것처럼 흐릿하구나. 가세 님도 조문하러 오셨지만 잘 기억이 안 나. 그때 숙부님이 말씀하셨지.

"역시 복수를 해야 한다."

나는 네, 하고 대답했어.

사쿠베에가 증오스럽지는 않았어. 왜냐하면 실성한 아버지를 말리고 나를 구해주었으니까. 그래도 복수를 행하기로 한 것은 나 같은 불효자식은 차라리 사쿠베에의 칼에 죽는 편이 낫겠다 싶었기 때문이야.

"자포자기해서는 안 된다. 아버지가 네게 칼을 겨누신 데는 무언가 이유가 있을 것이야."

어머니는 아버지가 직무 때문에 고뇌하던 끝에 실성하신 것이라 생각하셨어. 확실히 그럴지도 모를 일이야. 하지만 내 생각에는 그뿐만 아니라 내가 미숙했던 탓도 있지 않을까 싶었다.

길을 떠나는 날 아침, 어머니는 남들의 눈을 피해 말씀하셨어.

"복수는 하지 못해도 괜찮으니, 무탈하게 지내렴."

목숨을 끊을지도 모르겠다 싶을 만큼 내 표정이 어두웠기 때문이겠지. 그리고,

"에도로 가거라."

하고 덧붙이셨어.

"아버지께 무슨 일이 있었는지 나도 조사해보마. 뭔가 알아냈을 때 기별을 전할 수 있도록 이 어미의 오랜 지인을 찾아가도록 해. 노노야마 쇼지라는 분이란다. 극장에 계실 테니 이 서찰을 드리거라."

그러면서 서찰을 쥐여주셨지.

왜 어머니는 외가가 아니라 노노야마 쇼지 님, 그러니까 긴지 씨에게 의탁하라고 하는 것일까. 그 이유를 생각하기조차 귀찮았다.

눈앞은 내내 잿빛이었어. 어떻게 걸음을 옮겨 큰길로 나갔는지조차 기억이 어렴풋해. 다만 그때 큰길 옆 커다란 단풍나무 아래까지 너와 오미치가 배웅을 나온 것은 똑똑히

기억나는구나.

"꼭 돌아오셔요."

오미치가 눈물을 흘리며 꺼낸 말을 듣고, 내 손을 꽉 잡아 준 네 손의 온기를 느끼고서야 길을 떠난다는 실감이 나더 군. 그리고 붉게 물든 단풍만이 선명하게 가슴속에 남았어.

여정 중에는 한 발짝 한 발짝 걸음을 내디디는 것만 생각 했지. 그러지 않으면 못 견딜 것 같았거든. 에도로 가서 사쿠 베에를 찾는 것인가. 그런데 과연 거기 사쿠베에가 있을까. 만약 찾아내더라도 사쿠베에를 죽일 수 있을까. 아무리 생 각해도 행복한 상상은 떠오르지 않더군. 마음이 얼어붙어 몸도 굳어버릴까 봐 두려워서 그저 걸음을 옮기는 것이 고 작이었지. 그래도 맡은 바 사명이 있어서 그나마 다행이었 어. 고향의 어머니를 생각하면 몸이 찢어지는 것처럼 고통 스러웠거든.

드디어 에도에 당도하자 마치 축제라도 벌이는 것이 아닐 까 싶을 만큼 시끌벅적하더구나. 잿빛으로 물들어 있던 시 야에 내 기분과는 상관없이 선명한 색채가 끼어들었어. 수 많은 사람이 길을 오가고, 장사꾼들의 위세 좋은 목소리가 여기저기 울려 퍼졌지. 고향에서라면 주군의 집안 사람이나 귀인의 따님이 입을 법한 기모노를 마을 아가씨들이 입고 돌아다니더군. 거기 있으니 마음속에 품고 있던 시름이 다 풀리는 것만 같았어.

하지만 잠이 들면 아버지가 돌아가실 때의 상황이 꿈속에 나와서 끙끙 앓았지. 값싼 객사에서 뒤섞여 자던 사람이,

"이보쇼, 밤이면 밤마다 끙끙대서 잠을 못 자겠어."

하고 화낸 적도 있었어.

숙박비만 내도 주머니가 가벼워지건만, 밥을 먹으려면 또 돈이 들지. 에도에 당도한 지 고작 사흘 만에 그 꼴이었어. 어떻게든 하지 않으면 조만간 노잣돈이 떨어질 것 같더군.

'이 어미의 오랜 지인을 찾아가도록 해.'

어머니가 해주신 말씀이 생각났지. 오랜 지인이라는 분이 얼마나 도움이 될지는 알 수 없었어. 하지만 너무 배가 고팠던 나머지 앞뒤를 가릴 여유조차 없었으므로 극장을 찾아가기로 한 것이야. 지금 돌이켜보니 그토록 배가 고프지 않았다면, 그 사람들과 만나지 못했을지도 모르겠구나.

얼마 남지 않은 돈으로 노점에서 메밀국수를 사 먹고 노점 주인에게,

"극장은 어디에 있소?"

하고 물어보았어. 그러자,

"모리타, 이치무라, 나카무라 극장 중 어디 말입니까? 아

니면 더 작은 극장인가요?"

하고 오히려 되묻지 무엇인가. 솔직히 무슨 차이가 있는지 모르겠더군. 어머니도 모르셨을 것이야.

"여기서 제일 가까운 곳은 어디요?"

"아아, 그렇다면 모리타 극장입지요."

노점 주인이 알려준 대로 고비키초에 가보니, 정문 앞에 서서 경쾌한 가락으로 대사를 읊는 사람이 있더군. 사람들이 그 주변을 둘러싸고 있기에 이름난 배우인 줄 알았건만. 그래, 문전 게이샤 잇파치 씨였어. 행동거지가 가벼운 사람이기는 하지만, 여러모로 나를 잘 돌봐주었지.

"먹고 잘 곳은 있고? 없다면 당분간 여기서 지내면 되겠군."

그렇게 극장과 협의해서 보조 배우로 일하게 됐어. 극장에 머물러도 된다는 말에 말단 배우 대기실 구석에다 이부자리를 깔고 잤어. 그때까지는 고독한 여정이었기에, 극장에 와서야 오랜만에 남들과 제대로 이야기를 한 것 같은 기분이었지. 그 덕택이기도 했는지, 아버지가 돌아가시고 처음으로 잠을 푹 잤어.

"잘 잤나? 그것 다행이로군. 하지만 언제까지고 극장에 기거해서는 감기에 걸릴 것이야."

잇파치 씨와 극장 사람들이 상의한 결과, 소도구 담당 규조 씨 부부의 집에 신세를 지게 됐지. 그 부부는 참으로 친절하게 대해주었어.

덕분에 당면한 생활 문제는 어찌어찌 해결되었지만, 애당초 에도에 온 것은 복수를 위해서였으니…….

사쿠베에를 찾아내야 하지만 찾고 싶지 않더구나. 그동안은 먹고 자는 것 때문에 정신이 없었는데, 다시 원래 문제로 돌아가고 말았지.

죽일 것인가, 사쿠베에를…….

어느 날 스스로에게 물어보며 규조 씨 집에서 극장으로 향했는데, 놀랍게도 극장 앞에 사쿠베에가 서 있는 것 아니겠나.

원래는 깨끗하게 밀었던 앞머리와 정수리가 머리털로 덥수룩했고 수염도 자랐더군. 지저분한 옷 위에 거적을 두른 걸인 같은 행색이었어. 하지만 덩치가 큰데도 겸손하니 몸을 움츠리듯 둥그스름하게 구부린 등을 보자 한눈에 사쿠베에라는 것을 알겠더구나. 대번에 알아본 것에 스스로 놀랐어. 그리고 재회했다는 기쁨에 무심코 달려가려다 발을 멈췄지.

사쿠베에는 내가 복수를 맹세한 줄 모를 것이다. 내가 에도에 있는지조차 모를 터. 그런데 여기서 말을 걸어서 어쩌자는 것인가.

"복수를 맹세하고 왔노라. 자네를 죽이겠다."

그렇게라도 말해야 하는 것인가. 그것은 너무나 잔혹한 처사 아닌가.

그러나 아버지가 실성하신 이유에 대해 사쿠베에는 알고 있을 수도 있었어. 물어보려면 말을 걸어야 했지.

망설인 끝에 나는 도망치듯 극장으로 숨어들었어. 그날 보조 배우로 일하는 내내 당혹감과 망설임이 사라지지 않더구나.

"어째서 찾아낸 것이냐."

이렇게 사람이 많은 에도에서 한눈에 사쿠베에임을 알아차린 나 자신을 원망했지.

밤이 되어 극장을 나서자 아까 그 자리에 사쿠베에가 그대로 서 있더군.

난감한 기분으로 정문 옆에 우두커니 서 있으려니, 어느덧 사람들이 사라지고 내 모습이 드러나고 말았어. 그러자 사쿠베에가 바로 알아보고 달려왔지.

"도련님."

예전과 다름없이 따스한 목소리로 부르며 나를 걱정하듯

바라보았어. 대체 어디서 어떻게 지내는지, 발은 흙투성이였고 온몸에서 땀 냄새가 풍겼지. 얼굴도 수척해져서 잠깐 못 보는 사이에 폭삭 늙어버린 것 같기도 했어.

"이렇게 뵐 수 있어서 다행입니다. 에도의 극장에 연고 있는 분이 계신다는 이야기를 예전에 마님께 들었거든요. 어쩌면 도련님이 극장에 몸을 의탁하실지도 모르겠다 싶어서 극장 세 곳을 날마다 돌아다녔습니다. 잘 지내셨는지요?"

동그란 눈에서 날아드는 올곧은 눈빛이 가슴에 천천히 스미더구나. 타향인 에도에서 옛날부터 알고 지내던 사쿠베에를 만난 것이 얼마나 기쁘던지.

"사쿠베에…… 무사해서 다행이다."

참으로 꼴사납게도 사쿠베에의 팔에 매달려 울고 말았어.

이제 사쿠베에를 베어야 한다니, 어찌 그럴 수 있겠나. 그런데 사쿠베에가 염려하듯 주변을 둘러보고 나서,

"도련님, 이쪽으로."

하며 극장 뒷골목으로 나를 데려가더군.

"사쿠베에, 내가 에도에 온 줄은 어찌 알았느냐?"

내 질문에 사쿠베에는 씁쓸한 표정을 지었어.

"만약 나리께서 돌아가신다면, 필시 복수를 행하게 될 것이라 생각했습니다. 그렇지요?"

나는 대답이 궁해서 숨을 삼켰지. 하지만 사쿠베에는 미소를 지으며 고개를 끄덕였어.

"나리께서 그러셨습니다. 자신이 죽으면 아우가 가문을 잇기 위해 계책을 세울 것이라고요."

묘한 이야기였어. 마치 아버지가 본인이 죽을 것을 알고서 말씀하신 것처럼 들리더군. 의아한 표정을 짓자 사쿠베에는 숨을 크게 한 번 내쉬었어.

"나리는 젊으실 때부터 직무에 관한 고민 같은 것을 제게 말씀해주셨습니다. 가까운 동료나 마님, 도련님께는 밝힐 수 없는 일도, 가족과 친지라는 굴레에 얽히지 않은 저에게라면 이야기할 수 있다고 하셨어요. 제게도 자랑스러운 일이었습니다만……."

사쿠베에는 말을 끊더니 무언가를 견디듯 이맛살을 찌푸리고 이를 악물었어. 그리고 나를 똑바로 보았지.

"나리께서는 맡으신 소임과 관련해 큰 고민을 안고 계셨습니다."

아버지는 에도에서 온 사자를 접대하는 향응 담당이셨어. 향응을 준비하다 과거의 장부를 살펴보신 아버지는 공금이 예전 향응 담당을 거쳐 가로에게 흘러들어 갔다는 것을 알아차리셨어. 가로는 그 낌새를 맡고서 처음에는 아버지께

횡령한 돈을 쥐여주려 했지.

"이 또한 향응 담당의 보수라 여기고 받게."

하지만 아버지는 돈을 거부하셨어.

"그것은 불충한 짓입니다."

라고 가로에게 간언했지만, 그 말이 통하겠는가.

"허울 좋은 소리는 집어치우게. 이 또한 전부 주군을 위함이야."

가로는 주군을 위한다는 무거운 말을 가볍게 입에 담았지. 아버지는 격노하셨어.

"주군은 기쿠노스케와 비슷한 나이시다. 현명하시지만 아직 젊으시지. 게다가 무예와 훈육 담당도 전부 가로의 입김이 닿은 자들뿐이고. 가로는 주군을 위한다는 핑계로 활개칠 작정이야."

그것은 장부를 보면 명명백백했지. 주군을 모시는 재정은 부족하건만, 가로는 본인과 가까운 가신들을 모아놓고 흥청망청 술판을 벌였어. 그 떡고물을 받아먹으려는 비열한 자들이 가로 곁에 모여 호가호위하며 성과 관청에서 뻐겨댔고 말이야.

아버지는 가로와 관련된 돈의 흐름을 홀로 조사하셨어.

그 결과 향응 준비금뿐 아니라 말 목장과 관청 정비금 등

잘 보이지 않는 곳에서 조금씩 가로의 주머니로 돈이 흘러나가고 있다는 것을 알아내셨지. 더구나 장부상에는 재정의 일부로 어용 물품을 구입했다고 되어 있지만, 실은 목화 거래에 돈을 쏟아부어 그 이익금도 꿀꺽 삼켰어. 또 몇 년 전에는 그 거래상의 큰 손해를 공금으로 메꾸었지 무엇인가.

그러한 짓을 도운 어용상점 기리야는 숙부님이 가로에게 소개했다더군. 그리고 숙부님도 그 대가로 돈을 받았어.

"공금에 손을 대다니 무슨 괘씸한 짓이냐."

아버지가 다그치셨지만 숙부님은 전혀 기죽는 기색이 없었지.

"형님은 너무 뻣뻣해서 문제요. 복잡하게 생각할 것 없이, 같이 잘해봅시다. 형님이 이 관직을 받은 것도 내 형이기 때문이오. 몰랐습니까."

하고 비웃었다더군. 숙부님은 옛날부터 총명한 사람이었지만, 재기가 너무 넘치는 탓에 주변을 얕보는 구석도 있었어. 아버지는 숙부님의 그런 성격을 걱정하셨지만, 설마 가로에게 붙어 횡령까지 일삼을 줄은 모르셨던 것이야. 그뿐만 아니라 가로가 자신까지 아우와 같은 부류로 취급했다는 것에 분개하셨지.

"가족이라 해서 비호할 수는 없다."

아버지는 모든 것을 소상히 밝혀야겠다고 마음먹고 더욱 확실한 증거를 찾으려 하셨어. 그러자 그 움직임을 알아차린 상점 기리야의 일꾼 한 명이 몰래 아버지를 만나러 왔다더군.

"주인어른을 배반하고 싶지는 않습니다만, 이대로 가다가는 상점 사람 모두 악행에 가담하는 꼴이 될 것입니다. 부디 힘을 빌려주십시오."

그러면서 지금까지 기리야가 가로와 거래한 내역을 정리한 비밀 장부를 건넸어.

"잘 받았네. 응분의 조치를 취할 것이야."

아버지는 비밀 장부를 받으셨지.

그런데 그다음 날, 기리야의 일꾼이 시신으로 발견됐어. 강에 떠오른 시신에는 칼에 맞은 상처도 있었지만, 제대로 조사해보지도 않고 술에 취해 강에 빠져 죽은 것으로 처리됐지.

"의를 관철하려던 자가 비참하게도……."

아버지는 그 일꾼의 원통함을 풀어주기 위해서라도 새삼 진상을 파헤칠 각오를 다지셨어.

"주군께 직소해야 해."

진상을 알리면 분명 주군께서 그 뜻을 헤아려주실 것이

라고 아버지는 믿으셨어. 하지만 주군을 알현하는 자리에도 가로가 동석하는 것이 관행이야. 요닌인 아버지도 주군을 홀로 뵙기는 쉽지 않았어. 그리하여 다음 매사냥 때 직소하실 생각이셨지.

하지만 가로가 그런 낌새를 눈치채고 매사냥을 중지해버렸지 무엇인가. 더 나아가 아버지야말로 공금을 횡령했다고 성안에 소문을 퍼뜨렸지. 가신들은 가로가 악행을 일삼는다는 사실을 예전부터 알고 있었어. 때문에 가로의 역정을 산 아버지는 오히려 결백하다고 생각하는 사람도 있었고. 그러나 가로의 심기를 거스르면서까지 아버지를 편들어주는 사람은 없었어.

"이대로 가다가는 자네가 곤경에 처할 것이야. 일단 손을 떼게."

그렇게 조언해주신 분은 가세 님…… 네 아버님이셔. 하지만 아버지는 단 한 번이라도 눈을 감으면 똑같은 죄인이 된다고 가세 님께 말씀하셨다더군.

고뇌하는 아버지를 더욱 몰아붙인 것은 숙부님이었어.

"내가 내부자인 이상, 형님이 아무리 결백을 호소해도 소용없을 것이오. 가로님은 무서운 분이시니, 대항하기보다 굽히고 들어가는 것이 일신과 가문을 위하는 길이겠지요.

어디 일신뿐이겠소? 형수님과 기쿠노스케를 위해서이기도 합니다."

그래도 아버지는 순순히 굽히고 들어가지 않으셨어.

"기쿠노스케를 위해서라도 아비로서 부끄러운 짓은 할 수 없다."

그런 생각이셨다더군.

그러던 어느 날, 일에 쫓겨 오밤중에야 성에서 나오신 아버지께 괴한 두 명이 덤벼들었네. 아버지는 맞서 싸우다 간신히 도망치셨고, 하마터면 큰일 날 뻔했다고 가슴을 쓸어내리며 서둘러 집으로 돌아오셨어. 모두 잠들어 조용한 가운데, 아버지가 침소에 들어가니 어머니의 머리맡에 비수가 꽂혀 있었지.

"부인."

아버지가 어머니를 깨우셨지만, 어머니는 아무것도 모르셨어.

"오셨어요? 오늘 밤은 성에서 주무시는 줄 알았는데."

어머니가 허둥지둥 몸을 일으키자,

"괜찮으니 주무시오."

하며 아버지는 비수를 감추셨어.

완전히 초췌해진 끝에 아버지는 그러한 자초지종을 사쿠

베에에게 털어놓으신 것이야.

"내가 표적이 되는 것은 불가피한 일이지. 이미 각오한 바야. 그러나 안사람과 아들을 노리겠다고 위협하니 어찌해야 할지 모르겠구나."

충의를 지키기 위해서라도 가로의 악행은 폭로해야 한다. 하지만 덮어쓴 누명을 벗을 기회조차 없는 데다, 이번 일을 눈감지 않으면 처자식을 죽이겠노라고 위협당하고 있다. 애당초 이미 가족 중 한 명이 부정한 짓에 가담했다.

아버지는 사면초가셨어. 그리고 끝내 스스로 목숨을 끊음으로써 사태를 타개하고자 결심하신 것이야.

"할복할까 싶기도 했다. 하지만 죄를 인정한 것이라고 트집이 잡혔다가는 기쿠노스케의 앞날에도 지장이 생길 것이야. 또한 장부의 행방을 알고자 안사람이나 기쿠노스케를 추궁할지도 모르지. 그렇다면 차라리 불의의 일을 가장해 죽음을 맞는 것이 낫지 않겠는가."

무슨 말씀이냐고 사쿠베에가 묻자 아버지는 고개를 숙이셨어.

"부디 나를 베어다오. 그리고 장부를 가지고 멀리 도망가게."

사쿠베에는 너무나 놀랐고 그 뜻을 따르려 하지 않았어.

하지만 아버지의 각오는 변하지 않았네.

"내가 죽으면 아우는 분명 기쿠노스케에게 복수를 종용할 것이야. 사쿠베에, 가로의 명령으로 장부를 훔쳤다고 거짓으로 증언하고 기쿠노스케에게 죽어다오. 복수를 행하면 가문의 명예를 높인 셈이니 무사히 내 뒤를 이을 수 있을 터이지. 그리고 장차 주군이 장성하신 후에 기쿠노스케가 가로의 악행을 단죄해 가신들의 기강을 쇄신하였으면 한다."

아버지는 예상치도 못한 이야기에 말문이 막힌 사쿠베에의 손을 잡고 눈물을 흘리셨어.

"자네밖에 부탁할 사람이 없어. 미안하지만 이렇게 빌겠네."

사쿠베에도 그런 아버지의 모습은 처음 보았지. 그래서 "알겠습니다"라는 대답밖에 할 수가 없었다더군.

그리고 그날, 가로의 사자가 방문하기로 하자 아버지는 자신의 책략을 실행에 옮기기로 하셨어.

"자네에게 맡길 서찰과 장부는 큰길 옆 사원에 이미 숨겨놓았네. 나를 베고 나서 즉시 달아나게."

그렇게 말씀하시고 사쿠베에에게 칼을 내미셨지. 사쿠베에는 칼을 받아 들려 했지만, 막상 그런 상황이 오자 손이 떨려서 받아 들 수가 없었어.

"죄송합니다. 못 하겠습니다."

그러자 아버지는,

"그렇다면 자네를 벨 것이야."

하고 호통을 치셨네. 사쿠베에는 차라리 그러는 편이 낫겠다고 생각했고. 그 각오를 알아차린 아버지는 그대로 방을 나서셨어. 사쿠베에가 따라 나와보니 당치 않게도 아버지가 나를 베시려는 것이 아니겠는가.

도망쳐 다니는 나를 보고 사쿠베에는 마침내 아버지가 실성했다고 생각했다더군. 어떻게든 말려야겠다 싶어,

"나리."

하고 외치며 끼어들었어.

그리고 알다시피 아버지는 목숨을 잃으셨지.

사쿠베에는 거기까지 말한 후, 그렁그렁한 눈물을 주먹으로 쓱쓱 닦았네.

"칼을 쥐신 나리의 손을 붙잡았을 때, 눈이 마주쳤습니다. 강렬했지만 결코 실성하신 눈빛은 아니었지요. 나리는 그대로 제 손을 잡고 뒤로 물러서시더니, 툇마루에서 떨어지면서 스스로 칼날을 목에 대셨습니다."

사쿠베에는 피를 뒤집어쓴 채 아버지를 바라보았어.

"뒷일을 부탁한다고 마지막으로 말씀하셨습니다."

그 후, 사쿠베에는 도망치라는 내 목소리에 떠밀리다시피 큰길 옆의 사원으로 가서 숨겨놓은 서찰과 장부를 들고 에도로 떠났던 거야.

"나리께서 얼마나 원통하셨을지는 알고도 남지요."

"하지만 자네에게는 참으로 잔혹한 책략 아닌가. 도둑이라는 오명을 씌우는 것도 모자라 목숨까지 내놓으라니……."

"나리를 원망하지는 않습니다. 성안이 헤아릴 수 없을 만큼 혼탁하니까요."

가로가 사리사욕을 채우는 것에 여념이 없는 데다 자신의 추종자만 중용하는 탓에 성안이 '마굴 같다'라고 아버지는 사쿠베에에게 푸념하셨다더군. 도리를 바로 세우시려던 아버지가 궁지에 몰리셨을 수밖에.

"그렇다 한들 자네가 목숨을 버려야 할 당위성은 없어."

"괜찮습니다, 도련님. 나리께 입은 은혜를 생각하면……."

사쿠베에는 영지에 살던 소작인의 자식이야. 흉년이 든 해에 부모를 모두 잃고 길가에 쓰러진 사쿠베에를 아직 관례를 치르기 전의 아버지가 발견하셨어. 지금은 돌아가신 할아버지께서 목숨을 구해주시고, 갈 곳 없는 사쿠베에를 일꾼으로 거두셨지. 그 후로 사쿠베에는 한결같은 마음으로 20년 넘게 아버지를 섬겼어.

"나리께서는 신분이 다른 저를 친우라고 불러주셨습니다. 큰 은혜를 베풀어주신 나리를 위해 할 수 있는 일은 뭐든지 하겠다는 심정이었지요. 어떻게든 지켜드리고 싶었는데 그러지 못한 것이 한스러울 따름입니다. 그런 나리가 원하시는 바라면 기꺼이 목숨을 내놓을 각오가 되어 있습니다. 그렇지 않고서야 어찌 나리를 지키지 못한 죗값을 치를 수 있겠습니까."

아버지는 가문을 위해 사쿠베에에게 참으로 무거운 짐을 지우신 셈이야. 더구나 도둑이라는 누명을 쓴 채 죽으라는 뜻이었고. 그것은 주군을 위한 일이자 가문을 위한 일이라고 하더라도 인간의 길에서는 심히 벗어난 것이야.

"사쿠베에, 아버지는 역시 정신이 온전치 않으셨던 것이다. 이제 그같이 무리한 분부에는 따르지 않아도 돼. 차라리 이대로 에도에서 함께 지내는 것은 어떻겠느냐?"

내가 간청하다시피 했지만 사쿠베에는 조용히 고개를 젓더군.

"그러면 마님은 어찌하고요? 홀로 고향에 남겨두실 작정이십니까?"

사쿠베에는 허리에 맨 보따리에서 돌돌 만 장부를 꺼냈어. 기름종이로 잘 감싸놓아서, 사쿠베에의 행색만 봐서는 생각지도 못할 만큼 깨끗하더구나.

"저를 베고 고향으로 돌아가서 무사히 관례를 치르신 후, 성에 출사하십시오. 그리고 때를 보아 이 장부를 증거로 가로를 단죄하십시오. 방법은 그것밖에 없습니다."

장부를 받아 들기가 무섭더군. 애당초 젊으신 주군에게 힘이 없는데, 사쿠베에를 도둑으로 꾸미는 정도로 가로와 결판을 낼 수 있겠는가. 사쿠베에를 죽이고 장부를 내놓은들, 가로가 모르쇠로 잡아떼면 결국 나도 궁지에 몰릴 터였지. 가로를 단죄하러 가는 길에는 수많은 벽이 버티고 서 있을 게 분명했네. 그렇다면 사쿠베에는 개죽음하는 셈이 아닌가.

"다른 방법이 있을 것이야."

내가 열띤 어조로 말했지만, 사쿠베에는 개의치 않고 장부를 기름종이로 감싸서 돌돌 말더니, 지저분하기는 하지만 우리 가문의 문장이 들어간 보자기에 싸서 내 등에 매어주었어.

"이제 여한은 없습니다."

그러더니 단정히 꿇어앉아 두 손을 모으고 눈을 감더군.

얼마나 당황스러웠는지 몰라.

"이래서는 안 돼."

언성을 높였지.

"도련님, 각오하십시오."

마치 사쿠베에가 복수를 행하러 온 것 같은 말이었지. 나는 어떻게든 그 상황에서 빠져나가고 싶었어.

"그런 것이 아니야. 각오는 했어. 하지만 보게. 이렇게도 인적이 없지 않은가."

연극이 끝나고 시간이 꽤 지나서 주변에는 손님이 없었네. 방금까지 연극의 반주 음악을 연습하던 소리도 그쳤고, 서로 대사를 맞춰보는 목소리도 들리지 않았어. 캄캄한 뒷골목에는 걸인과 극장의 보조 배우밖에 없었지.

"사람들의 눈이 없는 곳에서 복수를 행하면 훗날 그 사실을 입증할 수가 없어. 게다가 지금 자네 꼴이 어떤가. 걸인 행색이잖아. 이런 상황에서 복수를 행했다가 그저 걸인을 베었을 뿐 아니냐고 트집이라도 잡히면, 아버지와 자네의 죽음은 헛된 일이 되고 말아. 복수에는 복수에 걸맞은 절차가 있을 것이야. 내 말이 무슨 뜻인지 알겠는가."

순간적으로 둘러댄 것치고는 일리 있게 느껴지더군. 사쿠베에도 흐음, 하며 고개를 끄덕였어.

"확실히 그렇습니다. 그럼 어찌할까요?"

나는 매고 있던 보따리를 풀어서 다시 사쿠베에의 허리에 매어주었네.

"이것은 자네가 가지고 있게. 자네가 원수라는 증거도 될 터이지. 이제부터 남들에게 이것저것 알아봐서, 복수를 행하려면 뭘 어찌해야 하는지 가르쳐주겠네. 지금 어디에 머무는가?"

"에이타이 다리 밑에 기거하고 있습니다."

"좋아, 알겠네. 내가 그리로 갈 터이니 좀 기다려주게."

그리하여 그날은 겨우 복수를 행하는 것을 면했어.

그런데 복수에 걸맞은 절차라고 둘러대기는 했지만, 그런 것이 있기는 할까.

"복수는 어떤 것일까요?"

연극이 끝난 후 무대 뒤편에서 묻자 잇파치 씨는,

"복수 하면 소가물이나 〈충신의 무리〉지."

하고 연극 대사를 술술 읊었어. 그러자 배우들이 모여들어 그 역할은 누가 좋았다, 그 점이 어땠다 하며 연극 평을 시작해서 이야기에 전혀 진전이 없었네. 다만 쾌활한 사람들 덕택에 음울한 기분이 조금 밝아지는 것 같더군.

그러나 문제는 하나도 해결되지 않았어.

그러는 동안 새해가 밝고 에도는 경사스러운 정월 분위기로 가득 찼지. 규조 씨 집에서 오요네 씨가 대접해준 명절 찬

합 요리(일본에서는 새해에 길한 의미가 있는 음식을 찬합에 담아 낸다)는 아주 맛있었고, 사자춤을 추거나 만담을 하는 예인들로 길거리가 시끌벅적했어. 그렇듯 흥겨운 분위기 속에 있으니, 내가 무엇을 하러 에도에 왔는지 어느새 잊어버릴 것만 같더군.

극장 뒤편에 흐르는 강을 바라보며 깊은 한숨을 내쉬었어.

"관례를 치를 예정이었거늘."

한 해 전 정월에 아버지께서 "네 관례 준비를 해야겠구나" 하고 기쁘게 말씀하셨거든. 하지만 얼마 지나지 않아 향응을 담당하게 되어 바빠지셨고, 결국은 돌아가시고 말았지. 이제 열여섯 살이 되는데 여태 앞머리를 밀지도 못하고, 고향에 돌아갈 수 있을지 없을지도 모르니…….

그런데,

"고민이 있어 보이는구나."

하고 각본 담당 시노다 긴지 씨, 즉 어머니의 오랜 지인인 하타모토 가문 출신의 노노야마 쇼지 님이 말을 거시더군.

"잇파치에게 들었네. 복수에 대해 묻고 돌아다닌다면서? 아무래도 원수를 찾아낸 모양이군."

이 사람은 지금까지 내가 만나본 적이 없는 부류라서 껄끄러웠어. 어쩌면 일찍이 어머니와 인연이 있었다는 것이 마음에 걸렸는지도 모르지. 하지만 어머니는 그 일의 자초 지종이 담긴 서찰을 이 사람에게 보내셨고, 나도 그 서찰을 읽었어. 사쿠베에의 이야기와 어긋나는 점이 없는 내용이었고, 아버지가 곤경에 처해 계셨다는 것도 새삼 느꼈지. 어머니가 이 사람을 신뢰하신다는 것도.

홀로 에도에 가서 깨달은 점 중 하나는, 때때로 남을 믿고 의지할 용기도 필요하다는 것이야. 뭐든지 혼자 짊어지겠다는 마음가짐은 대견하지만, 그래서는 무엇 하나 이룰 수 없다는 것을 깨달았지. 그래서 나도 이 사람을 믿고 이야기해 보기로 마음먹었어.

"말씀대로 사쿠베에를 찾아냈습니다. 하지만 아직 벨 각오가 서지 않아서요."

"두려운 것이냐?"

두렵다는 말은 무가 태생의 입에서 나와도 될 말이 아니야. 하지만 이 사람에게는 말해도 될 것 같더군. 그래도 입밖에 꺼내지는 못하고 묵묵히 고개만 끄덕였어. 그러자 긴지 씨는 손바닥으로 감싸듯이 내 머리를 쓰다듬었지.

"두렵지 않다고 했다면 네가 괴물처럼 느껴졌을 것이다. 사람을 죽여야 하는데 당연히 두렵겠지. 나도 피를 보는 것은 거북해. 손끝이 가시에 찔리기만 해도 몸이 부르르 떨려."

내가 쓴웃음을 짓자 긴지 씨는 어깨를 두드려주었어.

"뭐, 그저 두려울 뿐만은 아니겠지. 막역하게 지낸 사람을 죽이라니……. 억지도 그런 억지가 없어."

이 사람은 어떻게 잘난 척하는 구석 하나 없이, 꺼내기가 망설여지는 말을 할 수 있는 것일까. 내가 하고 싶어도 할 수 없는 말과 마음속에 꼭꼭 숨겨놓은 기분을 가뿐하게 드러내더구나. 나는 조금 물러나서 긴지 씨를 똑바로 바라보았어.

"그래도 해야 합니다. 저만 각오를 다지면 복수를 행할 수 있습니다."

긴지 씨는 잠깐 내 얼굴을 빤히 바라보더니, 갑자기 손을 뻗어 내 두 뺨을 꼬집었어.

"재미있는 표정으로 뭘 그리 멋있는 척 허세를 부리는 것이냐."

그러면서 껄껄 웃길래 긴지 씨의 손을 뿌리쳤지.

"놀리지 마십시오. 저도 의리 있는 사쿠베에를 베고 싶지는 않습니다. 그래도 해야 하는 것이 무사고요. 당신이 버린 무사 말입니다."

어린아이 취급당한 것이 화나서, 어떻게든 반격하고 싶은 마음에 소리쳤어. 하지만 긴지 씨는 그 말이 전혀 아프지 않았는지, 딱하다는 듯 다정한 눈빛을 던지더구나.

"왜 그러십니까."

"아니…… 너희 아버지를 쏙 빼닮아서."

생김새는 어머니를 닮았다는 말을 많이 들었기에, 예상치 못한 말에 낯이 간지럽더구나. 긴지 씨는 뭔가 납득한 듯 홀로 음, 하고 고개를 끄덕이더니,

"알았다. 한동안 복수에 대해서는 잊어버리거라."

하고 내 등을 툭 치더니 그대로 가버렸네.

잊어버리라고 한들 어떻게 잊어버리겠나. 애당초 복수를 위해 에도에 간 것이지, 극장에서 보조로 일하고자 간 것이 아닌데. 무사 신분을 버린 긴지 씨에게는 별일 아니었을지도 모르지만, 가문의 명예를 지켜야 한다는 중책이 내 어깨를 무겁게 짓누르더구나.

마찬가지로 무사 신분을 버리기는 했지만, 무술 연기 담당 요사부로 씨는 좀 더 이야기가 통했어. 원래는 검술을 지도했던 만큼 칼을 다루는 솜씨도 뛰어났고.

"지도를 부탁드립니다."

하고 부탁하자 쾌히 승낙해주었지.

오랜 세월 막역한 사이였던 사쿠베에를 베겠다고 나서서는, 흉한 꼴을 보일 수는 없지 않겠나. 사쿠베에의 목숨을 헛되이 버리게 할 수는 없다. 그렇게 생각하자 칼을 휘두를 때

도 힘이 들어가더군.

"실력이 쭉쭉 느는구려."

요사부로 씨에게 칭찬도 받았지만, 자랑스러워할 만큼은 마음이 따라오지를 않았어.

그러나 이대로 계속 미루어본들 고향에는 돌아가지 못하고, 사쿠베에는 다리 아래에서 계속 걸인처럼 지낼 터이고, 어머니는 고향에 홀로 계실 터였지. 얼른 복수를 행하지 않으면 아무 변화도 없이 제자리걸음만 할 뿐이었어.

나는 드디어 각오를 다지고 다리 아래로 향했어. 하지만 사쿠베에가 없는 것 아니겠나.

"사쿠베에라는 사내를 모르오? 서른 줄의 덩치가 큰 사내 인데……."

다리 아래에 사는 걸인에게 물어보았네.

"뭐, 요즘은 추우니까 이 부근에 있던 자들도 따뜻한 곳을 찾아 여기저기로 자리를 옮겼는뎁쇼."

그런데 거기 있던 한 할아범이 아아, 하고 생각났다는 듯 말하더군.

"그저께였나, 어쩐지 요란스러운 호칸을 거느린 멋진 옷 차림의 나리와 통통한 중년 여인이 데려갔습니다. 그리고 후카가와 부근의 도박장에서 돈을 잔뜩 땄는지, 도박꾼 같은 행색으로 에이타이 다리를 위세 좋게 활보하더군요. 깜짝 놀랐습니다."

사쿠베에에게 대체 무슨 일이 있었던 것일까…….

영문을 모르는 채 에이타이 다리 위에서 저녁녘까지 기다렸지. 그러자 사쿠베에가 검은색과 흰색의 격자무늬가 들어간 화려한 기모노에 검은 하오리를 걸친 모습으로 담뱃대를 들고 걸어오는 것이 아니겠나. 열흘쯤 전에는 덥수룩했던 머리도 깔끔하게 밀고. 평소와 달리 등을 쭉 펴고 당당히 걷자, 원래 덩치가 큰 만큼 화려한 의복과 넓은 어깨가 눈에 확 띄어서 주변에 있던 사람들이 슬금슬금 길을 비켜주더군.

"도박판의 무뢰한인가 봐."

길을 오가는 사람이 속삭이는 소리가 들렸어. 사쿠베에는 놀란 나를 알아본 듯했지만, 모르는 척 지나가더구나. 쫓아가서 말을 걸까 싶었지만 발이 떨어지지 않았어. 사쿠베에가 무서웠기 때문이 아니라, 무슨 일이 일어난 것인지 몰랐기 때문이야.

극장으로 돌아와서 오늘 있었던 일을 슬쩍 이야기하자 잇파치 씨는 하하하 웃었어.

"도박장에서 돈을 땄나 보군. 걸인이 구걸로 얻은 푼돈을 밑천으로 도박장에서 일확천금을 버는 것은 허황되게 들리지만 가끔 일어나는 일이지. 돈은 사람을 바꿔. 특히 돈이 판치는 에도에서는 말이야. 옷이 바뀌고 주변에 있는 사람도 바뀌어. 그러면 행동거지와 인품도 순식간에 바뀌고 말아. 그자는 더 이상 그대가 알던 사쿠베에가 아니라는 뜻이지."

그럴싸하게 들리더군. 역시 나와 아버지를 위해 목숨을 희생해야 한다는 것이 어처구니없게 느껴진 것 아닐까. 당연하다면 당연한 일이었네.

에도로 나와서 극장에 정착한 후, 내가 얼마나 세상 물정을 몰랐는지 깨달았지. 고향에서는 집에 드나드는 상인과 영지의 몇몇 평민 말고는 출신이 다른 사람을 만날 기회가 거의 없었어. 하지만 극장에 있어 보니 태생도 제각각이더군. 잇파치 씨는 요시와라에서 태어난 전직 호칸. 요사부로 씨는 하급 무사 출신. 호타로 씨는 화장터지기에게 키워진 고아였고, 규조 씨는 직인. 긴지 씨는 상급 무사 집안 출신. 그 외에 배우나 화공도 태생과 내력이 다양했고, 손님들도 행색이 걸인 같은 사람부터 마치 영주처럼 유복한 사람까지 각양각색이었어.

사쿠베에도 에도에는 처음 가보았을 터. 나처럼 세상이 얼마나 넓은지 그제야 깨달았는지도 몰라. 그렇다면 조그마한 우리 가문을 위해 목숨을 바치기가 싫어질 만도 하지 않겠나. 도박이든 뭐든 해서 돈만 있으면, 에도에서는 얼마든지 살아갈 길이 있으니까.

나는 원래부터 사쿠베에를 죽이고 싶지 않았다. 이대로 복수를 그만둘까도 싶었지.

하지만 고향에 계신 어머니가 어찌 될까 생각하자 역시 복수를 행해야 한다는 생각이 들었어. 제자리를 맴도는 기분이었지. 스스로에게 똑같은 물음을 던졌지만, 매번 다른 답이 나왔다네.

적어도 한 번은 사쿠베에를 만나 이야기를 해야겠다 싶더구나. 만약 사쿠베에가 복수로부터, 우리 가문으로부터도 달아나기를 바란다면 어쩔 수 없는 일이다. 설령 도박꾼으로 전락할지언정 살아 있는 편이 낫다. 어릴 적부터 보살펴 주었던 은의를 무시할 수는 없다 생각했지.

다음 날, 나는 평범한 행색으로 칼도 차지 않은 채 에이타이 다리에서 사쿠베에를 기다렸어. 얼마나 지났을까, 사쿠베에가 다리 저편에서 어깨에 하오리를 걸치고 바람을 가르듯 걸어오더구나. 사쿠베에는 이를 악문 듯 입을 꾹 다물고 나를 노려보았어.

해 질 무렵이라 주변이 황혼에 붉게 물들어가는 가운데, 우리는 우뚝 서서 서로를 바라보았지. 이윽고 나는 사쿠베에에게 천천히 다가갔어.

"어허, 도련님. 드디어 원수를 갚으러 온 것이오?"

사쿠베에가 비웃음 섞인 얼굴로 묻더군. 사쿠베에가 내 앞에서 그런 표정을 지은 것은 처음이었어. 역시 사쿠베에 는 우리와 인연을 끊고 싶은 것이로구나, 그런 생각이 들더 군. 나는 그 사실에 마음먹은 바와 달리 상처 입은 것을 감추 느라, 숨을 크게 한 번 내쉬었어.

"오늘은 빈손으로 왔네. 자네와 이야기를 하고 싶었을 뿐 이야."

"무슨 할 이야기가 있다고 그러시오? 복수를 행해야 하는 입장이면서."

나는 울음이 나려는 것을 꾹 참고, 웃으려 애썼지.

"자네가 우리와 인연을 끊고 여기서 살기를 바란다면, 그 리하게."

거짓 없는 본심이었어.

나는 여전히 애틋한 심정으로 아버지를 그리워하고 있었 네. 우리 가문에 얽힌 일 또한, 나 스스로 짊어지기로 각오 했지. 어머니도 걱정됐고. 하지만 사쿠베에를 죽이면서까지 원하는 바를 이루고 싶으냐고 묻는다면, 역시 그렇지는 않 더구나. 무엇을 어찌하든 아버지는 돌아오지 않으신다. 그렇다면 아무리 차림새가 바뀌든, 도박꾼이 되든, 사쿠베에를 아끼는 마음이 어찌 변하겠는가.

"지금까지 아버지, 어머니, 내게…… 헌신해줘서 고맙네. 건강히 잘 지내게."

이제 고향으로 돌아갈 수도, 어머니와 만날 수도 없게 되겠지만 사쿠베에와 거기서 작별하기로 결심했어. 아버지의 죽음을 헛되이 하는 것 아니냐고 해도 어쩔 수 없는 일이었네.

에이타이 다리에서 몸을 돌려 걸어가려 한 순간, 팔을 꽉 붙잡혔어.

"도련님."

아까까지와는 딴판으로 당혹스러워하는 목소리였어. 낯익은 다정한 눈빛에 나도 당황해서 멈춰 섰지.

"여기는 남의 눈이 있습니다. 잠깐 같이 가시지요."

사쿠베에는 나를 후카가와의 담뱃집 뒷골목에 있는 쪽방으로 데려갔어. 황량해 보이는 방에는 낡은 화로와 찢어진 머릿병풍, 납작한 이불 외에는 아무것도 없더군. 사쿠베에의 권유에 따라 안으로 들어가서 마주 앉았지. 사쿠베에는 커다란 몸을 움츠리듯 꿇어앉았어.

점점 더 영문을 모르겠더군. 걸인 행색으로 에이타이 다리 아래에 있었던 사쿠베에가 위세 좋은 도박꾼이 된 것에도 놀랐지만, 어느새 거처도 구해서 살고 있었을 줄이야.

"이런 곳에 살고 있었는가."

물어보자 사쿠베에는 고개를 끄덕였어.

"잠깐만 지내면 되니까요."

요 며칠간 보았던 도박꾼 사쿠베에가 아니라, 내가 익히 아는 예전의 그 사쿠베에였지.

"대체 어떻게 된 것이야?"

"마님과 아는 사이라는 시노다 긴지라는 분이 다리 아래로 찾아오셨습니다."

들어보니 내가 원수를 발견했다고 이야기한 그날, 긴지 씨가 에이타이 다리 아래로 사쿠베에를 찾아갔던 모양이었어.

"일단 목욕탕부터 갈까."

하고 말을 걸었다더군.

"잇파치 씨, 그리고 여장 배우인지 무언지 하는 호타루 씨도 같이 오셨습니다."

사쿠베에는 고향에서는 접하기 힘든 여장 배우를 보고 당황한 듯했어. 더러운 옷을 벗고 목욕한 후 훈도시 차림으로 나오자, 머리 단장을 맡는 사람이 앞머리와 정수리를 밀고 상투를 틀어주었지. 그동안 호타루 씨가 격자무늬 기모노를

입히더니,

"소매 길이를 좀 늘려야겠네."

하고 입은 채로 치수를 고쳤어.

"이렇게 좋은 옷을 어찌 받겠습니까."

사쿠베에가 사양하자,

"뭐, 비뚤어진 곤타 의상이야. 오노에 에이자부로가 입었던 옷이니 고맙게 입도록 해. 무대에서 입기에는 좀 후줄근해졌지만, 입고 다니기에는 충분하겠지."

곤타는 〈요시쓰네, 흐드러진 벚꽃 지듯(義経千本桜)〉이라는 연극에 등장하는 무뢰한이지. 무법자로 살다가 개심하여 다이라노 고레모리(헤이안시대 말기, 미나모토 가문과 패권을 다투던 다이라 가문의 무장)를 돕는 충의 있는 인물이라고 들었다더군.

"연극은 전혀 모릅니다만, 충의 있는 인물의 의상이라기에 입기로 했습니다."

익숙지 않아 보이던 그 옷은 호타루 씨에게 받은 낡은 옷이었어.

"그런데 대체 왜 세 사람이 자네를 만나러 온 것이지?"

"원수라면 원수답게 행동하라고 말씀하시더군요."

사쿠베에가 당황스러워하면서도 기모노를 입자, 가만히

바라보던 긴지 씨는 흠, 하고 납득한 듯 고개를 끄덕였네.

"이보게, 아까 같은 꼴로 다녀서는 기쿠노스케도 베려야 벨 수가 없어. 하물며 복수를 행하고 고향으로 돌아간다면서? 지나다니는 걸인을 원수로 위장해 죽였다는 이야기라도 나돌면, 무사로서 얼마나 수치스럽겠는가. 기쿠노스케같이 수려한 무사가 복수를 행하기에 어울리는 원수의 모습이나 분위기 같은 것이 있을 터이지. 사람들 입에 오르내릴 만한 악당으로 전락했다면 더욱 알맞겠고. 원래 선한 사람이지만 에도에 와서 몹쓸 사람이 됐다고 하는 편이 좋겠군. 유곽에는 자주 들락거리는가?"

"당치도 않습니다."

사쿠베에의 대답에 호타루 씨가 후후후 웃었어.

"물어볼 것도 없지. 여인에게 달콤한 말 한마디 못 하게 생겼잖아."

그러자 잇파치 씨가 말을 이었어.

"아니야, 아니야. 의외로 이런 사내는 정이 두터워서 공연히 유녀의 마음을 빼앗는 바람에 뒤끝이 안 좋아. 도박이 낫지 않겠습니까?"

"음, 그렇다면 도박이 좋겠군. 도박장에 같이 가세."

세 사람은 사쿠베에를 후카가와의 도박장에 데려갔네. 주

사위 놀음은 처음 보는 데다 어떻게 하는지도 몰랐다지. 그
러자,

"자, 도박을 하려면 밑천이 있어야지."

하며 긴지 씨가 작은 금자를 두 개 주었다네. 사쿠베에는
사양하려 했지만,

"잔말 말고 걸어봐."

하고 재촉해서 돈을 걸었어. 그러자 놀랍게도 이겨서 금
자가 네 개로 불어났다지 뭔가.

"자, 이만 가지."

긴지 씨의 말에 돌아가려 하자, 주사위꾼이,

"따고 바로 도망치기가 어디 있소?"

하고 막았어.

"한동안 계속 드나들 테니 걱정하지 말게."

긴지 씨는 그렇게 말하고 사쿠베에와 함께 도박장을 나
섰어.

"다음에 올 때는 금자를 걸지 말고, 푼돈을 조금씩 걸도록
하게. 방금 금자를 걸고 이긴 덕분에 이 근방 도박꾼들의 시
선이 자네에게 집중됐어. 이제는 눈도장만 잘 찍으면 돼."

잇파치 씨는,

"재미있을 것 같으니 제가 따라다니겠습니다."

하고 쾌활하게 말했어. 실제로 며칠간 저녁녘이 되면 데리러 와서 함께 도박장에 갔었다더군.

한편 사쿠베에가 살고 있던 쪽방은 긴지 씨의 것이었어.

"세 들어 살던 사람이 얼마 전에 집세를 떼어먹고 도망쳤으니, 사용해도 상관없네."

라고 하기에 기거하기로 한 것이야.

"솔직히 도박이 재미있는 줄은 모르겠습니다. 하지만 다들 말씀하셨듯이, 도박에 빠진 자를 베는 편이 확실히 복수로서 모양새가 날 것 같더군요. 그래서 도박장에 드나들고 거리를 활보하다가 도련님께 복수를 당하려 한 것입니다. 설마 그 때문에 도련님이 복수를 포기하실 줄은 꿈에도 모르고서요."

사쿠베에는 어깨를 축 늘어뜨렸어. 악당 같은 구석은 손톱만큼도 없는 사쿠베에를 보고 있노라니, 긴장했던 나도 맥이 탁 풀리더구나. 그리고 점차 우스워져서 하하하 소리 내어 웃었지.

"이제 그만둘까."

"무슨 말씀이십니까. 그래서는 나리의 희생이 물거품으로 돌아갑니다. 그리고 이것은 어찌하실 것입니까."

사쿠베에는 천천히 일어서서 다다미를 한 장 들어 올리고 밑에서 장부를 꺼냈어.

"가로는 여전히 사리사욕을 채우고 있습니다. 저는 그 악행을 막고자 하신 나리의 뜻을 이어받아, 고향의 주군과 민초를 위해 힘을 다할 것입니다. 뜻을 이루기 위해서라면 죽음도 마다하지 않겠습니다."

사쿠베에는 역시 사쿠베에였어. 무사 신분은 아니지만, 사리사욕을 채우는 것에 눈이 먼 가로와 숙부님과 달리 청렴하고 배짱도 두둑했네.

"자네 마음은 잘 알았어. 나도 참 한심하군. 그러나 지금은 빈손이니, 날을 잡아 다시 오겠네."

그날도 복수를 뒤로 미루었지만, 이제 물러날 곳은 없다는 생각도 들더군.

규조 씨 집에 바로 돌아갈 기분이 아니라서 에도 안을 정처 없이 돌아다녔지. 밝게 웃으며 지나가는 사람들을 보자 부럽기도 하고, 시샘이 나기도 했어.

마을의 통행 문이 닫히기 전에 규조 씨 집에 당도했고, 걱정스러워하는 오요네 씨의 시선을 피하듯이 2층으로 올라가 이부자리에 드러누웠지. 하지만 아무래도 잠이 오지 않아 천장을 노려보고 있으니 눈물이 왈칵 솟더구나. 어머니와 친우가 기다리는 고향으로 돌아가고 싶다는 마음과, 사쿠베에를 죽이기 싫다는 마음. 그리고 아버지를 사모하는 마음이 파도처럼 밀려와서 오열을 참으려고 팔로 입을 꽉 눌렀지만 몸이 떨렸어.

마음을 좀 가라앉히고자 아래층으로 내려가 물을 마시고 밖으로 나가자 서늘하니 기분이 좋았네. 근처 이나리 신상에 두 손을 모으고 정성껏 빌었지. 문득 정신을 차리자 규조 씨가 옆에 서 있더군. 부인인 오요네 씨도 날 걱정해주었고……. 함께 집으로 돌아가 화롯불을 쬐며 사정을 설명했어.

"아버지의 속뜻을 믿는다면 저도 '서당'의 고타로처럼 가만히 눈을 감고 죽었어야 했던 것 아닐까. 그것이야말로 효행이자 충의가 아니었을까……."

아버지가 나를 베려 하신 것이 사쿠베에에게 죽기 위한 연극이었음은 안다. 하지만 차라리 그때 내가 베였다면 아버지도 사쿠베에도 죽음을 면했을 것이다. 그렇게 생각하자 또 눈물이 뚝뚝 떨어졌어. 복수의 길을 떠나야 했던 것은 불효를 저지른 벌이 아닐까 싶기까지 하더군. 그런데 오요네 씨가,

"아니어요…… 아니어요……. 기쿠노스케 씨가 살아 있어서 정말로 다행이어요."

하고 울면서 나를 끌어안았네. 무뚝뚝한 규조 씨까지 나

를 가만히 끌어안아주었고. 자기 자식도 아닌 나를 부모같이 자애롭게 감싸주어서 얼마나 든든했는지 몰라.

다음 날, 평소와 다름없이 두 사람과 함께 아침을 먹었어. 오요네 씨는 밝게 행동하려 애썼고, 극장으로 향하는 나를 웃는 얼굴로 배웅해주었지. 참으로 고맙고 미안하기도 했어.

연극이 끝난 후 극장을 정리할 때였네. 규조 씨 부부에게 걱정을 끼치기는 싫었기에 어떻게든 웃으며 돌아가고 싶었어. 하지만 침울한 기분이 가시지 않아서 어쩔 수 없이 텅 빈 관람석에 혼자 멍하니 앉아 있었지.

"왜 그러나? 넋이라도 나갔는가?"

긴지 씨가 웃으며 말을 걸더군.

"사쿠베에게 들었습니다. 도박꾼으로 전락한 사쿠베에를 벤다는 각본이었다면서요?"

"들통이 나버렸군. 어차피 자네는 도박꾼 사쿠베에를 베지 못했지만."

긴지 씨는 극장에 쩌렁쩌렁 울려 퍼질 만큼 크게 웃었어.

"그러니 다들 자네를 내버려둘 수가 없는 것일세."

그 무렵에는 더 이상 긴지라는 사람이 껄끄럽지 않았어. 아버지와는 전혀 다르지만, 곁에 있으면 믿음직스럽게 느껴졌네.

"같은 인간으로서 사쿠베에를 죽이기가 꺼려지는 것은 당연해. 그래도 베어야 하는 것이 무사의 도리라면, 난 무사를 때려치워도 상관없다고 생각하는데. 네 생각은 어떠냐?"

어찌나 가볍게 말씀하시던지.

하지만 그것도 나쁘지 않을 것 같더군. 긴지 씨도, 요사부로 씨도 이유는 어쨌거나 무사 신분을 버리는 삶을 택했지. 물론 짐작할 수 없는 고뇌는 있겠지만, 행복해 보였어. 그러나…….

"그래도 저는 무사로 살고 싶습니다."

나는 쥐어짜듯이 대답했어. 그러자 이번에는,

"네게 무사란 무엇이냐?"

하고 묻더군.

"무엇이냐니……."

"꽃 하면 벚꽃, 사람 하면 무사라고 〈충신의 무리〉의 대사라도 읊어볼 터인가."

긴지 씨는 심술궂은 웃음을 띤 채 놀리듯 말했어. 일찍이 나는 무사 이외의 신분에 관심도 없었고, 무사로 살아가는 것에 아무 의문도 없었어. 어떤 의미에서는 멸시하는 것보다 더 비정한 마음가짐이었을지도 몰라. 하지만 극장에서 만난 사람들과 함께 있으면, 무사라는 이유만으로 으스대는 꼴이 우스꽝스럽게 느껴지고는 했네. 호타루 씨는 화장터 지기였다는 이유로 멸시당한 과거를 말해주었고, 잇파치 씨는 요시와라 여인들의 고뇌를 잘 알았지. 그 이야기를 듣고서 애당초 '신분'이란 무엇인지 몇 번이고 스스로에게 물어보았어. 내가 지금까지 당연하게 받아들였던 세상의 얼개는 비뚤어지고 기묘한 것이 아닐까 싶더군.

그래도 그 속에서 살아갈 수밖에 없다면 어찌하고 싶은가.

그래도 무사로 살기를 바라는 이유는 무엇인가.

첫 번째는 단순 명쾌했네. 어머니 곁으로 돌아가서 안심시켜드리고 싶다.

그리고 두 번째는 아버지의 유지를 잇고 싶기 때문이었지.

아버지는 폐단을 바로잡으려 하셨어. 그러기 위해 절대 굽히지 않으셨고, 목숨과 바꾸면서까지 주군께 충의를 다하고 가문을 지키는 길을 선택하셨네. 아버지에게는 못 미치겠지만 그 뜻을 잇는 것이 내 역할이라고 생각했어.

"무사라는 신분 자체에 연연할 생각은 없습니다. 그저 어릴 적부터 보아온 아버지의 모습을 본받고 싶을 뿐입니다. 인간으로서 그릇된 길을 걷지 않고, 아첨도 하지 않고, 의를 관철하는 것이 무사라고 생각합니다."

"그러기 위해서 어떻게 하고 싶으냐?"

"아버지의 뜻을 이어받아 부정을 파헤쳐 주군께 도움을 드리고 싶습니다. 그리하여 가문의 명예와 어머니를 지키고 싶습니다."

"그렇구나."

"하지만……."

나는 긴지 씨의 말이 끝나기가 무섭게 입을 열었어. 긴지 씨가 놀란 눈으로 바라보더군.

"사쿠베에를 죽이고 싶지는 않습니다!"

아랫배에서 솟아오른 목소리였어. 텅 빈 극장에 내 목소리가 간판 배우의 쩌렁쩌렁한 목소리처럼 울려 퍼졌지.

계속해서 부닥치고 있던 두 가지 본심이었네. 그 틈새에 끼어서 얼마나 괴로웠는지 몰라. 그 괴로운 마음을 긴지 씨에게 전한다고 무슨 의미가 있겠냐마는. 나약한 소리를 해도 이 사람이라면 용납해줄 것 같았어.

긴지 씨가 커다란 손으로 달래듯이 등을 문질러주더군. 한동안 아무 말도 없이 그러고 있다가, 숨을 크게 한 번 내쉬었어.

"좋아, 알았다."

등을 어찌나 세게 두드리는지, 콜록콜록 기침을 하며 긴지 씨를 보았네.

"알았다니……, 무슨 말씀이십니까?"

"그저 네 본심을 알았다는 것이야."

긴지 씨는 입꼬리를 끌어 올려 웃었어. 나를 격려하고자 하는 것이 아니라, 뭔가 꿍꿍이가 느껴지는 웃음이었지. 긴지 씨는 궁금해하는 나를 내버려둔 채, 의기양양하게 콧노래를 부르며 극장을 떠났어. 나 홀로 관람석에 남겨졌지.

그로부터 며칠이 지났을까. 연극이 끝나자 잇파치 씨, 호타루 씨, 요사부로 씨, 긴지 씨가 함께 와서 나를 꼬치구잇집에 데려갔어.

"복수를 행할 것이라면 꼭 남의 눈에 띄어야 해."

제일 먼저 말을 꺼낸 사람은 잇파치 씨였어.

"〈충신의 무리〉도 그렇잖나. 다들 똑같은 무늬가 들어간 하오리를 입고 행렬을 이룬 것은 무엇 때문일까. 바로 눈에 띄기 위해서지. 해치웠다고 과시하지 않으면 복수를 행한 의미가 없어."

잇파치 씨다운 말이었지. 하지만 나로서는 사쿠베에를 벤 후에 그렇듯 자랑스러운 기분이 들 것 같지 않더군.

"살생을 범하고 싶지 않다는 마음은 잘 아오."

그렇게 말해준 사람은 검술을 가르쳐준 요사부로 씨였어. 요사부로 씨는 어쩐지 아버지와 닮았네. '딱딱하고 융통성이 없다'라고 극장 사람들에게 놀림당하지만, 그래도 눈썹 하나 까딱하지 않아. 그런 사람이 주저하는 내 마음을 인정해준 것만으로도 마음이 얼마쯤 편해지더라고.

"뭐, 연극 상연을 끝내는 날까지는 마무리를 지어야지. 돈도 드니까 말이야."

하고 긴지 씨가 말했어. 긴지 씨는 사쿠베에가 도박꾼 행세를 하기 위한 밑천을 대줄 뿐만 아니라 쪽방도 공짜로 내어주고 있었거든.

그때가 연극 상연을 끝내는 날까지 열흘도 채 남지 않은 무렵이었지.

"알겠습니다. 여러분께 걱정을 끼쳐서 참으로 송구스럽습니다."

"그러니까, 복수를 행할 때는 극장으로 데려오게."

긴지 씨의 말에 고개가 갸웃거려졌어.

"도박꾼을 길에서 벤다는 이야기 아니었습니까?"

그러자 호타루 씨가 한숨을 쉬었어.

"그 사람은 기껏 빌려준 의상도 멋있게 못 입어. 옷깃을 너무 단단히 여민다고. 요즘 흔히들 그러듯이 헐렁하게 입고, 잘나가는 도박꾼으로서 사람들의 시선을 모아놓고 수려한 무사에게 베여야지. 내가 옷을 손 좀 봐줄게."

호타루 씨만의 고집이 있는 모양이더군. 어쩐지 우스꽝스러워서 웃음이 났어.

"죄송합니다. 진지한 이야기인데 웃음이 나왔네요."

그러자 네 사람은 함께 웃어주었지. 호타루 씨는 자기 그릇에 있던 동그스름한 토란 꼬치구이를 집더니 내 그릇에 내려놓았어.

"난 네 편이야. 그것을 잊지 마."

호타루 씨 다음으로 잇파치 씨도 곤약 꼬치구이를 얹어놓더군.

"호타루 씨뿐만이 아니야. 나, 잇파치 님을 형님이라고 생각해도 돼."

요사부로 씨가,

"이 몸도……."

하고 말하자 긴지 씨는,

"아아, 열기가 뜨겁군. 극장 사람들 모두 네가 무사히 고향으로 돌아가기를 바란다는 뜻이야. 그러니 쓸데없이 사양하지 말게."

하고 웃으며 잔에 술을 따랐지.

"술은……."

"마셔본 적 없나. 술은 이럴 때야말로 마시는 법이야."

술은 고마운 물건이야. 이유도 없이 웃을 수 있지. 아무 해결도 되지 않았건만 마음이 가벼워지는 기분이 들더군. 규조 씨 집으로 돌아가자 오요네 씨가 기막혀하는 얼굴로,

"어머나. 이렇게 술을 먹이면 어째."

하고 돌봐주어서 참으로 행복한 기분으로 잠자리에 들었네.

다음 날 아침, 하늘이 밝아졌을 무렵에 극장 뒤편으로 향했어. 요사부로 씨의 지도에 따라 죽도로 후리기를 하며 생각했지.

무사답게, 벤다면 베일 각오도 해야 한다. 하다못해 사쿠베에가 일방적으로 베이는 것이 아니라 진검으로 내게 맞서게끔 하자. 그렇다면 나도 각오를 굳힐 수 있겠다는 생각에, 그길로 후카가와에 있는 쪽방까지 달려갔지. 사쿠베에는 워낙 부지런해서 아침 일찍부터 정원을 청소하던 사람이었어. 그 성격은 에도에서도 변하지 않았는지 무명 홑옷 자락을 허리띠에 걸어지르고, 쪽방이 있는 골목을 꼼꼼히 쓸고 있더군. 빨래를 하던 쪽방의 부인들이 그런 사쿠베에를 보고,

"늘 고생이 많네요. 하도 험악하게 생겨서 무뢰한인 줄 알았더니만. 천성은 착한 모양이니 도박 같은 짓은 그만둬요."

하고 말하더군. 사쿠베에는 난처한 표정으로 머리를 긁적

였어.

"사쿠베에."

내가 부르자 사쿠베에는 아아, 하고 고개를 들었네. 고대하던 사람이 온 것처럼 기쁜 표정이라 또 괴로워지더군. 그래도 마음을 정한 상태였어.

"오늘 저녁에 모리타 극장으로 오게나."

"알겠습니다. 그럼 이것을."

사쿠베에가 장부를 내밀더군. 나는 잠깐 주저한 후 받아들었어.

"부탁이 하나 있는데."

"무엇인지요?"

"진검으로 맞서주었으면 하네. 봐줄 필요는 없어. 그래야 자네를 벨 수 있을 것 같아."

깜짝 놀랐는지 한순간 사쿠베에의 눈이 휘둥그레졌네. 하지만 이윽고 천천히 고개를 끄덕였어.

"알겠습니다. 그렇다면 저도 단단히 각오하고 가도록 하겠습니다."

잠시 사쿠베에와 마주 서서 서로의 눈에 각오가 담겨 있음을 확인했지. 서글픈 각오이기는 했으나, 그것이 서로의 운명이라고 받아들일 수 있었어.

저녁녘에 연극이 끝났네.

극장 밖으로 나가자 하늘이 끄물끄물하니 흐렸어. 눈이라도 내릴 듯한 낌새였지. 그리고 수수한 무명 기모노로 갈아입은 사쿠베에가 서 있더군.

"사쿠베에."

이름을 부르자 사쿠베에는 재빨리 다가왔어.

"여기까지 오는 도중에 눈에 띄어서는 안 되니까요. 호타루 씨에게 받은 옷은 여기에."

들고 있던 보따리를 가리켰지.

"그런가. 사람들이 입회해줄 것이라 하니 이쪽으로 오게."

나는 극장에서 나가는 손님들의 눈을 피해 사쿠베에를 뒷문으로 극장에 들여보냈어. 그러자 잇파치 씨가 기다리고 있더군.

"자자, 둘 다 잠깐 이쪽으로."

우리는 얼굴을 마주 본 후, 잇파치 씨를 따라 계단을 내려가서 무대 밑으로 들어갔어.

"오, 왔군."

긴지 씨, 호타루 씨, 요사부로 씨, 규조 씨가 거기서 기다리고 있었네.

"복수에 입회해주신다니 황송합니다."

사쿠베에는 커다란 몸을 웅크리듯 고개를 숙였어. 나도 나란히 서서 고개를 숙였지.

"그럼 시작할까."

긴지 씨가 말했어.

"여기서 말씀입니까?"

내가 당황한 틈에 잇파치 씨가 사쿠베에 뒤쪽으로 휙 돌아가더니, 밧줄로 사쿠베에를 무대 아래의 기둥에 묶더군.

"무슨 짓입니까."

사쿠베에도 당연히 당황했지. 내가 놀라서 기둥 쪽으로 달려가려 하자, 요사부로 씨가 쑥 뽑은 칼을 내 목에 겨누며 막아섰네.

"가만히 있으시게."

긴지 씨는 팔짱을 낀 채, 굳어버린 나와 사쿠베에 사이를 천천히 왔다 갔다 했어.

"자, 한 번 더 확인하고 싶은 것이 있어서 말이야."

사쿠베에 앞에 쪼그려 앉은 긴지 씨가 비수를 꺼내 칼날을 슬쩍 보여주었지.

"사쿠베에, 기쿠노스케의 아버지인 세이자에몬을 죽인 것은 원한이 있어서인가?"

"당치도 않습니다. 나리는 제게 가장 큰 은인이셨습니다."

"하지만 오랜 세월 일꾼으로 부려먹었으니, 밉살스러운 점도 다소 있었을 터이지. 어쨌거나 세이자에몬은 곧고 딱딱한 사람이었으니, 화가 날 때도 있었을 것이야. 그래서 죽인 것은 아닌가?"

"무슨 말씀이오? 나리는 마님과 혼인하실 때도 노노야마님께 죄송하게 되었다고 마음을 쓰셨거늘. 그런데 귀하가 이런 소리를 하실 줄이야."

사쿠베에는 언성을 높였어. 여기까지 와서 긴지 씨가 왜 생트집을 잡는지 모르겠더군.

"사쿠베에는 나를 지키기 위해 아버지를 말렸고, 아버지는 스스로 목숨을 끊으셨소. 그리고 사쿠베에는 아버지를 죽인 죄를 기꺼이 뒤집어썼지. 아버지의 무리한 부탁을 들어주었을 뿐이란 말이오."

긴지 씨는 흐음, 하고 건성으로 대꾸했어. 그리고 이번에는 내게 다가왔지. 요사부로 씨의 칼은 여전히 나를 겨누고 있었고.

"그리고 기쿠노스케, 너는 사쿠베에를 죽이겠다는 것이지?"

몹시 모질고 박정한 물음으로 들렸네.

대의를 위한 복수였어. 비열한 살인과 같은 맥락에서 평가받고 싶지는 않았네.

"죽이고 싶어서 죽이는 것이 아니오. 이것은 무사로서 따라야 할 대의요."

"잘난 척 입을 놀리는구나."

하하하, 하고 긴지 씨는 비웃었어.

"지금까지 들은 바에 따르면 네 아버지는 가로의 부정을 파헤치려다 도리어 궁지에 몰렸다. 그래서 궁여지책으로 스스로 목숨을 끊으며 주군을 돕고 가문을 구할 방법을 네게 남겼다는 것이렷다?"

"그렇소."

"그래서 원수는 누구라고?"

나는 초조함에 못 이겨 눈을 부릅떴지.

"진정한 원수는 가로요. 사리사욕을 채우는 가로를 쓰러뜨리는 것이야말로 진정한 복수. 하지만 그러기 위해서는 내가 가문을 이어받아 주군의 가신이 되어야 하오. 그러려면 아버지를 죽인 사쿠베에를 베는 수밖에 없소."

"시답잖기는."

긴지 씨가 침을 내뱉듯이 말하더군.

무사 신분을 버린 사람은 이리도 무례한 것인가, 설마 어머니와 인연이 끊긴 원한을 지금 여기서 풀려고 하는 것인가 싶어 화가 치밀었네.

"시답잖다니, 무슨 무례한 소리를."

"그럼 가로 영감탱이를 베거라."

"그랬다가는 가문이 망할 뿐이오."

"그딴 가문, 망해버리라지."

나라고 그런 생각을 해보지 않은 것이 아니야. 하지만 무
턱대고 가로를 노려본들 실패하고 보복당하는 꼴이 나겠지.
아버지의 죽음은 그야말로 허사로 돌아갈 것이고. 그때 긴
지 씨가 말을 이었어.

"잘 들어라. 여기서 네가 사쿠베에를 벤들 가로에게는 아
무 타격도 없을 것이야. 그저 비밀 장부가 마음에 좀 걸릴 뿐
이겠지. 하지만 넌 앞으로 평생 아버지의 죽음과 함께 사쿠
베에의 목숨을 빼앗은 업을 짊어지고 고통스럽게 살아가야
해."

"그것도 각오한 바요……."

"각오고 나발이고 벌써부터 울 것 같은 얼굴인데?"

"그럼 나더러 어쩌란 말이오?"

"간단해. 업을 짊어지지 않는 복수를 행하자꾸나."

무슨 소리인지 모르겠기에 답을 찾듯 기둥에 묶인 사쿠베
에를 바라보았어. 사쿠베에도 당혹감에 찬 얼굴로 나를 보

았고.

기백이고 독기고 다 빠져나가 망연자실해진 나를 보고 긴지 씨가 웃더구나. 요사부로 씨는 칼을 거두었지만 사쿠베에를 풀어주지는 않았어.

"자, 연극 상연을 끝내는 날까지는 마무리를 짓도록 하세."

긴지 씨가 그렇게 말하자 당혹스러워하는 나와 사쿠베에를 본체만체,

"좋소."

하고 모두가 입을 모아 대답했네.

연극 상연을 끝내는 날이 왔어.

그날은 저녁부터 눈이 내리기 시작했지.

"드디어 오늘인가."

곁에 서 있던 요사부로 씨는 나보다 긴장한 표정으로 극장의 연습장 창문으로 밖을 내다보았어.

"그동안 도와주셔서 감사합니다."

고개를 숙이자 요사부로 씨는 아니오, 하고 고개를 저었어.

"지금까지 무사란 무엇인지를 계속 스스로에게 물어보며 살아왔소. 그 해답 중 하나의 형태를 오늘 밤 볼 수 있을지도

모르겠구려."

요사부로 씨가 어깨를 두드려주길래, 나는 배에 힘을 꽉 주었지. 의상방으로 가자 호타루 씨가 기다리고 있었어.

"자, 이쪽으로 와."

손짓하더니 미리 치수를 재서 내게 딱 맞게 만든 흰옷을 입혀주었네. 그리고 내 얼굴에 분을 톡톡 발랐어.

"이 정도 화장은 해야지. 어둠 속에서도 얼굴이 보여야, 다들 네가 복수를 행한 줄 알 것 아니겠어?"

눈꼬리에 희미하게 연지도 칠했지.

"이제 되었다."

그리고 낡은 아카히메 의상을 주더군.

"다녀와. 무대에 올랐던 배우들에게는 미안하지만, 오늘 상연의 대미를 장식하는 주인공은 너야."

나는 호타루 씨에게 고개를 숙인 후, 의상을 들고 대기실로 향했어. 그러자,

"오, 벌써 시간이 되었나?"

하고 잇파치 씨가 물었어.

"아직 조금 여유가 있습니다."

"그렇겠지."

잇파치 씨는 극장 뒤쪽 창문에다 통 속에 초를 고정해서

만든 등을 놓아두었어. 등불을 켜면 극장 뒤편에 동그란 불빛이 비쳐서 복수를 행하는 광경을 멀리서도 볼 수 있다더군.

"새어 나오는 불빛 정도로는 그냥 싸우는 것으로 보이겠지. 이 등불 아래서 복수를 행하도록 해."

잇파치 씨는 등불을 켜서 불빛이 비치는 곳을 보여주었어. 고개를 끄덕이자,

"좋아."

하며 내 등을 떠밀었지. 그때 마침 오요네 씨가 대기실 입구에 와 있었어.

"오요네 씨는 아무것도 모르니까 지금은 아무 말도 하지 마."

하고 잇파치 씨가 주의를 주더군. 인사라도 한마디 하고 싶었지만, 만나면 쓸데없는 소리를 할 것 같아서 오요네 씨의 눈을 피하듯이 종이우산을 들고 뒷문으로 밖에 나갔네. 잇파치 씨가 오요네 씨와 이야기하는 소리가 들렸고, 잠시 후 잇파치 씨도 밖으로 나왔어. 기모노 밑자락을 허리띠에 걷어지르고, 모모히키(통이 좁은 남자 하의로 주로 작업복으로 입었다)와 솜 넣은 하오리라는 격의 없는 차림새로 어깨를 움츠리고 다가오더니,

"그럼 간다."

하고 길 저편으로 사라졌지.

나는 잇파치 씨가 켜놓은 불빛이 비치는 곳으로 다가갔어. 아카히메 의상을 꽉 움켜쥐고 극장을 올려다보았지. 등불 바로 옆에서 긴지 씨가 이쪽을 보고 있더군. 나는 긴지 씨에게 살짝 고개를 숙였어.

그때 멀리서,

"이야, 형님. 오늘도 이기셨네요."

하고 기세 좋은 목소리가 들렸어. 그 목소리를 신호 삼아 나는 아카히메 의상을 머리에 덮어쓴 채 우산을 펼치고 등불 빛 아래로 들어갔지. 연극을 보고 돌아가는 사람들이 그 모습을 힐끔힐끔 훔쳐보더군. 잠시 후,

"젊은 아가씨가 이런 시간에 혼자 있으면 위험해."

하고 사쿠베에의 목소리가 들렸지.

그때 극장에서 샤미센 소리가 새어 나왔어. 긴지 씨의 연주였어. 나는 머릿속으로 박자를 헤아리며 돌아서자마자 사쿠베에의 팔을 꽉 잡았네. 그리고 팔을 잡아당기며 우산으로 코를 세게 때렸어. 사쿠베에가 비틀거리는 틈에 아카히메의 후리소데를 공중에 확 내던졌고 말이야. 후리소데는 하늘하늘 날듯이 사쿠베에의 머리 위로 떨어졌어.

"이런 망할 것이, 무슨 짓이냐!"

사쿠베에가 후리소데를 떨쳐내며 으름장을 놓았지. 나는 흰옷 차림으로 등을 쭉 폈어.

잠시 사쿠베에와 대치한 채, 허리에 찬 길고 짧은 칼 두 자루를 확인했네. 그러는 동안 싸우는 소리를 들은 구경꾼들이 삼삼오오 극장 뒤편으로 모여들었어.

그때 샤미센 소리가 딱 멈추더군.

그것을 신호로 나는 긴 칼을 뽑아 상대의 눈을 겨누고 배에 힘을 주어 우렁차게 외쳤어.

"나는 이노 세이자에몬의 아들 기쿠노스케. 그대 사쿠베에는 내 아버지의 원수. 여기서 정정당당하게 승부를 겨루자."

이 목소리가 멀리까지 울려 퍼져야 복수를 보러 오는 사람이 늘어날 테니까.

"우렁찬 소리를 내려면 목이 아니라 배에 힘을 주어야 해."

잇파치 씨가 그렇게 지도해준 덕분에 목소리가 낭랑하게 울려 퍼졌지. 사람들이 술렁거리는 기척이 느껴지고, 모리타 극장의 뒤쪽 창문이 활짝 열렸어.

사람들이 더 모여들자 사쿠베에도 허리에 차고 있던 긴 칼을 뽑았지.

등불 아래, 서로의 진검이 불빛을 받아 번쩍번쩍 빛났어.

이렇게까지 사람들이 모여든 이상, 일을 그르쳤다가는 끝장이었어. 단 한 번의 실수도 있어서는 안 되었지.

"으아앗."

사쿠베에가 기합을 넣으며 힘차게 덤벼들었네. 나는 칼날을 받아낸 후 다리에 힘을 주어 사쿠베에를 불빛 아래에서 어둠 속으로 밀어냈어. 하지만 바로 사쿠베에에게 떠밀려 불빛 아래로 돌아와서 여러 합을 나누었지. 칼끼리 부딪치는 날카로운 소리가 울려 퍼졌어.

몇 번이나 칼을 맞댔을까. 시간이 몹시 길게 느껴지더군. 사쿠베에는 어깻숨을 내쉬었어. 우리는 서로 노려보았지. 그러다가,

"이얍."

나는 한층 높게 기합을 넣으며 칼을 휘둘렀어. 칼날을 받아낸 사쿠베에는 비틀거리며 불빛 밖으로 밀려 나갔지. 사쿠베에가 극장 외벽에 부딪히자 쿵, 하고 큰 소리가 났어. 나는 벽을 등진 사쿠베에를 똑바로 응시하며 머리 위로 쳐든 칼을 비스듬히 내리쳤어. 그 순간, 사쿠베에는 이를 악물더니,

"끄아아악."

하고 비명을 질렀어. 새빨간 피가 세차게 튀어서 내 흰옷

을 물들였지. 사쿠베에는 뒤로 벌렁 자빠졌고, 외벽에 기대어져 있던 대도구가 그 위로 와르르 쓰러졌어.

나는 피에 물든 채 손등으로 이마의 땀을 닦으며 불빛 아래로 들어갔어. 주변에 있던 구경꾼들이 뭐라 뭐라 고함과 비명을 질렀지. 여전히 손이 떨렸지만 여기서 멈출 수는 없었어.

사쿠베에와 함께 온 졸개가,

"형님."

하고 소리치며 사쿠베에에게 달려갔지.

내가 천천히 다가가자 졸개는,

"오지 마."

하고 사방에 다 들리는 목소리로 말했어. 졸개……로 변장한 잇파치 씨는 등에 메고 있던 보따리를 사쿠베에의 가슴 위에 떨어뜨린 후, 기다시피 그 자리를 벗어나 나와 구경꾼 사이를 막듯이 서서 말을 이었네.

"아이고, 목숨만은 살려주시오. 아직도 피 맛을 덜 봤다는 것인가. 으아아아아아."

잇파치 씨는 요란스레 소리를 질러댔어. 난 사쿠베에의 목을 자르는…… 척하며 사쿠베에의 가슴 위에 얹힌 보따리를 풀었어.

매듭 사이로 보이는 부스스한 머리털이 어찌나 오싹하던지 몸이 움츠러들었지. 보따리가 다 풀리자 핏기 없고 고통스러운 표정이 생생한 사쿠베에의 머리가 나왔어.

……대체 어찌 된 일이냐고 물어보는 것도 당연해.

그렇게 미간을 찌푸리고 노려보지 말게.

시간을 조금 거슬러 올라가도록 하지. 사쿠베에가 무대 밑 기둥에 묶인 그날로 말이야.

"업을 짊어지지 않는 복수를 행하자꾸나. 그러려면 네가 사쿠베에를 죽이지 않고 고향으로 돌아가면 되겠지."

하고 긴지 씨가 말하더군.

"복수란 요컨대 원수를 갚았음을 입증하면 되는 것이야. 뭐, 옛날에는 잘린 머리를 증표로 삼았다지만, 작금의 관헌은 흉흉한 것을 싫어하는 모양이니 머리를 내놓은들 자세히 살펴보지도 않겠지. 그보다는 수많은 사람 앞에서 목을 자르는 광경을 보여주는 것이 복수를 입증하는 최고의 방법이다."

무슨 소리를 하는 것인지 모르겠더군. 목을 자르면 죽지 않는가. 그렇게 말하고 싶은 내 마음을 눈치챘는지 긴지 씨는 씩 웃었어.

"이보게, 이 극장에는 굉장한 직인이 있다네."

긴지 씨가 규조 씨의 등을 두드렸어. 규조 씨는 아무 말도 없이 안쪽으로 들어가서 네모난 목재를 들고 돌아왔지. 그것을 기둥에 묶인 사쿠베에의 머리에 가까이 놓더니 줄자로 치수를 재더군.

"설마 규조 씨가 사쿠베에의 잘린 머리를 만든다는 말씀이십니까?"

내 말에 긴지 씨를 비롯해 모두가 고개를 끄덕였어.

"그런 무모한……."

그러자 긴지 씨가 고개를 갸우뚱하더군.

"그럼 한번 물어보겠네. 아버지가 돌아가신 모습을 보았지?"

"네."

"당시 상황을 정확히 떠올려서, 우리에게 똑같이 보여줄 수 있겠는가?"

바로는 대답이 나오지 않았어. 아버지가 쓰러지신 순간의, 핏기가 가시는 듯한 느낌만 몸에 남아 있었거든.

"요사부로도 사람이 베이는 광경을 본 적이 있겠지. 어떤가?"

요사부로 씨는 고개를 저었어.

"참으로 덧없고, 너무나도 공허하고 무섭고……. 솔직히 뭐라고 해야 좋을지 모르겠소."

"그런 법인 것이야."

대체 무엇이 그런 법인 것인지 모르겠더군.

"실제로 사람이 죽는 것을 본 자도 그 광경을 제대로 설명할 수 없어. 또한 이 태평한 에도에서 칼부림이 그리 흔하게 일어나지도 않고. 그렇다면 사람들의 머릿속에 있는 칼부림이란 연극 속에 나오는 장면일 터이지. 여기서 베였다, 쓰러졌다, 죽었다. 그렇게 연극과 똑같은 모양새를 똑똑히 보여주면, 연극을 좋아하는 사람들은 알아서 이야기를 만들어 머릿속에 차곡차곡 쌓아 올릴 것이야. 덧붙여 잇파치가 일의 자초지종을 퍼뜨리고 다니면 어느덧 그것이 진실이 되겠지."

긴지 씨는 그렇게 말하고 손뼉을 짝 쳤어.

"이것은 진정한 원수인 가로를 속이기 위한 책략이야. 고비키초의 복수가 아닌, 연기 놀음이다."

긴지 씨가 허공에 쓴 '연기'라는 글씨를 보자 어이가 없더군. 눈을 몇 번 깜박거리다가 퍼뜩 정신이 들어서 언성을 높였어.

"연기로 실상을 감춘다고 될 문제가 아닙니다. 이것은 연극이 아니라고요."

"연극을 무시하지 마라!"

긴지 씨가 버럭 고함을 질렀어. 움찔하며 몸이 움츠러들 정도의 박력이었네.

"연극은 어엿한 어른이 진심으로 임하기에 재미있는 것일세. 꽃가지조차 살기등등한 칼날로 보이게 하는 것이 연극의 힘이야. 때로 그것은 진검을 휘두르기보다, 사람을 베기보다 어려워. 네게 연기를 철저히 해낼 각오가 있다면 염원은 이루어질 것이다."

"염원……."

"충의를 다하고 싶되 사쿠베에를 죽이고 싶지는 않다는 두 가지 염원."

언젠가 내가 입에 담았던 모순되는 두 가지 염원을 긴지 씨가 말했어. 당혹스러운 기분을 맛보면서도 모여 있던 사람들을 둘러보았네. 잇파치 씨, 요사부로 씨, 호타루 씨, 규조 씨, 긴지 씨. 모두 나를 향해 고개를 깊이 끄덕이더군. 나는 몸을 돌려 사쿠베에 곁으로 다가갔어.

"사쿠베에…… 함께 해주겠느냐. 연기 놀음을."

사쿠베에는 이를 악물며 네, 하고 고개를 끄덕였어.

그 후로 나는 요사부로 씨에게 검술이 아니라 무술 연기를 배웠어. 남의 눈에 띄지 않도록 연극이 끝난 후에 무대 밑으로 내려가서, 요사부로 씨가 칼을 칼집에서 살짝 뽑았다가 넣는 소리에 따라 마치 춤이라도 추듯 사쿠베에 움직임을 맞추었지. 요사부로 씨는 당일, 구경꾼들 사이에 섞여 그 소리로 박자를 맞춰주었어.

극장 뒤편에서 싸울 위치도 꼼꼼하게 정했네. 쓰러졌을 때 머리가 감춰지지 않으면 머리를 잘라내지 않았다는 사실이 들통나. 그래서 벽에 기대어둔 대도구의 위치를 여러 번 조정했지. 사쿠베에는 규조 씨가 달걀 속껍질에 뱀 피를 채워 만든 피 주머니를 어금니로 깨물어서 피를 뿜어내는 연습도 했어. 처음에는 선혈을 삼켜서 떨떠름한 표정을 짓기 일쑤였지만, 나중에는 완전히 익숙해졌지.

일을 실수 없이 진행하기 위해 잇파치 씨가 졸개로 변장해 사쿠베에 옆에 붙어 있기로 했어. 막판에 규조 씨가 만든 잘린 머리를 사쿠베에의 가슴 위에 얹어놓는 역할도 맡았고 말이야.

그 잘린 머리를 만질 때 사쿠베에의 가슴이 크게 움직이고 있는 것을 보고 안도했어.

"도련님, 빨리요."

대도구 밑에서 잠긴 목소리가 들리더군. 나는 고개를 살짝 끄덕이고 소매 속에 숨겨둔 피 주머니를 사쿠베에의 잘린 머리 위에서 터뜨렸어. 쇳녹같이 비릿한 피 냄새가 코를 스치더군. 피투성이가 된 잘린 머리의 얼굴은 사쿠베에 그 자체였지. 나는 그 머리를 품에 안고, 대도구에 가려져서 얼굴이 보이지 않는 사쿠베에의 손을 잡았어. 아무 말도 없었지만 따스한 손이었어. 힘을 주어 꽉 잡자 사쿠베에도 마주 잡아주더군.

"잘 지내게……."

작게 말한 후 나는 잘린 머리를 들고 일어섰어. 그대로 등불 빛 속으로 들어가서 잘린 머리의 상투를 쥐고 위로 쳐들었네.

"아버지의 원수, 사쿠베에를 해치웠노라."

나도 피투성이였거니와 잘린 머리도 피투성이였어. 처참한 모습이었지만, 선혈의 냄새와 어우러져 도취한 것과도 비슷한 기분이 들더라고.

구경꾼들 사이에서 비명이 들렸어.

"기쿠노스케 씨."

규조 씨와 나란히 서 있던 오요네 씨가 울먹이는 표정으로 부르더군.

사흘 전, 긴지 씨가,

"오요네 씨는 거짓말을 못하는 사람이라네. 사정을 알면 잠자코 있기가 힘들 것이야. 그러니 차라리 이번 일을 목격시켜서 제일 놀라게끔 하세. 괜찮겠소, 규조 씨?"

하고 제안했지. 규조 씨는 떨떠름한 표정이었지만 결국은 고개를 끄덕였어.

"도움이 된다면 아내도 좋다고 하겠지요."

호타루 씨는 웃으며 규조 씨를 달랬어.

"다 끝나고 나서 내가 찬찬히 설명해줄 테니까 걱정하지 말아요."

오요네 씨에게는 미안했지만 어쩔 수 없었지.

나는 피비린내 나는 머리를 든 채, 일부러 구경꾼들 사이를 헤치고 어둠 속으로 달아났어.

……그래. 사쿠베에는 살아 있어.

다들 내가 사라진 방향을 주시하는 사이에 사쿠베에는 극장 안으로 몸을 숨겼고, 사쿠베에와 똑같은 옷을 입힌 머리 없는 목각 인형을 잇파치 씨가 끌어안고 과장되게 울부짖었지.

"이래서야 쓰나. 빨리 장례를 치러주어야겠군."

극장에서 뛰쳐나온 긴지 씨가 목소리를 높이자 호타루 씨가,

"아는 화장터지기와 이야기해볼게요."

하고 재빠르게 장례 절차를 진행했네. 목각 인형을 관에 담아 냉큼 화장장으로 향했다더군.

나는 그날 밤 당장 관청으로 뛰어들었어. 물론 피투성이가 된 잘린 머리를 천으로 감싸 들고 말이야. 만약 가짜임이 발각되면 그 자리에서 죽을 각오였지.

피 냄새가 감도는 가운데, 관헌은 피에 젖은 내 모습과 천 사이로 보이는 사쿠베에의 고통에 찬 얼굴을 희미한 사방등 불빛 아래서 가느스름하게 뜬 눈으로 바라보았어.

"살펴봐주십시오."

천을 풀고 머리를 확인해달라고 청하자, 관헌은 혼신이 담긴 규조 씨의 작품을 보고 구역질을 하며 인상을 쓰더군. 만져보기는커녕 가까이 다가오지도 않고,

"사정은 잘 알았소. 복수를 행하였다니 그것참 경사로군."

하며 입에 발린 칭찬을 했네.

잇파치 씨가 즉시 소문을 퍼뜨리고 긴지 씨도 요미우리를 만들어서 알려준 덕분에, 고비키초의 복수는 순식간에 사람들 입에 오르내렸어. 복수를 행하였음을 아뢰기 위해 에도

에 있는 주군의 저택으로 가자 이미 이야기가 전해졌더군.

"머리를 베었다던데."

동향 사람인 관헌이 물었어. 한낮에 동향 사람에게 보여주어서는 가짜임이 들통날 것 같았지. 나는 눈물을 글썽이고 어깨를 떨며 고개를 푹 숙였다네.

"원수라고는 하나 원래는 저희 가문을 섬기던 자였습니다. 나름대로 쌓인 정이 있기에 극진히 장례를 치러주었습니다. 대신에 그자의 머리털을 가져왔으니 양해 부탁드립니다."

이 대사도 연일 긴지 씨 앞에서 연습한 것이었네. 그리고 미리 사쿠베에에게 받아서 뱀 피를 흠뻑 묻혀둔 머리카락을 조심조심 내밀었어. 이것으로써 '복수이자 연기 놀음'은 마무리된 것이야.

에도에서 극장을 방문했을 때 무대 밑에 갔다고 했었지. 거기서 덩치 큰 사내를 보았을 터인데? 그래. 곤타라는 그 사내가 사쿠베에야. 긴지 씨는,

"사라진 줄 알았던 배우가 나타나는, 그야말로 무대 및 장치 그 자체지. 여기가 몸을 숨기기에는 딱 좋아."

하고 말했네.

사쿠베에는 고지식하게도 그 후로 사쿠베에라는 이름을 일절 입에 올리지 않아. 요전에 네가 갔을 때도 끝끝내 이름을 밝히지 않았겠지. 네가 이것저것 자꾸 물어보아서 식은 땀을 흘렸다고 긴지 씨의 서찰에 적혀 있던데. 사쿠베에는 극장 무대 밑에서 일하는 중이야. 힘이 너무 좋아서 처음 한동안은 회전 무대가 빨리 돌아가는 바람에 배우가 무대 위에서 비틀거렸다고 들었지만, 이제는 힘 조절을 잘한다고 호평인 모양이야.

지금은 수염을 길러서 인상을 바꿨다고 해. 그동안 도박꾼인 척했으니 원래 얼굴로 돌아가면 들통나지 않을 듯하지만, 긴지 씨 말로는 동향 사람 눈에 띄었다가는 큰일이라면서 본인이 긴장의 끈을 놓지 않는다는군. 처음에는 날이 저물기 전에 밑에서 나오기도 주저할 정도였다지만, 요즘은 다들 밥이며 술을 먹이러 데려간다고 하니 참으로 고마운 일이야.

극장 사람들도 일의 핵심은 잘 숨겨서 말하도록 평소에 유념한다는군. 네가 찾아갔을 때도 그랬을 것이야. 잇파치 씨는 이제 허와 실을 섞어 그 복수담을 이야기하는 것이 장기가 되었다고 들었어. 그렇군, 아주 경쾌하고 재치 있는 말투였나? 나도 언젠가 들어보고 싶군.

아버지와 사쿠베에가 지켜준 비밀 장부는 고향으로 가지고 돌아왔어. 하지만 당시에는 그 사실이 가로의 귀에 들어가서는 안 되었지. 내 목숨을 지키려면 때가 될 때까지 꼭꼭 감추어두어야 한다고 아버지도 생각하셨을 것이야.

복수를 행하고 반년 후. 너와 함께 관례를 치르고, 비로소 주군을 알현할 기회가 찾아왔어.

아버지가 지키려 애쓰신 분이야. 하지만 아버지야말로 횡령을 저질렀다고 가로가 거짓을 고하였다니, 어쩌면 주군은 그 말을 믿고 계신 것이 아닐까 싶어 겁이 나기도 했어.

하지만 나이가 별로 차이 나지 않는 우리를 아주 마음에 들어 하시며,

"앞으로 둘 다 가까이 두고 의지하겠노라."

하고 말씀해주셔서 어쩌나 다행스럽고 황공했는지 몰라.

그리고 처음으로 주군과 함께 매사냥을 나갔을 때였지. 다른 가신들이 없는 곳에 말을 나란히 세우고 말씀을 나눌 기회를 얻었어.

"그대의 아버지는 참으로 청렴한 인물이었다. 가로는 험담을 해댔지만, 그러한 사람이 아니라는 것을 잘 알아. 아까운 인재를 잃었으나, 부디 그대가 앞으로도 나를 보필해다오."

그 말씀을 듣자 새삼스레 아버지가 자랑스럽더군. 아버지의 충의는 분명히 전해졌어. 동시에 주군이 절개 있게 충의를 바쳐야 할 군자시라는 것도 깨달았지.

그 일을 계기로 나는 비밀 장부에 대해 주군께 말씀드리고, 가로가 공금을 착복한 사실에 대해서도 호소했어. 내 이야기에 귀를 기울이시던 주군은 곧 힘주어 고개를 끄덕이셨지.

"상세한 사정은 잘 알았다. 힘을 합치자꾸나."

그리하여 네게도 힘을 빌려, 결국에는 가로에게 칩거 형을 내릴 수 있었지. 가로와 함께 악행을 일삼은 숙부님은 고향에서 쫓겨났고, 지금은 어디서 무엇을 하는지도 몰라.

이로써 드디어 진정한 복수를 완수한 것이야.

하지만 그렇다고 아버지가 돌아오시는 것은 아니지. 그것이 역시 아쉬워.

성에 출사해서 가로 패거리의 교활한 면모를 보니, 어떻게든 폐단을 바로잡아야 한다고 결심하신 아버지의 심중을 알겠더군. 악행을 파헤치려고 발버둥 칠수록 초조함도 쌓였어.

그러나 사쿠베에의 목숨을 빼앗는다는 생각은 그릇된 것이었어. 어쩔 수 없이 무사라는 신분에서 비롯된 아버지의 오만함도 영향을 주었을 것이고, 사쿠베에에게 기대는 마음도 한몫하였겠지. 만약 아버지 말씀대로 사쿠베에를 죽였다면 나는 어찌 되었을까. 아버지와 사쿠베에의 죽음이라는 두 가지 업을 짊어지고, 그 무게를 견디지 못해 실성했을지도 몰라. 아니면 조바심에 못 이겨 가로를 실각시키려다 아버지의 전철을 밟았을지도 모르고.

하지만 사쿠베에는 지금도 살아 있어. 우리 부자 때문에 사쿠베에의 귀향길이 막힌 것은 입이 몇 개라도 할 말이 없는 일이야. 그렇지만 지금도 사쿠베에 곁에 고비키초의 사람들이 있다고 생각하면 얼마나 든든한지 몰라. 그 덕분에 진정한 원수에게 복수할 기회를 기다릴 수 있었던 것이기도 해.

돌이켜보면 복수의 길을 떠날 때 나는 어렸어. 아버지를 존경하고 사모했기에 보이지 않았던 것도 있었고. 하지만 아버지 역시 한 인간으로서 괴롭고 힘드셨을 것이야.

지금은 그것을 알아. 좀 더 나를 믿고 흉금을 털어놓으셨다면. 부끄러움을 무릅쓰고 주변에 도움을 요청하셨더라면. 내가 고비키초 사람들에게 도움을 받은 것처럼, 활로가 열렸을지도 모른다는 생각을 지울 수 없다.

후회가 없다고 하면 거짓말이겠지. 하지만 요즘 드디어

너희와 함께 웃을 수 있게 되었어. 나 자신을 용서하고, 앞날을 생각해도 될 것 같았고⋯⋯. 그렇기에 오미치에게 혼담을 넣은 것이야. 하지만 오미치가 사쿠베에를 베고도 죄책감을 일절 느끼지 않는 나를 보고, 사람이 변한 듯하다고 걱정한다는 이야기를 들었지. 너도 수상쩍어했을 터이고.

그래서 진실을 알려주고 싶었어.

네가 '고비키초의 복수'가 아닌 '연기 놀음'을 어떻게 생각할지⋯⋯.

그것이 마음에 걸렸지. 어쩌면 무사로서 용납될 수 없는 짓을 했다고 화내지는 않을까 걱정되기도 했어.

난 지금도 사쿠베에를 베지 않은 것을 무사이자 인간으로서 수치스럽게 여기지 않아. 이렇게 가슴을 펼 수 있는 것은 그 사람들을 만났기 때문이지. 나는 그 전까지 고향을 떠난 적 없이 자애로운 부모님 슬하에서 무탈하게 살아왔어. 언젠가 무사로서 주군을 섬길 것을 털끝만큼도 의심한 적 없었고. 고결해서 그런 것이 아니라 세상 물정 모르는 철부지였기 때문이야. 뜻을 관철하기 힘든 고난도, 순리대로 흘러가는 것을 막는 갈등도 세상에는 얼마든지 있어. 그리고 그런 일들을 마냥 비웃거나 창피해하지 않고, 유연하게 받아들여 살아가는 사람들이 있지. 그런 사람들이 내 등을 떠밀어주고, 나 자신의 마음에 따를 힘을 주었어.

그렇기에 네가 고비키초에서 복수담뿐만 아니라 사람들의 과거를 듣고 우리와는 다른 삶이 있다는 것을 알게 된 후, 내 연기 놀음을 받아들여주기를 바란 것이야.

어리석은 놈이라니, 그렇게 크게 소리칠 것은 없지 않나.

좀 더 일찍 말했어야 한다지만, 너에게까지 폐를 끼쳐서는 안 되기에 지금까지 꾹 참아온 것이야. 울든지 웃든지 하나만 하게. 나도 어찌해야 좋을지 모르겠군. 아니, 울기는 누가? 이것은 눈물이 아니라 땀이야.

아아…… 이제야 겨우 가슴에 맺힌 것이 풀린 것 같아. 잘 돌아왔어. 이렇게 너와 마주 앉을 수 있어서 참으로 좋다.

그럼 처남, 다음에 참근 교대를 하러 갔을 때는 고비키초에 들러 사람들과 만나고 연극도 보고 싶은데, 함께 가주시겠소?

옮긴이의 말

미스터리 색채를 가미한
에도시대 휴먼 드라마

1977년생인 나가이 사야코는 2000년에 대학을 졸업한 후
신문 기자를 거쳐 프리랜서 기고가로 활동하며 잡지와 신문
등에 기사를 쓴다. 그러다 2010년에《계획적인 정사(情死)》
라는 시대소설로 제11회 쇼가쿠칸분코 소설상을 받으며
작가로 데뷔한다. 그 후로도 시대소설을 꾸준히 집필했고,
2023년에 이 작품《고비키초의 복수》로 제36회 야마모토슈
고로상과 제169회 나오키상을 수상하는 쾌거를 거둔다.

신문 기자와 프리랜서 기고가에서 시대소설 작가로 변신
하다니 꽤 독특한 이력이다. 하지만 초등학교 2학년 때 가부
키를 접한 것을 계기로 각종 연극과 만담에 빠져 살았고, '역
사를 들춰나가다 보면, 현재의 고민은 큰 강의 물 한 방울에
도 미치지 못한다'라는 생각으로 작가를 지망했다고 하니까

다다를 곳에 다다랐다고 할 수도 있겠다.

이러한 저자의 작품 중에서도 《고비키초의 복수》는 특별한 작품이라 할 수 있다. 일단 각 장마다 화자가 바뀌는 인터뷰 형식의 진행 방법이 눈길을 끈다. 저자는 설명문으로 많은 정보를 접해야 하는 부담감 때문에 독자들이 시대소설을 어렵게 느끼는지도 모른다고 생각해, 일인칭 화자가 내용을 풀어나가는 방식으로 이야기를 진행했다고 한다.

이러한 시도가 각 화자에게 개성을 부각해 그들의 사연이 더욱 실감 나고 생동감 있게 다가온다. 그렇다, 제목만 보면 복수담에 중점을 둔 살벌한 작품 같지만 사실 《고비키초의 복수》는 에도시대 후기, 정해진 사회의 틀에서 벗어나 '극장마을'에서 살아가는 사람들의 사연을 그려낸 작품이다.

유곽에서 태어난 잇파치, 무사 신분을 버린 요이치로와 긴지, 고향을 떠나 화장터지기의 손에서 자란 호타루, 아들을 잃은 소도구 담당 규조와 오요네 부부. 이들은 세간에서 말하는 낙오자들이다. 그리고 원래 신분도 사정도 달랐던 이들을 하나로 묶어주는 공간이 바로 '연극을 상연하는 극장'이다. 주자학이 뿌리를 내려 '인, 의, 예, 지, 신, 충, 효, 제'라는 여덟 가지 덕목을 중시하던 에도시대 후기, 지배층은 극장을 '악한 곳(악처)'으로 규정한다. 그러나 억압과 규제에 시달리던 평민들에게 극장은 '꿈을 파는 공간'이었고, 낙오자들에게는 삶의 터전이기도 했다. 그들은 거기서 '연극'을 통해 인생의 상처를 치유한다. 한편 복수를 다짐한 무사(여덟 가지 덕목에 얽매이는) 기쿠노스케가 극장을 찾아옴으로써 이야기는 더욱 다채로워진다.

무사로서 살기를 고집하는 기쿠노스케는 극장 동료들의 과거와 삶의 방식에 영향을 받고, 번민하면서도 앞으로 나아간다. 이는 "소설, 영화, 연극 등 자신의 가치관이나 현실의 바깥쪽에 있는 창작물을 접함으로써 구원을 얻을 수도 있다고 생각합니다. 자신의 가치관 바깥쪽에 있는 세상을 흡수함으로써 굳어버린 사고를 날려버릴 수 있죠"라는 저자의 말과 일맥상통한다고 할 수 있겠다.

이 말은《고비키초의 복수》를 읽는 독자에게도 고스란히 적용된다. 에도시대를 살아보지 못했고 일본인도 아니지만, 한국 독자도 등장인물들의 사연에 공감할 수 있는 것이 이 작품의 힘이다. 아픔을 겪고 좌절하면서도 '연극'에 의지해 삶을 이어나간 사람들이 누군가의 인생을 구해준다는 것이 뭉클하게 다가온다. 어쩌면 작가는 등장인물들에게는 연극이 그랬듯이, '소설'이라는 매체를 통해 독자에게 약간의 위로를 안겨주고 싶었던 건지도 모르겠다.

여덟 가지 덕목을 중시하면서도 인간으로서 받아들이기 힘든 일이 자행되던 에도시대에도 사람들은 서로 돕고 살았다. 세상이 점점 각박해지는 가운데,《고비키초의 복수》가 독자들의 마음을 조금이라도 어루만져주길 바란다.

2024년 5월
김은모

고비키초의 복수

1판 1쇄 발행 2024년 5월 20일
1판 3쇄 발행 2024년 7월 17일

지은이 · 나가이 사야코
옮긴이 · 김은모
펴낸이 · 주연선

(주)은행나무
04035 서울특별시 마포구 양화로11길 54
전화 · 02)3143-0651~3 | 팩스 · 02)3143-0654
신고번호 · 제 1997—000168호(1997. 12. 12)
www.ehbook.co.kr
ehbook@ehbook.co.kr

ISBN 979-11-6737-422-6 (03830)